J.R.R. TOLKIEN

BEREN AND LÚTHIEN

ベレンとルーシエン

J.R.R.トールキン 著　クリストファー・トールキン 編
アラン・リー 絵　沼田香穂里 訳

評論社

Originally published in English language
By HarperCollins Publishers Ltd. under the title:
BEREN AND LUTHIEN

Japanese translation rights arranged with
HarperCollins Publishers Ltd.,London
through Tuttle-Mori Agency Inc., Tokyo

ベレンとルーシエン

表紙装画&挿画　アラン・リー
装幀　川島　進

目次

挿絵リスト

序

一九七七年の『シルマリルの物語』の出版後、私は続く数年をこの作品の初期の歴史を調べることに費やし、『シルマリルの物語の歴史』という名の一冊の本を書いていた。のちにこの原稿は（いくらか短くした形で）『中つ国の歴史』の最初の五巻までの土台となった。

一九八一年に私は、出版社のアレン・アンド・アンウィン社社長であったレイナー・アンウィンにようやく手紙を書き、私がそれまで取り組んできた、そしてまだ進行中であった仕事について説明した。当時私が彼に報告したところによると、その本は一九六八ページに及び、厚さにして一六・五インチ（訳註　約四二センチ）、当然のことながら出版には向いていなかった。私は次のように書いている「もし、あるいはいつか、この本を目にしたなら、考えうるいかなる方法でも出版は不可能であると述べた理由が、あなたにも瞬時にわかるでしょう。テキストその他に関する議論は些細な問題についての詳細すぎる内容です。本の大きさは（今後さらに増え続けるでしょうが）禁断のサイズです。この仕事をするのは、一つにはきちんと整理したいという私自身の満足のためであり、さらに父の構想全体が実際にどのように初期の物語の原点から進化していったかを私が知りたいからです……

「もしこのような調査に未来があるならば、私はできる限り確実に、これからのトールキンの『作品史』研究がその実際の進化過程を誤解することにより無駄にならないようにしたいのです。原稿の多くは混沌としていて、もとより難解です（一枚の原稿に書き直しが何層にも重ねられていたり、重大な手掛かりが遺稿内に場所を選ばず散らばっている断片に書いてあったり、他作品の原稿の裏に書かれた文章があったり、原稿が順番通りになっていなかったり離れ離れになっていたり、時々ほとんどもしくは完全に解読できない場所があったり——これは誇張でも何でもないのです……

「理論上は、この研究から多くの本を産み出すことができるでしょう。その際には多くの可能性や可能性の組み合わせがあります。例えば『ベレン』の本を、最初の『失われた物語』*、『レイシアンの歌』、そしてこの伝説の発展に関する論文で構成することもできます。はっきりしていることがあるとすれば、私の好みはおそらく、『失われた物語』の話の数々を一度にまとめて発表するよりも、伝説の一つを選んで、発展していく独立した物語として提示する方です。しかし細部の説明はこうした場合困難を極めるでしょう。なぜなら別の場面で、つまり他の未発表の原稿の中で何が起きているかを、あまりにしばしば説明しなければならないからです」

＊（原註）『失われた物語』は「シルマリルの伝説群」の原形に付けられたタイトルである。

自分の提案した方針に従って「ベレン」という題の本を書くのは楽しいだろうと私は述べている。しかし「問題は、編集者の色を出しすぎずに内容を理解できるようにするまとめ方です」

この手紙を書いた当時、私は本気で出版は不可能だと思っていた。「発展していく独立した物語」として一つの伝説を選ぶというアイディア以外は、何の可能性も考えていなかった。しかし本書で私は、まさにその通りのことをしたように思う——三五年前レイナー・アンウィン宛の手紙に何を書いたかはまったく頭になかったけれども。実際私はこの本の完成間近になって偶然手紙を目にするまで、完全にその内容を忘れていたのだ。

本書と元のアイディアの間には、しかし、大きな違いがある。それは両者をめぐる状況の変化だ。手紙を書いて以降、父の神話の第一紀、すなわち上古の時代について書き溜められた膨大な原稿の大部分は、細部にわたる綿密な編集のもと出版された――主に『中つ国の歴史』の数巻において。出版の可能性として、無謀にも私がレイナー・アンウィンに伝えた「ベレン」の進化していく物語に絞るというアイディアは、実現すればそれまで一般の読者には知られておらず、入手することのできなかった原稿の多くを世に出す結果になっていた。しかし本書には、父のオリジナル原稿で出版されていないものは一ページたりとも含まれていない。ではこのような本に今さらどのような需要があるのだろう？

私は（複雑にならざるをえない）解答を一つ、もしくはいくつか、ここで示したいと思う。まず以前の編集には、父の一見風変わりな創作方法（実際にはしばしば外部からプレッシャーをかけられたせいなのだが）を読者に十分見せる形で、テキストを並べて発表するという側面があった。そうすることにより、物語の発展過程でどの段階とどの段階がつながるかを発見し、その証拠に対する私の解釈の正当化を目指していた。

それと同時に、『中つ国の歴史』における第一紀は、二つの意味で「歴史」として考えられる本の中にあった。実際これは一つの歴史――中つ国の人物と出来事の年代記である。しかしまた、時の経過とともに変化し続けた作品の構想の歴史でもある。それゆえベレンとルーシエンの物語は、何年にもまたがり複数の作品の中で展開された。さらにこの物語が、ゆっくりと進化していく「シルマリルの伝説」に絡んで最終的にその核心部分となって以来、その発展の足跡は、その大半が上古の時代の歴史全体に関わる続きの物語の原稿の中にも記録されることになった。

したがって『中つ国の歴史』の中で、ベレンとルーシエンの物語を、単独のくっきりとした輪郭を持つ話として読むのは容易ではない。

しばしば引用される一九五一年の手紙の中で、父はこの話を『シルマリルの物語』における要《かなめ》と呼び、ベレンについては次のように書いている。「法の庇護の外に置かれた無宿者*で死すべき定めの人間が（エルフの王女ではあるが一人の乙女でしかないルーシエンの助けを得て）あらゆる軍勢や戦士が失敗した場所で成功を収めます。かの敵の要塞に侵入し、鉄の冠からシルマリルの一つを奪還するのです。こうして彼はルーシエンとの結婚を許され、定命の者と不死の者との初めての結婚が成就します。

「このような内容ですので、この物語は（美しく力強い話だと私は思いますが）妖精の国の英雄を歌った歌物語なのです。大体の背景を漠然と知っていれば、物語単独で楽しめるものです。しかし、シルマリルの伝説群をつなぎ合わせる根本的な環でもあるので、全体から取り出してしまえば、その十分な意義は失われてしまうでしょう」

＊（訳註）ルーシエンに会う前のベレンを形容する〝outlaw〟という言葉は、古ノルド語の語源（「追放者」）から「法の外」という意味をトールキンが意識して使っていたと思われる。『シルマリルの物語』の呼び方を踏襲して「無宿者」と訳させていただいたが、単なる「宿なし」の意味ではないことをここでお断りしておく。

第二に、本書における私の目的は二面的である。私はベレンとティヌーヴィエル（ルーシエン）の物語を単独で読めるよう、（私の見解では）話を歪めることのない範囲で他から切り離そうとした。その一方で、どのようにしてこの基盤となる物語が何年にもわたって進化していったかを示したいと願っていた。『失われた物語の書』第一巻の前書きで、私は物語内の変化について次のように述べた。

中つ国の歴史の創作史において、以前の内容を全面的に却下して物語が発展することはめったにない――多くは、各創作段階における微妙な変容の結果であり、伝説の成長は、民衆の中で育った伝説と同じように、幾多の民族、幾多の世代を経て産み出された産物のように感じられるのである（例えばナルゴスロンドの伝説がベレンとルーシエンの物語と結び合わされる過程など。この結び付きは、『失われた物語』の中に両要素とも存在しているにもかかわらず、ほのめかされてもいなかった）。

本書の本質的な特徴は、ベレンとルーシエンの伝説の発展が、父自身の言葉で提示されている点である。なぜなら私が採用したのは、長年にわたって散文や韻文で書かれたより長い原稿から、一部を抜粋するという方法だからだ。

このようにしてまた日の目を見ることになった詳細な描写や劇的で臨場感のある文章がある。それらは、『シルマリルの物語』の大部分の語り口の特徴となる、話を凝縮して要点だけまとめたような文体の中では消えていた。さらにのちの原稿では完全に失われてしまった物語の要素も見出されることになる。例えばオークに変装したベレンとフェラグンドおよび彼らの仲間たちが、死人占い師のスゥー（初登場時のサウロン）から反対尋問を受ける場面や、おぞましい猫大公テヴィルドの登場などである。テヴィルドは、作品に残るという意味で寿命は短かったが、明らかに読者の記憶に残る価値がある。

最後に、私はまた別の序文から引用をしたいと思う。『フーリンの子どもたち』（二〇〇七年）の序文である。

上古の時代の伝説をまったく知らない『指輪物語』の読者が非常に多いことは否定できない。たとえ知っていたとしても、せいぜい様式や文体が奇妙で読むことができないという評判くらいなものである。

上古の時代に関する『中つ国の歴史』の数巻にも、当然読者に二の足を踏ませる側面があることは否定できない。これは父の創作様式が本質的に難解だからだ。そして『中つ国の歴史』編纂の第一の目的は、それを解き明かそうとすることであった。ゆえに上古の時代の物語を絶えず流動している創作として紹介している(ように見えるかもしれない)。

私の信じるところ、物語中の却下された要素を説明するのに、父ならばこう言ったかもしれない――そういう風ではないとわかってきた、とか、それは正しい名前でないと悟った、とか。たしかに流動性を強調し過ぎるのはよくない。そうであっても、本質的で重要な不変の要素はある。しかしこの本を編むにあたって、中つ国の古い伝説の一つの創造が、長年にわたる変化と成長を通じて自身の願望により近い神話表現を目指した作者の探求を、いかに反映しているかを示したいというのが、私の希望であったことも確かである。

一九八一年のレイナー・アンウィン宛の手紙の中で私は述べている。『失われた物語』を構成する数ある伝説の中からたった一つを選んで書くという制約を設けるのなら、「細部の説明はこうした場合困難を極めるでしょう。なぜなら別の場面で、つまり他の未発表の原稿の中で何が起きているかを、あまりにしばしば説明しなければならないからです」。この言葉は本書『ベレンとルーシエン』において正確な予言となった。これにはなにがしかの解決策を講じなければならない。というのもベレンとルーシエンが、彼らの友や敵とともに、生き、愛し、死んだのは、二人きりの過去のない空っぽの舞台の上ではないからだ。それゆえ私は『フーリンの子どもたち』で私自身がとった解決策にならうことにした。この作品の序文で私はこう書いている。

もし父が自分の望む規模で最終的な完成稿を仕上げることができたなら、上古の時代の「三大物語」(ベレンとルーシエン、フーリンの子どもたち、ゴンドリンの陥落)はそれ自体十分に完結した作品であり、『シルマリルの物語』として知られる多くの伝説群についての知識は必要ないと考えていたことは、父自身の言葉から疑問の余地はない。その一方で(中略)フーリンの子どもたちの物語は、上古の時代のエルフや人間の歴史に欠くことのできない部分であり、必然的により大きな歴史の中の出来事や状況に対する言及が非常に多い。

それゆえ私は「上古の時代終わり近くのベレリアンドと人々についての短い概略」と「本文の中に現れるすべての名前に簡潔な解説を付けたリスト」を提供した。本書において私は、『フーリンの子どもたち』用に書いた短い概略を、修正したり短縮したりしながら採用した。そして同じように、本文に現れる名前全部と、性質の異なる説明を加えたリストも加えた。このような補助的な部分は必要不可欠なものではないが、求める人がいた場合にただ助けになればと意図したものである。

さらにここで言及しなければならない問題は、名前が頻繁に変わることから生じている。異なる日付の原稿に見られる名前の移り変わりを正確かつ忠実になぞることは、本書の目的にそぐわない。したがって私はこの点に関して何のルールも設けず、様々な理由から場面に応じて、新旧の名前を使い分けたり、あるいは統一したりした。非常に多くの場合、父は草稿中の名前をしばらくしてから、あるいはずっと後になってから変えたが、そこには一貫性がなかった。その一例が「エルフの」を意味する形容詞'Elfin'から'Elven'への修正である。この件では、私は'Elven'を唯一の形として校訂し、初期の原稿におけるブロセリアンドもベレリアンドで統一している。しかし他では、ティンウェリントとシンゴル、アルタノールとドリアスのように、両方の名前を残していることもある。

本書の目的は、したがって、本書の引用元となっている『中つ国の歴史』数巻の目的とは、まったく異なっている。本書が『中つ国の歴史』の付属本として意図されたものではないことはここで強調しておく。この本は並外れた豊かさと複雑さをもった遠大な作品から、一つの物語の要素を取り出そうとする試みである。しかしその物語、ベレンとルーシエンの話は、それ自体継続的に進化しており、より広い範囲の歴史に埋め込まれるにつれて新しいつながりを発展させていった。その古代世界「全体」の何を含めて何を排除するかの決定は、個人的でしばしば疑問の残る判断にしかなりえない。このような試みにおいては、達成しうる「正しいやり方」などあるはずもないのだ。しかし全体的に私は、作品の背景を明瞭にするという側面で誤った判断をし、説明したいという衝動を抑えてしまった。本書の第一の目的と方法を台無しにすることを恐れたためである。

今年九十三歳になることを思えば、この本は（おそらく）私の最後の一冊になるだろう。*これまで私は、大部分が未発表で、何らかの興味深い性質をもった父の原稿を編集し、長い連作として出版してきた。最後にベレンとルーシエンの話を選んだのには、追悼の意味がある。なぜならこの話は父自身の人生の中に深く根ざしており、「最高のエルダール」と父が呼ぶルーシエンと定命の人間ベレンの結婚や、彼らの運命や、第二の人生に、父が強い思いを懐いていたからだ。

＊（訳註）この本の編集者クリストファー・トールキンさんは、二〇一八年に『ゴンドリンの陥落』を出版し、「シルマリルの三大物語」の出版を完結されている。

私の人生をさかのぼることずっと昔のことだった。というのもこれが聞かせてもらったお話の要素で、生々しく記憶している最初のものとなるからで、単にある場面をイメージとして覚えているのではなかった。私にその話をしてくれたのは（あるいはその一部だけであったかもしれないが）、父だった。一九三〇年代の前半、その時父は原稿を読むのではなく、昔語りのように話をしてくれた。

私が心の目で見た忘れられないお話の部分、それはスゥーの土牢の暗闇に一頭、また一頭と姿を現わす狼たちの眼であった。

母が亡くなった次の年、それは父自身が亡くなる前年にあたるが、母のことを書いた私宛の手紙の中で、父は圧倒的な喪失感を訴えている。そして母の墓の名前の下に「ルーシエン」と彫ってもらいたいと願っている。その手紙の中で父は、本書二五頁の引用と同様にベレンとルーシエンの物語の原点に帰っていた。それは、ヨークシャーのルース近郊にあるヘムロックの花が咲き乱れる森林の小さな草地でのことで、そこで母は踊っていた。父は書いている。「しかし話はねじ曲げられ、私は一人取り残された。そして私には無情なマンドスの前に出て命乞いをすることができない」

上古の時代についての覚書

この物語がどれほどの昔にさかのぼるかは、『指輪物語』*の中の忘れがたい一節で伝えられている。裂け谷の御前会議においてエルロンドは、第二紀の終わり、つまり三千年以上昔の、エルフと人間の最後の同盟とサウロンの敗北について語っている。

そこでエルロンドはしばらく黙りこんで、嘆息しました。「かれらの旗の目もあやな荘厳は今でもありありと私の脳裡にある。」と、かれはいいました。「それはわたしに上古の栄光とベレリアンドの軍勢を想い起こさせた。それほど多くの偉大な王侯、名将たちが集まっていた。しかしそれも、サンゴロドリムが破られた時ほどその数は多くなく、またりっぱでもなかった。そしてエルフたちは、これで悪は永遠にやんだと考えた。ところがそうではなかった

のです。」

「覚えておいでですって？」フロドは驚きのあまり、思わず胸の思いを声に出していってしまいました。「でも、あのー、」エルロンドがかれの方に顔を向けたので、フロドはへどもどしながらいいました。「ギル＝ガラドが滅びたのは、遠い遠い昔のことだと思ってたもんですから。」

「たしかにその通りです。」エルロンドはまじめな口調で答えました。「だが、わたしの記憶は上古の時代にまでさかのぼる。エアレンディルがわが父である。わが父は没落前のゴンドリンで生まれた。わが母は、ドリアスのルーシエンの息子、ディオルの娘、エルウィングである。わたしは西方世界の三つの時代を見てきた。多くの敗北と、多くの空しい勝利を見てきた。」

＊（訳註）本書における『指輪物語』からの引用は、すべて『指輪物語』（評論社）の瀬田貞二・田中明子訳による。

モルゴスについて

モルゴス、つまり〈黒き敵〉とのちに呼ばれるようになった悪の祖は、捕らえられ目の前に連れてこられたフーリンに自ら宣言したように、もともとは「メルコール、ヴァラールのうち最初にして最も力ある者であり、この世の始まる以前に存在していた」。しかし巨大で厳めしく実に恐ろしい肉体を永遠に持つよう定められてからは、中つ国北西の王として、アングバンド、つまり〈鉄の地獄〉の大要塞に実際に住んでいた。モルゴスがアングバンドの上に築いた山脈サンゴロドリムの頂から発せられる黒煙は、北の空を汚しているのを遠く離れた場所からも見ることができた。『ベレリアンド年代記』には、「モルゴスの門はメネグロスの橋からたった百五十リーグ（訳註　約七百二十キロ）である。遠くといえど近すぎる距離である」と記されている。これは、エルフ王シンゴルの館に続く橋についての言及であり、館はメネグロス、つまり〈千洞宮〉と呼ばれていた。

肉体を持ったために、モルゴスは恐れを懐いている。父は次のように書いている。

「モルゴスの悪意が増し、嘘やよこしまな生き物の中に孕ませた悪を送り出すにつれ、彼の力はその中に移って分散し、自身もさらにいっそう地上に縛られて、暗い砦から出るのを好まなくなった」。それゆえノルドール族エルフの上級王フィンゴルフィンが単身アングバンドに乗りつけ、モルゴスに一騎打ちを挑んだ時、彼は門前で叫んだ。「出てこい臆病な王め、自らの手で戦ってみよ！　ほら穴に住み、奴隷を使い、嘘をつき、隠れ潜んでいる者よ、神々とエルフの敵よ、かかってこい！　お前の意気地のない顔を見てやろうぞ」。するとモルゴスが出てきた（と言われている）。なぜならこのような挑発を自身の大将たちの面前でされて拒むことはできなかったからだ。モルゴスは大槌グロンドで戦った。一打ごとに大きな穴をあけ、フィンゴルフィンを地面に叩きつけた。しかし死ぬ間際、フィンゴルフィンはモルゴスの大きな足を剣で地面まで貫いた。すると黒い血が噴き出し、グロンドの開けた穴を一杯にした。それ以降モルゴスは足を引きずって歩くようになった。ベレンとルーシエンがモルゴスの座すアングバンド深奥の広間へ進んだ時、ルーシエンはさらに彼にまじないをかけた。すると雪崩で丘が崩落するようにモルゴスは突然崩れ落ち、雷に打たれたかのように王座から放り出され、地獄の床に突っ伏した。

ベレリアンドについて

木の髭がメリーとピピンを一人ずつ曲がった腕の中に抱えながら、ファンゴルンの森を大股で進んだ時、彼は二人に偉大なる国ベレリアンドの古《いにしえ》の森について歌って聞かせた。森は、上古の時代の終わりの大会戦時、騒乱の中で破壊された。大海が流れ込み、エレド・ルインまたはエレド・リンドンと呼ばれた〈青の山脈〉より西の土地はすべて水没した。その結果『シルマリルの物語』の地図は東が青の山脈で終わっているのに対し『指輪物語』の地図は西がその山脈地帯で終わっている。山脈の西側の海岸地帯は、ベレリアンドのうち第三紀に残っていた土地のすべてである。この地帯はオッシリアンド、すなわち〈七つの川の国〉と呼ばれ、かつて木の髭はここを歩いた。

夏はオッシリアンドの楡の森を、わたしはさまよった。
ああ、オシルの七河一帯の、夏の光よ！　夏のしらべよ！
これぞ最上だと、わたしはいった。

（『指輪物語』）

青の山脈の峠を越えて、人間はベレリアンドに入った。この山脈にはドワーフの都、ノグロドとベレグオストがあった。またベレンとルーシエンがマンドスによって中つ国に戻ることを許されたのち、居を構えたのはオッシリアンドであった。（二七八頁）

木の髭はまたドルソニオン（「松の木の国」の意）の松林を歩いたことがあった。

冬は、ドルソニオン山地の松林に、わたしはのぼった。
ああ、オロド＝ナ＝ソーン山上の、冬の風よ、雪と黒い松が枝よ！
わたしの声は空にのぼって、歌った。

（『指輪物語』）

のちにその国は、モルゴスが「恐怖と闇の魔法の土地、彷徨と絶望の場所」に変えた時、タウア＝ヌ＝フイン、つまり〈夜闇の森〉と呼ばれるようになった。（一〇四頁参照）

エルフについて

エルフが地上に現れたのは、はるかかなたの遠い地（パリソール）で、クイヴィエーネン〈目覚めの湖〉という名の湖のほとりだった。そこから彼らはヴァラールに召し出され、中つ国を去り、大海を渡って西方世界の〈至福の国〉アマン、神々の国へやって来た。神々のお召しを受け入れた者たちは、ヴァラの偉大なる狩人オロメに導かれて中つ国を横断する大行軍をした。彼らはエルダール、大いなる旅のエルフ、上のエルフと呼ばれ、召し出しに応じず、自らの国と運命として中つ国を選んだ者たちと区別される。

しかし青の山脈を越えたのち、すべてのエルダールが海を越えて旅立ったわけではない。ベレリアンドにとどまった者たちはシンダール〈灰色エルフ〉と呼ばれた。彼らの上級王はシンゴル（「灰色マント」の意）で、ドリアス〈アルタノール〉にあるメネグロス〈千洞宮〉から国を治めた。さらに大海を渡ったエルダール全員がヴァラールの国にとどまったわけではない。なぜなら偉大なる氏族の一つノルドール（「伝承を極めた者」の意）が中つ国に戻ってきたからだ。そのため彼らは〈流謫の者〉と呼ばれる。

ヴァラールに対するノルドールの反逆の主導者はフェアノール、シルマリルの製作者であった。彼はフィンウェの長男で、父親はクイヴィエーネンからノルドール一族を率いたが、すでに亡くなっていた。私の父はこう書いている。

　その宝玉を、かの敵モルゴスは渇望した。彼は二つの木を破壊したのち、シルマリルを盗み中つ国まで持ち去ると、サンゴロドリムの大砦で守った。ヴァラールの意志に反し、フェアノールは至福の国を捨て、流謫の身となって一族の大部分を引き連れ中つ国に向かった。なぜなら慢心から力づくでモルゴスよりその宝玉を取り返そうと企てたからだ。
　その後エルダールとエダイン（エルフの友の三つの家系の人間）対サンゴロドリムの絶望的な戦《いくさ》が起こり、彼らは最後に完敗した。

ヴァリノールからの出立前に、中つ国のノルドールの歴史を汚す恐ろしい出来事が起きた。フェアノールはテレリ、すなわち大いなる旅に出たエルダールの第三団に対し、当時アマンの海岸に住んでいた彼らの誇る船団をノルドールに差し出せと要求した。なぜならこれほど大勢で海を渡り中つ国に行くのには、船がなければ不可能だったからだ。この要求をテレリははねつける。

するとフェアノールと一族は、テレリ族の都、アルクウァロンデ〈白鳥港〉で彼らを襲撃し、力づくで船団を奪った。同族殺害として知られるこの戦いで、テレリの多くが殺された。この事件は『ティヌーヴィエルの物語』の中で言及され（三八頁）「白鳥港におけるノウムの悪業」と書かれている。『レイシアンの歌』（一三六頁）も参照。

フェアノールは、ノルドールが中つ国に戻ってすぐの戦いで討ち死にする。そして彼の七人の息子たちは、ドルソニオン（タウア゠ナ゠フイン）から青の山脈に至るベレリアンド東部の広大な土地を治めた。

フィンウェの次男フィンゴルフィン（フェアノールの異母弟）は、ノルドール全体の君主だと目されていた。彼は息子フィンゴンとともにエレド・ウェスリン〈影の山脈〉の長い連山の北と西に広がるヒスルムの地を支配した。フィンゴルフィンはモルゴスとの一騎打ちで命を落とした。フィンゴルフィンの次男、すなわちフィンゴンの弟トゥアゴンは、秘密の都ゴンドリンを築き統治した。

フィンウェの三男（フィンゴルフィンの弟でフェアノールの異母弟）は、初期の原稿ではフィンロドであったが、のちにフィナルフィンに名前が変わった（一〇一頁参照）。フィンロド／フィナルフィンの長男は、初期の原稿のフェラグンドからフィンロドに変更された。彼はドリアスのメネグロスの威風と美に感化されて、地下の城塞ナルゴスロンドを建設し、それゆえフェラグンド〈洞窟宮の王〉と呼ばれた。つまり初期の原稿のフェラグンドとは、のちのフィンロド・フェラグンドのことなのである。

ナルゴスロンドの入り口は、西ベレリアンドのナログ川峡谷に面していた。フェラグンドの王国は遠くまで広がり、東はシリオン川、西はエグラレストの港で海に注ぐネンニング川にまで及んだ。しかしフェラグンドは死人占い師スゥー、すなわちのちのサウロンの土牢で殺される。そこで本書で語られる通り（一〇六、一二〇―一一頁）、オロドレス、フィナルフィンの次男がナルゴスロンドの王冠を継いだ。

フィナルフィンの残りの息子たち、アングロドとエグノールは、兄フィンロド・フェラグンドの臣下となり、北にアルド＝ガレンの大草原を臨むドルソニオンに居住した。フィンロド・フェラグンドの妹ガラドリエルは、女王メリアンとともに長いことドリアスに住んだ。メリアン〈初期の原稿ではグウェンデリングやその他の名前で呼ばれている〉は、マイア、人の姿をした大いなる力の精霊で、シンゴル王とともにベレリアンドの森に住んでいた。彼女はルーシエンの母、エルロンドの四代前の先祖になる。

ノルドールが帰還して六十年目に、長年の平和に終わりを告げてオークの大軍がアングバンドから押し寄せたが、ノルドールに撃破され潰滅した。これはダゴール・アグラレブ〈赫々たる勝利の合戦〉と呼ばれる。しかしエルフの公子たちはこの戦いから警告を受け、アングバンドの包囲網を敷き、それをほぼ四百年続けた。

アングバンド包囲網は、ある真冬の夜、恐ろしいことに突然終わった（敵は長い間準備をしていた）。モルゴスが、サンゴロドリムから幾筋もの川となって流れ出る焔《ほのお》を放ったのだ。ドルソニオンの北方に広がるアルド＝ガレンの大草原は、焼け焦げた不毛の荒れ地と化し、以後は名前を変えてアンファウグリス〈息の根を止める灰土の地〉として知られるようになった。

この破滅をもたらした攻撃はダゴール・ブラゴルラハ〈俄《にわ》かに焔流るる合戦〉と呼ばれている（一〇三頁）。〈竜の祖〉グラウルングがアングバンドから現れ、初めてその力を見せつけた。オークの大軍が南になだれ込んだ。ドルソニオンのエルフの公子たちは殺され、ベオルの一族の戦士の大部分が討ち死にした（一〇三―四頁）。フィンゴルフィン王と息子フィンゴンは、ヒスルムの戦士とともにエイセル・シリオン（「シリオンの泉」の意）の城塞まで追いやられた。この場所で、シリオンの大河は影の山脈の東斜面から流れ出ている。焔の奔流は影の山脈でせき止められた。そしてヒスルムとドル＝ローミンは征服されずにすんだ。

ブラゴルラハの翌年のことであった。フィンゴルフィンは憤怒と絶望からアングバンドに乗りつけ、モルゴスに戦いを挑んだ。

ベレンとルーシエン

一九六四年七月十六日に書かれた手紙の中で、父はこう書いている。

私が私的に生み出した言語を当てはめるための私独自の伝説物語を書くという試み、その最初の萌芽となったのは、フィンランドの『カレワラ』の不運なクレルヴォの悲劇でした。それは「フーリンの子どもたち」として、悲劇的な結末を迎える以外はまったく異なる話となりましたが、今も第一紀の伝説群（私はこれを『シルマリルの物語』として出版したいと思っています）の主要部分になっています。二番目は「私の頭の中から生まれた」物語、「ゴンドリンの陥落」の執筆でした。このイドリルとエアレンディルの話は、一九一七年、軍からの傷病休暇中に書き始めました。そして同じ年のしばらくのちには、「ルーシエン・ティヌーヴィエルとベレン」のオリジナル版に取りかかりました。この物語は、「ヘムロック」の下生えが沢山生い茂る（他にも多くの同類の植物が生えていたに違いありません）小さな森で作られました。そこはホルダーネスのルース村近郊で、私がしばらくキングストン・アポン・ハルの軍事基地にいた間のことでした。

私の父と母は一九一六年の三月に結婚した。父は二十四歳、母は二十七歳だった。二人は最初スタフォードシャーのグレート・ヘイウッド村に住んだ。しかし父はその年の六月初旬にフランスへ向かう船に乗り、ソンムの戦いに加わった。そこで病気になった父は、一九一六年の十一月初めにイングランドへ送還された。そして一九一七年の春、ヨークシャーに配属された。

『ティヌーヴィエルの物語』と父が呼んだこの物語の第一稿は一九一七年に書かれたが、この世に存在しない

――より正確に言えば、鉛筆で書かれた文章がかすかに残っているが、原稿の大部分は父によってほぼ完全に消されてしまった。その上に父は、私たちにとって最も古い版となる原稿を書いた。『ティヌーヴィエルの物語』は、父の「神話」について書かれた主要な初期作品『失われた物語の書』の中でも骨組みとなる物語の一つである。この過度に複雑な作品を私は編集して、一九八三年から八四年にかけて出版された『中つ国の歴史』の最初の二巻に収録した。しかし本書は、特にベレンとルーシエンの伝説の進化に向けた本であるので、『失われた物語』の風変わりな設定や聞き手についてはほぼ素通りすることにする。なぜなら『ティヌーヴィエルの物語』自体は、実際ほとんどその設定と関係がないからである。

『失われた物語の書』の中心は、エリオルまたはエルフウィネという名の「アングロ・サクソン」時代のイングランド人船乗りの物語だ。その男は海を越えて遠く西に航海し、最終的にトル・エレッセア〈離れ島〉に着く。そこには〈大いなる地〉、すなわちのちの「中つ国」（この名前は『失われた物語』では使われていない）から渡ってきたエルフが住んでいた。エリオルはトル・エレッセアに滞在している間に、創造や、神々、エルフ、イングランドについての古代の本当の歴史をエルフから学ぶ。この歴史が「エルフィネッセの失われた物語」である。

この作品は、数冊のボロボロの小さな「練習帳」の中に、鉛筆やインクで書き残されている。たいていは読むのが恐ろしく難しいが、何年も昔に、長時間レンズを使って原稿に目を凝らした結果、ほんのたまに判読できない言葉があるのを除いて、私は全文を解読できるようになった。『ティヌーヴィエルの物語』は、離れ島でエリオルがエルフから聞いた物語の一つで、この時語ったエルフはヴェアンネという名の乙女だった。これらの昔語りの場面では、多くの子どもたちも一緒に聞いていた。細部を鋭く観察した（印象的な特徴である）非常に個人的な語り口で、時には擬古的な言葉や構文混じりに物語は語られた。父の後年の文体とは異なり、力強く、詩的で、時々深く「エルフの神秘性」も感じられる。底流に皮肉なユーモアを含んだ表現もあちこちに見られる。（ベレンとともにメルコの広間から逃げ出した際、悪魔のような狼カルカラスと向き合う恐ろしい場面で、ティヌーヴィエルは問う。「なにゆえこのように不機嫌なのですか、カルカラス？」）

この物語についての結論を待つよりも、ベレンとルーシエンの伝説の最も古い版であるこの作品のいくつかの側面に注意を向けたり、物語の中で重要となる名前（巻末の名前のリストにも載せてある）について簡単な説明をしたりする方が読者の助けになるかもしれないと私は思う。

書き直された『ティヌーヴィエルの物語』は、私たちにとっては一番最初の草稿になるが、『失われた物語の書』の中では最初期の原稿ではない。したがって、他の物語の特徴と比べることにより、この作品に光を当てることができる。物語の骨組みに絞って言えば、『失われた物語』には、トゥーリンの物語のように、『シルマリルの物語』として出版された版とそれほど違わない話がある。また特に最初に書かれたゴンドリンの陥落のように、非常に圧縮された形で、出版された本に収まっている物語もある。さらに驚くほど異なる点が見られる物語もあって、最も顕著な例がこの作品になる。

ベレンとティヌーヴィエル（ルーシエン）の伝説の進化における根本的な変更とは、ナルゴスロンドのフェラグンドとフェアノールの息子たちが後から物語に登場した点である。また別の観点から同じく重要なのが、ベレンの設定における改変である。のちの版では、ベレンが死すべき運命の人間であり、ルーシエンは不死のエルフであるということは必要不可欠な要素である。しかし『失われた物語』では、そうなっていない。ベレンもまたエルフなのである（ただし、他の物語に付けた父の註から、もともとはベレンを人間としていたことがわかる。そして消された『ティヌーヴィエルの物語』の原稿でも、そうであったことは明らかである）。エルフのベレンは、ノルドリ（のちのノルドール）と呼ばれるエルフの一族の出身であった。そしてこの一族の名は『失われた物語』（とその後）では「ノウム」と翻訳されている。つまりベレンはノウムだったのだ。この翻訳はやがて父にとって悩みの種になる。父が使っていたのはもう一つの方の「ノウム（Gnome）」であって、今日特に庭にいると連想される小人の「ノーム（Gnomes）」とは、起源においても意味においてもまったく区別されるものである。このもう一つの方のノウムは、ギリシア語のグノーメー（gnōmē）「考え、知性」に由来し、現代英語には、「金言・格言」の意味で、形容詞形の'gnomic'とともにかろうじて残っている。

＊（訳註）'Gnomes'の訳語について。トールキンがこの語を選択したため、話がややこしくなったという説明だが、カタカナにするとさらに混乱するので、同じ単語ではあるが、ノルドールを指す時は「ノウム」と表記し、それ以外の場合は（お庭に飾る人形など）、「ノーム」にした。

『指輪物語』の追補編Fの草稿で父は書いている。

私は時々（本書では違うが）ノルドールに対して「ノウム」という言葉を使ってきた。なぜならこの言葉はある人々にとってはやはり知識を示唆しているからだ。この一族を指す上のエルフの呼び方「ノルドール」は、「知る者」の意味である。というのもエルダールの三つの氏族のうちノルドールは、この世の現在過去における物事の知識においても、またさらに知りたいという欲求においても、最初から際立っていたからだ。しかし彼らは、学説に登場するノームにも人々の想像上のノームにも決して似ていない。そこで私は誤解を与える可能性が高すぎるとしてこの訳語をあてるのを放棄した。

（ついでながら、［一九五四年の手紙で］やはり父は、「エルフ」という言葉を使ってしまったことを大いに後悔していると述べている。その結果「あまりに多くの残念な色付けをされてもう打ち消せないのです」）

エルフのベレンが受けた敵意は、この古い物語の中では次のように説明されている。「森のエルフはみなドル＝ローミンのノウムのことを裏切り者、残酷で不誠実な輩だと思っていました」（三八頁）

エルフについて、「妖精（fairy）」という言葉がしばしば使われているのに困惑を覚える読者もいるだろう。例えば、森の中を飛ぶ白い蛾について、「妖精ですので、ティヌーヴィエルは蛾を気にしません」（三七頁）。彼女は自らを「妖精の姫」と名乗り（五八頁）、「彼女の技と妖精の魔法を発揮しました」（六六頁）と語られる。そもそも『失われた物語』の中の「妖精（fairy）」という言葉は、エルフの同義語なのである。これらの物語の中には何回か、人間とエルフの身体の大きさの比較に言及した箇所がある。書き始めたばかりの頃、こうした事柄に関する父の構想は揺れ動いていたが、時代が変わるにつれて変化していく関係性という発想があったことは明らかである。父は次のように書いている。

人間は最初エルフとほぼ同じ背の高さでした。妖精は今よりずっと大きく、人間は小さかったのです。

しかしエルフの進化は、人間の到来によって大いに影響を受ける。

人間の数が増え強くなるにつれ、妖精は衰え小さく脆弱《ぜいじゃく》になり、薄く透明になったのです。一方人間は前より大きくなってより濃くどっしりとした姿になりました。とうとう人間はみな、もしくはほとんど、もう妖精を見ることができなくなりました。

したがって、妖精という言葉だからといって、父がこの物語で彼らのことを薄く透明だと考えていたと思う必要はない。そしてもちろん後年、第三紀のエルフが中つ国の歴史に登場する時、彼らには現代的な意味においての「妖精らしさ」は一切ない。

「精霊（fay）」という言葉はよりあいまいである。『ティヌーヴィエルの物語』では、この言葉はしばしば、ヴァリノールから来た（そして「神々の娘」と呼ばれている、三六頁）メリアン（ティヌーヴィエルの母）に対して使われている。しかしテヴィルドに対しても使われており、彼は「獣の姿をした悪霊（evil fay）」と言われているのである（六三頁）。『失われた物語』の他の箇所では、「精霊とエルダールの知恵」「オークと竜と悪霊」「森と谷の精霊」という表現が見られる。一番注目すべきは、おそらく、『ヴァラール到来の物語』の次の一節である。

彼らのまわりには、木や木立の精霊たち（sprite）、谷や森や山腹の精霊たち、もしくは朝方に草地で歌う者、夕宵に麦畑で詠唱する者が大勢従っていました。彼らはネルミール、タヴァリ、ナンディニ、オロッスィ［牧草地、森、谷、山の精霊（fay）のこと?］、精霊（fay）、小妖精（pixie）、こびと老人（leprawn）、その他名もなき者たちでした。というのもその数はとても多かったのです。しかし彼らをエルダール（エルフ）

と混同してはなりません。精霊たちはこの世以前に生まれ、最年長のエルダールより年を取り、エルダールの一部ではないからです。

もう一つの頭を悩ませる特色は、『ティヌーヴィエルの物語』の中にだけ現れるものではなく、これについては何の説明も、より大まかな所見も見つけていない。それはヴァラールが、はるか遠くの〈大いなる地〉（中つ国）に住む人間やエルフの出来事、さらに彼らの考えや気持ちに対して及ぼす力についてである。例を挙げると、七一頁で「［フアンは］ヴァラールによってアルタノール北方の草地へと導かれました」。そこではベレンとルーシエンがアングバンドから脱出したのち地面に倒れていた。またルーシエンは父に言う（七五頁）。「［ベレンは］「ヴァラールのお力がなければむごい死を迎えるところだったのです」。またはルーシエンのドリアスからの逃亡を説明する際の（五一頁）「ルーシエンはその暗い土地には入りませんでした。そして心が再び元気を取り戻すと、先を急ぎました」という文はのちに「ルーシエンはその暗い土地には入りませんでした。そしてヴァラールが彼女の心に新しい希望を植え付けられたので、もう一度先を急いだのです」に変更された。

『ティヌーヴィエルの物語』に出てくる名前に関しては、ここでは次のものを説明しておこう。アルタノールはのちのドリアスであり、〈彼方《あなた》の国〉とも呼ばれていた。北方には防壁となる鉄《くろがね》山脈があり、またの名を〈険しき山地〉と言われ、そこを越えてベレンはやって来た。のちにこの山脈はエレド・ウェスリン〈影の山脈〉となった。その向こうにはヒシローメ（ヒスルム）〈影の国〉があり、ドル＝ローミンとも呼ばれていた。パリソール（三三頁）はエルフが目覚めた地である。

ヴァラールはしばしば神々と言及されており、またの名をアイヌア（単数形はアイヌ）という。メルコ（のちのメルコール）は大いなる邪悪なヴァラで、シルマリルを盗んだのちモルゴス〈黒き敵〉と呼ばれるようになった。マンドスはヴァラの名前であり、また彼の館のある場所の名前でもある。彼は死者の家の守護者である。

マンウェはヴァラールの長である。星々の作り手ヴァルダがマンウェの配偶者で、アルダの最高峰タニクウェティルの頂にともに住んでいる。「二つの木」は、その花がヴァリノールに光を与えていた大木で、モルゴスと怪物蜘蛛ウンゴリアントによって破壊された。

最後に、ベレンとルーシエンの伝説の根幹となるシルマリルについて、ここで語っておくのがよいだろう。シルマリルはフェアノールによって製作された。彼は最も偉大なノルドールで、「言葉と手の技において最強」であった。彼の名は「火の精」を意味する。次の一節は『クウェンタ・ノルドリンワ』と題名を付けられた、のちの（一九三〇年）「シルマリルの伝説」の原稿からである。（一〇〇頁参照）

遠い昔にフェアノールは、とある折に時間のかかる驚くべき仕事に取りかかった。持てる力のすべてと奥深い魔法のすべてを彼は使った。というのもそれまでにエルダールが作った何よりも美しいものを作ろうともくろんだからだ。それはすべてが終わりを迎えたのちも持ちこたえるはずだった。三つの宝玉を彼は製作し、シルマリルと名付けた。二つの木の光を混ぜ合わせた、生きた火が宝石の中で燃えていた。自身の輝きでそれらは暗闇でも光った。死すべき定めの人間の汚れた肉体は、触れれば必ずやけどしてしなびてしまう。これらの宝玉をエルフは、彼らの手によるいかなる作品よりも大切にした。マンウェはそれらを清め、ヴァルダは言った、「エルフの運命並びに、他の多くのものの運命がこの中に封印されているのです」。フェアノールの心は、自身が製作したものにまとわりついていた。

「しかし今、ベレンはティヌーヴィエルの黄昏に踊る姿を目にしました」三八頁

フェアノールと七人の息子たちは、モルゴスに盗まれたシルマリルについて、彼ら一族にのみ権利があり、誰もそれを侵すことはできないと宣言をして、恐ろしく根深い破滅の誓いを立てた。

ヴェアンネの語りが、ティヌーヴィエルのことを聞いたことのないエリオル（エルフウィネ）に向けられているのは明らかだだが、彼女の語る中で、正式な話の始まりと言えるものはなかった。彼女はティンウェリントとグウェンデリング（のちにシンゴルとメリアンとして知られる二人）の描写で話を始める。物語に欠かせないこの二人の説明のため、私は再び『クウェンタ・ノルドリンワ』を参照したいと思う。『ティヌーヴィエルの物語』において畏敬すべきティンウェリント（シンゴル）は主要人物である。アルタノールの深き森に住むエルフの王で、森の中心にある広い洞窟宮から国を支配している。一方后も非常に重要な人物であるが、その姿はめったに見られることはない。そこで私は『クウェンタ・ノルドリンワ』から彼女の描写を引用したいと思う。

この作品中、エルフたちの大いなる旅の途上、つまり、はるかかなたの目覚めの地パリソールから最終目標である西方の遠きヴァリノールへ、大海を越えて到達しようとしていた時に、

［多くのエルフは］長く暗い道のりの途中で迷い、この世の森や山をさまよい、ヴァリノールに着くこともなく、二つの木の光を見ることもなかった。それゆえ彼らはイルコリンディ、〈コールに住むことのなかったエルフ〉と呼ばれている。コールは神々の地におけるエルダール［エルフ］の都である。暗闇のエルフとは彼らのことで、散り散りになった種族の数は多く、その言語も多い。

暗闇のエルフの中で最も名高き者はシンゴルである。次の理由で、彼はヴァリノールへ行かなかった。メリ

アンは精霊である。［ヴァラの］ローリエンの庭に彼女は住み、彼の美しき精霊の中で、彼女の美を凌ぐ者はなく、知恵に勝る者もなく、聞く者を惑わす魔法の歌のうまさでも一番であった。二つの木の光が混じり合うさなかにメリアンが夢を司る神の庭で歌う時、神々はその仕事を忘れ、ヴァリノールの小鳥たちは楽し気な歌をやめ、ヴァルマールの鐘は沈黙し、泉は流れを止めたという。小夜啼鳥《さよなきどり》はいつも彼女につき従い、歌を教わっていた。しかし彼女が愛したのは深い闇で、ふらりと長旅をしては外なる陸地［中つ国］へ赴き、夜明けを迎える世界の沈黙を自分と鳥たちの歌声で満たした。

メリアンの小夜啼鳥の歌声をシンゴルは聞いて魅せられ、自分の民のもとを去った。メリアンを木々の下に見つけると、夢と深い眠りに放り込まれたので、彼の民が探しても見つからなかった。

ヴェアンネの説明では、ティンウェリントが神話的な長い眠りから覚めた時、「彼はもう自分の民のことを思いませんでした（そしてもちろん、それは甲斐なきことだったのです。なぜなら彼らがヴァリノールに着いてからもう久しかったのです）」。彼はただ薄暮の貴婦人に会いたいとだけ願っていた。彼女はごく近くにいた。なぜなら眠る彼を見守っていたからだ。「けれどこれ以上は二人の話を知りません。ああ、エリオル、知っているのは最後に彼女が彼の妻になったということだけです。というのもティンウェリントとグウェンデリングはとても長いことアルタノール〈彼方《あなた》の国〉の失われたエルフたちの王と后だったのです。もしくは、そうこちらでは語られています」

さらにヴェアンネによると、ティンウェリントの館は「精霊のグウェンデリングの魔法の力で、メルコには見えず、知られることもありませんでした。またそこへ向かう道には彼女がまじないを張りめぐらしておりましたので、エルダール［エルフ］以外の者がたやすく歩くことはできませんでしたし、王もまた同じように、裏切り

以外のあらゆる危険から守られていました。

さて彼の広間はとても大きな洞窟深くに建てられました。それにもかかわらず王の住まいにふさわしい麗しい館でした。この洞窟はアルタノールの大きな森の中央にありましたが、この森は森の中でも最大のもので、入り口の前には川が流れ、その川を渡らずには入城できませんでした。そこで幅が狭く守りの堅い橋が架けられていました」。ここでヴェアンネは声を大きくして言った。「さあ、ではこれからティンウェリントの館で起こった出来事をお話ししましょう」。そしてここがおそらく、彼女の話の本編が始まった時点と言えるだろう。

ティヌーヴィエルの物語

ティンウェリントには、その頃二人の子どもがおりました。ダイロンとティヌーヴィエルです。ティヌーヴィエルはうら若き乙女で、エルフの隠れ里の乙女のうちでも一番美しく、実際これほど麗しい乙女は昔からめったにいるものではありませんでした。母親が精霊で、神々の娘だからです。一方ダイロンはたくましく陽気な若者で、葦の笛や他の森の楽器を奏でることが何よりも楽しみでした。そして今ではエルフの三人の魔法の楽師たちの一人に数えられています。あとの二人は、笛吹きウォーブルと海辺の奏者イヴァーレです。それに対しティヌーヴィエルが喜びを覚えていたのは踊りです。軽やかな足さばきの美しさまた優雅さゆえ、彼女と並び称される者は誰一人おりません。

ダイロンとティヌーヴィエルは父ティンウェリントの洞窟宮殿を離れ、長い時間ともに木立の中で過ごすのを楽しみにしておりました。たいていダイロンは茂みや木の根にすわり

音楽を奏で、ティヌーヴィエルはそれに合わせて舞いました。ダイロンの演奏に合わせて踊るティヌーヴィエルは、母グウェンデリングよりしなやか、月明かりに照らされた笛吹きウォーブルより神秘的です。しおれることのない緑の芝生の上でネッサが踊るヴァリノールの薔薇園は別として、これほどうきうきする光景は誰も見たことがないでしょう。

月が青白く輝く夜になっても、二人は演奏し踊り続けました。私などとは違い、二人は恐れてはおりませんでした。なぜならティンウェリントとグウェンデリングが国を治めていたので、悪は森に寄りつかず、メルコもまだ彼らを悩ませることなく、人間は山地の向こうに閉じ込められていたからです。

二人が最も愛した場所は、とある木陰でした。そこにはそれほど背は高くない楡や櫟が生えていました。栗の木には白い花が咲き、地面は湿り、沢山のヘムロックが霧のように木々の下に育っていました。六月のある時、二人はそこで音楽を奏でていました。白く傘状に広がるヘムロックの小さな花々が、幹のまわりで雲のように見えました。ティヌーヴィエルはその場所で、日が暮れて宵闇が濃くなるまで踊っていました。あたりには白い蛾が沢山飛んでいました。妖精ですので、ティヌーヴィエルはたいていの人間の子どものように蛾を気にしません。ただ甲虫《かぶとむし》は好きではありませんでしたし、ウングウェリアンテのせいで蜘蛛に触るエルダールもいませんでした。さて、白い蛾が彼女の頭のまわりを飛び、ダイロンが不気味な曲をトリルで吹いていた時のこと、突然あの不思議な出来事が起こったのです。

ベレンがどのようにして山地を越えてやって来たのか、私は聞いたことがありません。しかし彼は後でお話しするようにたいていの者より勇敢でしたので、もしかしたら放浪への愛だけで鉄《くろがね》山脈の恐怖の中も歩き続け、とうとう彼方《あなた》の国にたどり着いたのかもしれません。

ところでベレンはノウム、ヒシローメ北部の闇の地域で狩りをする森人エルフ、エグノールの息子でした。恐怖と疑いが、エルダールと、メルコへの隷属を味わった彼らの親族との間にはありました。白鳥港におけるノウムの悪業の報いが、このことにおいて返ってきたのです。一方メルコの嘘がベレンの民の間で広まっていましたので、彼らは隠れエルフの悪い噂を信じていました。しかし今、ベレンはティヌーヴィエルの黄昏に踊る姿を目にしました。彼女は銀色に輝く真珠のようなドレスを着て、白い素足がヘムロックの茎の間できらめいていました。ベレンはもう彼女がヴァラであろうがエルフであろうが人間の娘であろうがかまわなくなり、よく見るためにそっと近づきました。そして彼女の踊っている小さな草地を見下ろせるよう、小山に生えている若い楡の木に寄りかかりました。なぜなら魅了されて気を失いそうだったのです。あまりにほっそりとしたその姿、その美しさに、ベレンはとうとう姿を隠すのを忘れ、もっとよく見ようと開けた場所へと進み出ました。ちょうどその時満月が枝の間から明るくあたりを照らし、ダイロンはベレンの顔を目にしました。彼はすぐに自分たちの一族の者ではないと気づきました。森のエルフはみな、ドル゠ローミンのノウムのことを裏切り者、残酷で不誠実な輩だと思っていましたので、手にしていた楽器を落として彼は叫びました。「逃げろ！　逃げろ！　ティヌーヴィエル、敵がこの森を歩いている！」そして急いで木々の間をぬって去りました。ティヌーヴィエルは驚いて、すぐにはあとを追えませんでした。ただちに兄の言葉を理解することができませんでしたし、兄のように大胆に走ったり飛び出したりできないことを知っていましたので、とっさに白いヘムロックの中にすべり込み、多くの葉を広げる丈の高い花々の下に身を隠したのです。白い衣をまとった彼女の隠れた姿は、大地に落ちた葉の間からちらちら光る月光のかけらのようでした。

ベレンは悲しくなりました。孤独でしたし、彼らの見せた恐怖を嘆いたからです。彼はそのあたり一帯をティヌーヴィエルを求めて探し回りました。彼女はまだ逃げていないと思ったのです。すると突然彼の手が葉っぱの下の細い腕に触れました。叫び声とともに彼女は飛びずさり、青白い光の中をできるだけ速く軽やかに飛び去りました。エルダールにしかできない芸当ですが、月光の中で、木々やヘムロックの茂みに駆け込むかと思えばひらりとかわして逃げました。彼女の腕にそっと触れたことでベレンは前よりいっそう彼女を求め、急いであとを追いました。けれども彼女の速さには勝てません。結局ティヌーヴィエルはベレンから逃げおおせ、怯えて父の館に着きました。それから何日もの間、森で一人踊ることもありませんでした。

これはベレンにとって大きな悲しみでした。彼はあの美しいエルフの乙女の踊りを今一度見たいと思い、この地を去ろうとはしませんでした。心をかき乱され一人寂しく、何日も森の中をさまよい、なおもティヌーヴィエルを探し求めました。探索は夜明けや夕暮れ時にも続けられましたが、一番望みをかけていたのは、明るく月が輝く時間でした。ついにある晩のこと、彼は遠くにきらめくものをみつけました。すると、なんということでしょう、小さな木のない丘の上で彼女が一人踊っているではありませんか。ダイロンはそばにいません。それから何度も何度も彼女はそこへやって来て、見る人もいないのに踊り歌いました。時にはダイロンが一緒にいました。するとベレンは遠く離れた森の端から眺めました。またダイロンがいないこともありました。するとベレンはこっそり近寄るのでした。もちろんずっと前からティヌーヴィエルは彼が来ていることを知っていましたが、知らないふりをしていました。恐怖はとっくに消えていました。月明かりに照らされたベレンの顔を見たくてたまらなかったからです。彼女は、ベレンが優しい人物で、自分の美しい踊りに恋をしていると気づきました。

そのうちベレンは、密かにティヌーヴィエルのあとをつけ、森を抜け、洞窟の入り口や橋の先まで来るようになりました。そして彼女の姿が中に消えてしまうと、川の向こうで嘆いて、「ティヌーヴィエル」とそっとつぶやくのでした。ダイロンが呼ぶのを聞いて彼女の名前を知ったからです。ベレンは知りませんでしたが、ティヌーヴィエルはいつも洞窟宮の扉の陰から耳を傾け、そっと笑ったり微笑んだりしていました。ついにある日彼女が一人で踊っていると、ベレンはいつもより大胆に一歩進み出て声をかけました。「ティヌーヴィエル、僕に踊りを教えてください」。「あなたは誰？」と彼女は言いました。「ベレンといいます。険しき山地を越えてやって来ました」。「踊りたいのなら、私についてきなさい」。そう告げると、乙女はベレンの前で踊りながら森の中へ中へと入っていきました。素早く、しかしベレンが追いつけないほどではなく、時折振り返って、よろけながらついてくるベレンを見て笑い、彼女は言いました。「踊りなさい、ベレン、踊りなさい！　険しき山地の向こうでみなが踊るように」。こうして二人は曲がりくねる道を通ってティンウェリントの館へとやって来ました。ティヌーヴィエルはベレンに橋を渡るよう手招きしました。彼はいぶかしく思いながらも彼女に従い、洞窟の奥へ、彼女の住まいのある地中深くの広間へと降りていきました。

いざ王の目の前に立つと、しかし、ベレンは恥ずかしくなりました。そして女王グウェンデリングの威厳に心の底から畏怖の念を覚えました。王の言葉を聞いてください。「命も受けず我が広間へと転がり込むとは何者ぞ？」ベレンは何も言えません。それゆえティヌーヴィエルが彼に代わって答えました。「お父様、この者はベレンです。山地の向こうから来たさすらい人です。アルタノールのエルフのように踊りがうまくなりたいのだそうです」。そして彼女は笑いました。しかし王は、ベレンがどこから来たかを聞いて顔をしかめました。「口を慎みなさい、娘よ。そしてこの影の国の野蛮なエルフがお前に危害を加えようとしたかを話しなさい」「いいえ、お父様」と彼女は言いました。「この者の心に悪は一切ないと私は思います。彼に厳しくなさらないで、もしあなたの娘が泣くのをご覧になりたくないのなら。この者は私の知る誰よりも多くの驚嘆をもって私の踊りを見ていたのです」。それゆえティンウェリントは今度はこう言いました。「おお、ベレン、ノルドリの息子よ。そなたの故郷に帰る前に、森のエルフに何を望む？」

ティヌーヴィエルが父に向かって弁護をしてくれた時、ベレンの心は驚きと喜びで一杯になりました。すると内側から勇気が湧き上がり、ヒシローメから鉄《くろがね》山脈を越えてここまで彼を導いてきた冒険心が再び目覚め、大胆にティンウェリントを見つめて言ったのです。「では王よ、あなたの娘ティヌーヴィエルを私は望みます。なぜなら彼女は私が現実や夢で出会った乙女の中で最も美しく最も優しい方だからです」

広間に沈黙が広がりましたが、ただ一人ダイロンは笑っていました。聞いていた者はみな仰天し、ティヌーヴィエルだけが目を伏せていました。ベレンの荒々しく無骨な風貌を一瞥して、王も突然笑い出しました。ベレンは恥ずかしさに顔を赤らめ、ティヌーヴィエルは彼の気持ちを思って心が痛みました。「なんと！　この世で最も麗しき乙女、我がティヌーヴィエルと結婚し、森のエルフの王子になりたいとな――よそ者が求めるにしてはなんと小さな褒美よ」とティンウェリントは言いました。「ひょっとしたら予にもなにがしかのお返しを願う権利があるやもしれぬ。別にたいそうなものではない。単なる汝の尊敬のしるしだ。メルコの王冠からシルマリルを取って参れ。ティヌーヴィエルが望むなら、その日に結婚させようぞ」

その場にいた者はみな、王がこのノウムを憐れんで、この一件を田舎者の戯言にしたと悟り、笑みを浮かべました。なぜならフェアノールのシルマリルの評判は今や世界中で名高く、ノルドリはそれらの物語を語り継いでいましたし、アンガマンディから逃げてきた多くの者たちは、宝玉がメルコの鉄の王冠の中で燃えるように輝くのを見ていたからです。この王冠は、メルコの頭から外されることがありません。彼はこれらの宝玉を自身の目のように大事にしており、精霊、エルフ、人間を問わず、この世の誰一人として宝玉に指をかけてもなお命のあることは望めませんでした。このことはもちろんベレンも承知で、周囲の嘲り笑いの意味も察しがつきました。怒りに火が付いて彼は言いました。「いいえ、これほど愛しい花嫁の父上に差し上げるには、ささやかすぎる贈り物です。それにしても奇妙な習慣を森のエルフの方々は持っておられるようだ。まるで人間の輩の無礼な掟のようではないか、相手が申し出る前に勝手に贈り物を決めるとは。しかし、聞け！　この私ベレン、ノルドリの狩人は、あなたの小さな願いをかなえてみせましょう」。そう言うとベレンは広間から飛び出しました。一方みなの者は呆然と立ち尽くしていました。ティヌーヴィエルは突然泣き出しました。「酷いわ、お父様」彼女は叫びました。「愚かな戯言で人を死に追いやるなんて。あの人はきっとやるわ、お父様の蔑みで頭に血が上っていたもの。メルコがあの人を殺せば、もう二度と再びあれほどの愛で私の踊りを見る人は現れないでしょう」

すると王は言いました。「メルコが殺したノウムはあれが最初ではないし、もっと小さな理由で殺された者もいるのだ。予の広間に侵入し生意気な口をきいた罪で、つらいまじないをかけられここで拘束されなかっただけ、あの者にとってはよかったのだ」。しかしグウェンデリングの方は口を閉ざしたまま、ティヌーヴィエルをたしなめもせず、なぜこの見知らぬさすらい人のために突然泣き出したのかを問うこともありませんでした。

一方ティンウェリントの御前を飛び出したベレンは、怒りに駆られて森を抜け遠くまで進み、荒涼たる鉄《くろがね》山脈への接近を警告する低い山並みと木の茂らない土地に迫りました。その時になってやっと彼は疲れを覚え、歩みを止めました。より大きな苦労が始まったのはそれからです。深い失意の夜を毎日迎え、シルマリルの探索行に何の望みも見出せませんでした。実際望みなどほとんどない話でした。そして鉄山脈をたどってメルコの館のある恐ろしい土地に近づくとすぐに、最大の恐怖が彼を襲いました。沢山の毒蛇がいて、狼がうろついていました。さらに恐ろしいことに、ゴブリンとオークがいくつもの集団を作り、歩き回っていました。彼らはメルコが育てた邪悪な者たちで、あちこちに出向いて彼の命じる悪事を実行していました。獣、人間、エルフを罠にかけて捕まえては、自分たちの主《あるじ》のもとへ引きずってくるのでした。

何度もベレンはオークに捕まりそうになりました。そして一度は、トネリコのこん棒だけを武器にして闘い、あやうく巨狼の顎から逃れました。その他の危険や冒険を彼はアンガマンディへとさすらう旅で毎日経験しました。飢えと渇きもしばしば彼を苦しめました。もし進むのと大して変わらず危険でなかったなら、しばしば引き返したくなったことでしょう。しかしティンウェリントに嘆願するティヌーヴィエルの声が彼の胸にこだましました。夜になると時々、遠く離れた森の家で、彼のためにしくしく泣く彼女の声が聞こえる気がしました。そしてそれはもちろん本当のことでした。

ある日のこと、激しい飢えに襲われてオークの打ち捨てた野営地で食べ物のかけらを探していると、知らぬ間に戻ってきたオークにベレンは捕らえられてしまいました。オークは彼を痛めつけましたが殺しませんでした。なぜならオークの隊長が、苦難で疲れ切っていてもベレンのたくましいことを知り、もし御前に連れて行き鉱山や鍛冶場で奴隷として重労働をさせれば、メルコがおそらく喜ぶのではないかと思ったのです。そういうわけでベレンはメルコの前へ引きずり出されましたが、挫けない心をうちに秘めていました。なぜなら彼の父の氏族の間では、メルコの力は永遠には続かない、ヴァラールが最後にはノルドリの悲嘆に耳を傾けてくださる、立ち上がってメルコの自由を奪い、ヴァリノールを再び疲れたエルフに開放し、大いなる喜びが地上に戻ると信じられていたからです。

メルコはしかし彼を見て激怒しました。そしてどのようにして生まれつき彼の奴隷であるノウムごときが、命を受けずにはるばるこの森に足を踏み入れたのかと尋ねました。ベレンは、自分は浮浪者ではない、アリアドールに住むノウムの一族の出で、その地では人間との付き合いが多かった、と答えました。するとメルコはさらに怒り出しました。なぜなら彼はいつも、エルフと人間の友情と交流を壊そうとしていたからです。彼は言いました——明らかにメルコの王権に重大な謀反を企てている者がここにいる、バルログの責め苦を受けるにふさわしい。しかしベレンは自らの危機を悟って言いました。「最強なるアイヌ、メルコ様、この世の王様、そのようなことがありうるとお思いですか。もしそうならば私がここに助けもなく一人で来るはずがありません。エグノールの息子ベレンは、人間族に対して友情など懐いておりません。実のところアリアドールの地にあの民がはびこっているのに心底嫌気がさし、私は国を出てさすらっていたのです。あなた様のご威光やご栄光について、とても多くの素晴らしい話を以前父は私にしてくれました。それゆえ、私は裏切り者の奴隷でないにもかかわらず、わずかながらでも精一杯あなた様にお仕えしたいと、そればかりを願っているのです」。ベレンは加えて、自分が小さな動物や小鳥を罠にかけるのがうまいこと、そうして獲物を追っているうちに山地で道に迷い、長くさまよったのち見知らぬ土地に足を踏み入れてしまったことを話しました。そしてもしオークに捕まらなかったとしても、アイヌのメルコ陛下に拝謁して何かささやかな仕事を——ひょっとして食卓にお出しする獲物をとってくる役目をくださるようお願いする以外、身の安全のための知恵はなかったでしょうとも言いました。

さて、この台詞をベレンに吹き込んだのはヴァラールに違いありません。もしくはグウェンデリングが憐れんで、彼に巧妙に言葉をあやつれるまじないをかけておいたのでしょうか。実際、これでベレンの命は助かったのです。メルコは彼の頑丈な体つきに目を止め、彼の言葉を信じ、喜んで厨房の奴隷として受け入れました。お世辞は、このアイヌの鼻を常に甘美な香りで満たしたので、計り知れない知恵の持ち主であるにもかかわらず、ほめ言葉という甘い衣をまとっているなら、メルコは自分の蔑む者たちの多くの嘘に騙されてしまうのでした。したがって彼はベレンに、猫大公テヴィルドのもとで奴隷となるよう命令を下しました。さてテヴィルドは、誰よりも強い、強力な猫でした。悪霊を宿しているとも言われ、いつもメルコにつき従っていました。彼はすべての猫を配下にして、家来とともに獲物を追いかけ、メルコの食卓と頻繁にある宴のために肉を用意するのでした。それゆえメルコの支配が終わり、彼の獣たちも取るに足らない存在になった今でも、エルフと猫の間には憎しみがあるのです。

そういうわけで、ベレンはテヴィルドの広間へと連れて来られましたが、そこはメルコの王座からそれほど離れた場所ではなく、とても恐ろしく感じられました。なぜなら物事がこのように運ぶとは望んでいませんでしたし、広間はみな明かりが暗く、暗闇からうなり声や怪物めいたのどを鳴らす音が沢山聞こえてきたからです。

あちこちで猫の眼が緑や赤、黄色のランプのように光っており、そこでテヴィルドの家臣たちが、美しいしっぽを揺らしたりぴしっと鳴らしたりしていました。テヴィルド自身は上座にすわっていましたが、その大きな体と漆黒の毛は見るだに気味の悪いものでした。彼の目は非常に細長く、つり上がっていて、きらりと赤にも緑にも光りました。大きな灰色の髭は針のように丈夫で鋭くとがっていました。のどを鳴らす音は太鼓の連打のよう、うなり声は雷のようです。テヴィルドが怒って大声を出せば、みなの血は凍り、小さな獣や小鳥は石のように固まり、しばしばその音だけで命を落とすのでした。さてテヴィルドはベレンを見て、閉じてしまいそうなほど目を細めて言いました。「犬の匂いがする」。その瞬間からテヴィルドはベレンを嫌いました。ベレンは、故郷の荒野で猟犬を愛していました。

「なぜお前はこのような生き物を厚かましくも俺の前に連れて来たのだ？　もしかしたらこいつを料理しろということか？」テヴィルドは言いました。「いいえ、メルコ様のお言葉なのです。この運の悪いエルフはテヴィルド様の使用人として、獣や小鳥を捕まえて命をすり減らすようにとのことです」とベレンを連れて来た者たちは言いました。するとテヴィルドは蔑んで金切り声を上げました。「まことに殿は眠っておられたのか、うわの空でいらっしゃったのか。エルダールの子どもが小鳥や獣を捕まえるのに、猫大公と家臣たちの何か役に立つとお前は思うか？　足手まといな人間を連れて来たのと同じこと。エルフであろうと人間であろうと、獲物を追いかける時の我々に張り合える者など誰もいないわ」。それでも彼はベレンを試すために、鼠を三匹捕まえるよう命じました。「俺の広間は鼠だらけでな」と彼は言いました。ご想像はつくと思いますが、もちろんこれは本当ではありません。ただ少しですが、いるにはいるのです。敢えてここの暗い穴に住もうとする非常に邪悪で乱暴な魔物の鼠たちが。どぶ鼠より大きく、とても凶暴なその鼠たちを、テヴィルドは自分の気晴らし用に生かしておいたので、その数が減ることには我慢できませんでした。

三日間ベレンは鼠を狩りました。けれども罠を作るためのものを何も持っていなかったので（もちろんこういう仕掛けを作るのがうまいとメルコに言ったのは嘘ではありません）、骨を折ったにもかかわらず指を噛まれた他は何の成果も上げられませんでした。するとテヴィルドは嘲り激怒しました。しかしメルコの命令があったので、その時ベレンは、テヴィルドや彼の家来から引っ掻き傷を少々加えられただけですみました。大変だったのは、その後テヴィルドの住まいに移されてからの日々です。ベレンは厨房の下働きにされ、床掃除や皿洗い、テーブル拭きや薪割り水汲みで、毎日が惨めに過ぎました。しばしば彼は、小鳥や太った鼠を猫のために香ばしく焼く焼き串を回す仕事を与えられましたが、彼自身はめったに食べることも眠ることも許されませんでした。次第にベレンはやつれ、髪も髭も伸び放題になりました。何度も、故郷のヒシローメを出てさすらうことなく、ティヌーヴィエルの姿を見なければよかったとまで思いました。

一方その麗しき乙女は、ベレンが出発してからとても長いこと泣き続け、森で踊るのもやめてしまいました。ダイロンは苛立ち、妹の気持ちを理解できませんでしたが、ティヌーヴィエルは、枝の間から彼女をのぞき見るベレンの顔や、森を抜けて彼女のあとを追う彼の小枝を踏む音を恋しく思うようになっていました。そして父の館の前を流れる川の向こうでせつなげに「ティヌーヴィエル、ティヌーヴィエル」と呼ぶ声を、もう一度聞きたいと願いました。ベレンがメルコの邪悪な宮殿へと去り、おそらくすでに亡くなってしまった今、もう彼女は踊りたいと思いませんでした。とうとう考えるのがあまりにつらくなって、優しき乙女は母のもとに行きました。父のもとにはとても行けませんでしたし、ましてや自分の泣く姿を見せるわけにはいかなかったのです。

「ああ、お母様、おできになるなら、あなたの魔法でベレンがどうしているかを教えてください。すべてうまく行っているでしょうか?」ティヌーヴィエルは尋ねました。「いいえ」グウェンデリングは答えました。「彼はもちろん生きています。しかし悪い者に捕まり、心中の希望は絶たれています。なぜなら、おお、猫大公テヴィルドの奴隷としてその手中にあるからです」

「それでは、」彼女は言いました「私はあの方を助けに行かなければなりません。他に誰もそうしようという者がいないのですから」

グウェンデリングは笑いませんでした。なぜなら多くの事柄において彼女は知恵があり、予見する力を持っていたからです。しかしそれでもエルフが、ましてや乙女、それも王の娘が供を連れずにメルコの宮殿に行こうとするなど、ばかげた夢の中でも考えられないことです。涙の戦《いくさ》以前の、メルコの力がまだ強大になっておらず、自らの企みを隠したり嘘の網を広げたりする前の、そんな昔であってもです。それゆえグウェンデリングは、そんな愚かなことを言ってはいけないと静かに娘をたしなめました。しかしティヌーヴィエルは言いました。「それではお母様がお父様に助けをお願いしてくださらなければ。アンガマンディに戦士を送り、アイヌのメルコにベレンの自由を要求するよう頼んでください」

グウェンデリングは、娘かわいさからその通りにしました。するとティンウェリントの怒りはすさまじく、ティヌーヴィエルは自分の願いを伝えなければよかったと思いました。ティンウェリントは彼女に、二度とベレンのことを話してはいけないし考えてもいけないと命じました。そしてもし彼が再びこの宮殿に足を踏み入れたなら、生かしてはおかないと誓いました。ティヌーヴィエルはどうしたらよいか思い悩んだ末、ダイロンのもとへ行き、助けてくれるよう、いえ実際には、もしよければ一緒にアンガマンディへ行ってくれるよう頼みました。しかしダイロンはベレンを好ましく思っていなかったのでこう言いました。「なぜ僕がさすらいの森のノウムのために、この世で一番恐ろしい危険に飛び込まなければならないのだ？　実際僕はあいつをこれっぽっちも愛していない。あいつのせいで僕たちが一緒に楽しんでいた音楽も踊りも駄目になった」。さらにダイロンは、ティヌーヴィエルが彼に願い出たことを父王に伝えました。良かれと思ってのことで、ティヌーヴィエルが狂乱して死へと向かうのを恐れたからです。

ティンウェリントはダイロンの話を聞くと、ティヌーヴィエルを呼び出して言いました。「おお我が娘よ、なにゆえこの愚かな考えを捨て、父の命に従わぬのだ？」ティヌーヴィエルは答えません。すると王はティヌーヴィエルに約束するよう命じました。第一にこれ以上ベレンを想わぬこと、第二に単独でも王の民を誘ってともにでも、愚かにも彼のあとを追って邪悪な土地に行ってはならぬこと。それに対しティヌーヴィエルは、最初の約束はできないし、二つ目は半分だけ、つまり一緒に行ってくれるよう森の民の誰かを誘ったりしないとだけ約束すると言いました。

父王は激怒しましたが、怒りの裏で少なからず驚き恐れました。なぜならティヌーヴィエルは大切な娘だったからです。ほの暗くちらちらした光が射すだけの洞窟に、娘を永遠に閉じ込めておくことはできないでしょうから、彼は策を練りました。洞窟宮の入り口の上部は、川へと下る険しい斜面になっていて、大きな橅の木々が茂っていました。そのうちの一本はヒリロルン〈木の女王〉と呼ばれるとても大きな木でした。幹には深い裂け目があり、まるで三本の同じ大きさの丸いまっすぐな矢が束になって地面から伸びているように見えました。灰色の樹皮は絹のようになめらかで、人の頭のはるか上の高さまで大枝や小枝でさえぎられることなく幹を覆っていました。

ティンウェリントはこの不思議な木の高いところ、人の作った一番長いはしごが届く限界に、小さな木の家を作らせました。それは最初の枝々より上にあり、美しい木の葉で覆い隠されていました。家は三角の形で、三つの壁に一つずつ窓があり、それぞれの隅にヒリロルンの矢の一つがありました。ティンウェリントは、聞き分けるまでここで暮らすようティヌーヴィエルに命じました。そして彼女が背の高い松の木で作ったはしごを登ると、はしごは取り外され、再び地上に降りる手段がなくなってしまいました。必要なものは何でも届けられました。人々ははしごをよじ登り、食べ物や他の望みの物を与えると、再び地上に降りてはしごを外しました。王は、木にはしごを立てかけたままにしておいた者や、夜中にこっそり立てかけようとした者には死を約束していました。それゆえ見張りが木の根元近くに置かれましたが、ダイロンは自分のせいで起きてしまったことを悲しみ、しばしばそこを訪れました。ティヌーヴィエルがいなくなって淋しかったからです。一方ティヌーヴィエルは最初、木の葉に囲まれた家の中でとても喜んでいました。そしてダイロンが下で彼の最も美しいメロディーを奏でる間、小さな窓から外を眺めていました。

ある夜のこと、ティヌーヴィエルはヴァラールの夢を見ました。夢の中でベレンを想い心の中でつぶやきました。「どうかみなが忘れてしまったあの方を捜しに行けますように」。目が覚めると、月光が枝の間から射しており、彼女はどうすれば逃げ出せるか一生懸命考えました。ティヌーヴィエルはグウェンデリングの娘ですので、当然そう信じられているように、魔法やまじないを知らないわけではありません。そこで彼女はじっくり考えたのちに計画を立てました。翌日やって来た者たちに、もしよければ下の川の最も澄んだ水を持ってきて欲しいと彼女は頼みました。「でも夜中に銀のボウルで汲んだ水を、無言で私に届けなければなりません」。その次に彼女はワインを持ってきて欲しいと言いました。「こちらは金の水さしに入れて正午に持って来なければなりません。そして運ぶ者は来る時に歌を歌わなければなりません」。彼らは命じられた通りにしましたが、ティンウェリントには知らせませんでした。

ティヌーヴィエルはさらに言いました。「お母様のもとへ行って、退屈しのぎに私が紡ぎ車を欲しがっていると伝えておくれ」。その一方で密かにダイロンに頼み、小さな機を作ってもらいました。ダイロンは機作りをティヌーヴィエルの小さな木の家の中で行いました。「何で糸を紡ぎ、何で布を織るんだい？」彼は尋ねました。

「まじないと魔法よ」とティヌーヴィエルは答えました。しかしダイロンには妹のもくろみがわからず、父にも母にも打ち明けませんでした。

ティヌーヴィエルは一人になるとワインと水を取り、しばし魔法の歌を歌いながら混ぜました。それを金のボウルに入れると、彼女は成長の歌を歌い、次に銀のボウルに入れると、また別の歌を歌いました。この世で一番背の高いもの、長いものの名が入った歌でした。インドラヴァングの髭、カルカラスのしっぽ、グロルンドの腹、ヒリロルンの幹、そしてナンの剣。アウレとトゥルカスが作ったアンガイヌの鎖や巨人ギリムの首も忘れませんでしたし、最後に最も長いもの、海全体に広がる海の妃ウイネンの髪も歌いました。それから彼女はこの水とワインを混ぜたボウルで自分の髪を洗いました。そうしながら三番目の歌、最高の眠りの歌を歌いました。すると、黄昏の最も繊細な光の筋よりも細い彼女の黒髪は、突然ものすごい勢いで伸び始めました。十二時間後には髪は小さな部屋を埋め尽くさんばかりになりました。ティヌーヴィエルは大喜びして横になりました。彼女が目覚めた時、部屋は黒い霧が満ちたかのようで、自身は髪の中に深く埋もれていました。そして、なんということでしょう！　髪は窓から垂れ下がり、朝日を浴びて幹のまわりで揺れていました。苦労して彼女は自分の小さなはさみを見つけ、伸びた髪を根元近くで切りました。すると彼女の髪は以前と同じ長さまで伸びました。

それから手間のかかる仕事が始まりました。ティヌーヴィエルはエルフの手先の器用さを持ち合わせていましたが、髪を紡ぐのには長い時間がかかり、さらに長い時間がその糸を織るのに必要でした。もし誰かが来て下から声をかけると、彼女は立ち去るように命じて言いました。「私は床についています。ただ寝ていたいのです」。ダイロンは大いに驚き、何度も下から呼びかけましたが、ティヌーヴィエルは答えませんでした。

さてあの雲のような髪の毛でティヌーヴィエルは黒い霧のようなローブを織りました。その衣は、母がずっと昔に身にまとって踊ったローブよりも、ずっと強い眠りの魔法にたっぷりと浸してありました。このローブを彼女は自分のちらちらきらめく白の服の上に着ました。すると彼女のまわりは、魔法の眠りで一杯になりました。残りの髪で彼女は丈夫なロープを編みました。それを家の中の木の幹に結ぶと仕事は終わりました。彼女は西向きの窓から川の方を見ました。すでに陽光は木々の間で薄れていました。そして薄暮が森に満ちると、静かに低く歌を歌い始めました。歌いながら彼女がその長い髪を窓から投げ出すと、眠りをもたらす霧が下の見張りの頭や顔に触れました。彼らはティヌーヴィエルの声を聞いて突然底なしの眠りに落ちました。闇の衣をまとったティヌーヴィエルは、髪で編んだロープを栗鼠《りす》のように身軽にすべり降りました。そして舞いながら橋へ向かうと、橋の番兵が声を上げる間もなく、踊りながら彼らの中に混じっていました。彼女の黒い衣のへりが番兵に触れると、彼らは眠りに落ちました。ティヌーヴィエルは踊る足で急げる限りの速さで遠くへと逃げました。

ティヌーヴィエルの逃亡がティンウェリントの耳に届くと、悲しみの入り混じった王の怒りはすさまじく、宮廷全体が大騒ぎになりました。森中に捜索の音が鳴り響きましたが、ティヌーヴィエルはすでに遠くに去り、夜闇の山脈のふもとの陰鬱な丘に近づいていました。言い伝えによるとダイロンは、妹のあとを追って完全に迷い、二度とエルフィネッセには戻って来なかったそうです。その後パリソールに向かい、そこで今も奥深い魔法の音楽を奏でているとか。南の木立や森で、もの悲しくわびしい曲が聞こえるそうです。

ほどなくしてティヌーヴィエルは、道すがら、なんて大胆なことをしてしまったのだろう、これから何が待ち受けているのだろうと考え、突然の恐怖に襲われました。しばらく来た道を戻り、ダイロンが一緒ならばよかったのにと泣きました。実際兄のいる場所は、それほど離れていなかったといいます。けれど夜闇の森の広大な松林で道に迷い、さまよっていたのです。その森はのちに、トゥーリンがベレグを不運にも殺めてしまった場所でした。

ティヌーヴィエルは、こうした場所の近くに来ましたが、その暗い土地には入りませんでした。そして心が再び元気を取り戻すと、先を急ぎました。彼女自身がベレンより強い魔法を持っていましたし、不思議な眠りのまじないを自身の服にかけていましたので、かつてベレンを襲ったような大きな危険はありませんでした。しかし一人の乙女が歩むには長く不吉で気の滅入る旅でした。

さてその頃テヴィルドに、この世でたった一つ困ったことがあったというお話をしましょう。それは犬の一族です。犬の多くは猫の友でも敵でもありませんでした。なぜなら彼らはメルコの臣下となり、彼の抱えるどの動物よりも野蛮で残忍だったからです。実際その最も残忍で野蛮なものたちから、メルコは狼族を生み出し、実に可愛がっていました。当時アンガマンディの門を守り、長くその務めを果たしていたのは、狼たちの祖、大きな灰色狼カルカラス〈短刀牙〉ではなかったでしょうか？　その一方でメルコに頭を下げず、彼を恐れて生きているばかりでない多くの犬がいたのです。彼らは、人間の家に飼われて、彼らがいなければ降りかかったであろう多くの悪から人を守ったり、ヒシローメの森を徘徊したり、山脈を越えて時にはアルタノール国内へ、またその先の土地や南方へ行ったりしていました。

こうした犬がテヴィルドや彼の家臣や配下の者を見かけると、大声で吠え立てて大追跡が始まりました。木登りや身を隠す技術に長けていたため、またメルコの庇護のもとにあったため、猫が殺されることはめったにありませんでしたが、両者の懐く敵意は激しく、猫の間で恐れられている猟犬もいました。ただテヴィルドが恐れる犬はいません。なぜなら彼は最強の猫で、犬の首領フアン以外のどの犬よりも身軽で素早かったからです。フアンは敏捷だったので、ある時彼はテヴィルドに嚙みついてその毛皮を味わいました。テヴィルドも大きな爪で引っ掻き傷をお返ししましたが、猫大公の自尊心は大いに傷つけられ、犬たちの頭《かしら》フアンを痛めつけようと切望していました。

ですから森でフアンに出会うという幸運がティヌーヴィエルに訪れたのは幸いでした――ただし彼女は最初死

ぬほど怖がり逃げ出しましたが。ファンはふたっ飛びでティヌーヴィエルに追いつくと、静かな深い声で失われたエルフの言葉をしゃべり、怖がらぬようにと言いました。「なにゆえ私の目の前でエルフの乙女が、それもこの上なく美しい娘が、邪悪なるアイヌの館近くで一人さまよっておるのだ？　参るにはとてもおぞましい場所と知らぬのか、乙女よ？　供を連れていても危うかろうが、一人とは死を意味する」

「知っています」ティヌーヴィエルは言いました。「旅が好きでここに来たのではありません。ただベレンを捜しているのです」

「ベレンについて何を知っておるのか？」ファンは言いました。「まことに大昔からの我が友、エルフの狩人エグノール・ボ＝リミオンの息子ベレンのことを言っておるのか？」

「いいえ、私のベレンがあなたの友であるのかすら私は知りません。私はただ険しき山地の向こうからやって来たベレンを捜しているのです。あの方とは父の家の近くの森で知り合いました。けれど彼はもう森にはいません。母グウェンデリングはその知恵で見通して、猫大公テヴィルドの無慈悲な家で奴隷になっていると言いました。これが本当なのか、いえもっと恐ろしいことがその身に起きているのか、私にはわかりません。だからあの方を見つけに行くのです――何の計画もありませんが」

「では私が計略を練って進ぜよう」ファンは言いました。「私を信じなさい。私は犬たちの頭ファン、テヴィルドの宿敵なのだから。しばし私とともに木陰で休むがよい。さすれば私がじっくり考えよう」

ティヌーヴィエルはファンの言う通りにしました。ファンが見張っている間、実に長く眠っておりました。なぜなら彼女はとても疲れていたのです。しばらくして目が覚めると彼女は言いました。「ああ、寝過ごしてしまいました。さあ考えを聞かせてください」

そこでファンは言いました。「難しいだけでなく汚いやり方かもしれぬ。ただこれ以外の企ては考えつかなかった。もしもそなたに勇気があるのなら、日の高いうちに大公の居城へ忍び足で行かれよ。テヴィルドと家中のほとんどのものは、門前の岩棚でまどろんでおるだろう。そこでそなたのやり方でよいから、そなたの母御が言われたように、本当にベレンが館にいるかどうかを調べるのだ。私の方はここから遠くない森の中で待っておる。そしてもしテヴィルドに目通りできたなら、ベレンがそこにいようといまいと、私の頼みを入れて、そなたの願いの助けとしてくれぬか。犬たちの頭《かしら》フアンにどのようにして出くわしたかをテヴィルドに話して欲しい。森の中で、この場所で、病に倒れていたと伝えておくれ。もちろんここへの道を教えてはならぬ。できることならそなた自身で案内してもらわなければならぬ。さすれば私がそなたとテヴィルドのために考え出した仕掛けをご覧に入れよう。思うに、こういう知らせを持っていけば、テヴィルドも館でそなたを粗末に扱うまいし、そこに閉じ込められることもあるまい」

このようにしてフアンは、テヴィルドを傷めつけ、成り行き次第ではこの猫を倒せるだけでなく、ベレンも同時に助けられる計画を立てました。フアンは、このベレンこそ本当にヒシローメの猟犬が愛するエグノールの息子ではないかと思っていました。もちろんグウェンデリングの名前を聞いて、この乙女が森の国の妖精の姫だとわかっていましたので、この娘を助けたいと心から願い、彼女の愛らしさを好もしく思っていました。

ティヌーヴィエルは心を奮い立たせ、こっそりとテヴィルドの館へ向かいました。そしてフアンは彼女の勇気に感嘆しました。計画の成功のために行ける範囲まで、ティヌーヴィエルに知られずあとをつけていたのです。とうとう彼女は視界から消え、身を隠すことのできる木々のもとを離れ、ところどころに灌木の点在する背の高い草の生えた場所に出ました。そこは登り坂になっていて、小山の尾根へと続いていました。今、その岩がちな稜線には陽が当たっていましたが、背後の山々全体には黒い雲が垂れ込めていました。そこにアンガマンディがあるからです。ティヌーヴィエルは恐怖に押し潰されて、その闇を見ないよう上を見上げることなく進みました。

しばらく行くと標高が高くなり、草はまばらで岩ばかりになってきました。そしてとうとう片側が垂直に切り立った崖下に到着すると、その硬い岩棚の上にテヴィルドの城がありました。そこに向かうには道がありませんでした。城の建っている場所から森までは、何段もの岩棚が続いていました。ですから沢山の大きな跳躍をしなければ、館の玄関には到達できません。さらに城の近くでは、傾斜はますます急になっていました。テヴィルドの居城には窓がほとんどなく、一階には一切ありませんでした——実際、玄関も高所に設けられ、人間の家ならば上の階の窓を付ける位置にありました。一方屋根は沢山あり、広々として平らで、陽が良く当たる造りになっていました。

さてティヌーヴィエルは悄然として一番下の岩棚をゆっくりと歩み、恐怖におののいて山の上の暗い館を見ました。するとどうでしょう、岩壁がカーブしているところで一匹の猫が陽を浴びて、どうやら昼寝をしているようではありませんか。彼女が近づくと、猫は黄色い目を開けて瞬きしました。それから起き上がって伸びをすると、歩み寄って言いました。「どこへ行くのだ、小娘？　テヴィルド殿下と家臣のみな様が日光浴をなさる場所に立ち入っていることを知らぬのか？」

ティヌーヴィエルは大いに怯えましたが、精一杯勇敢に答えました。「それは存じませんでした、閣下」——この呼びかけは、この年老いた猫を大いに喜ばせました、というのも本当は単なるテヴィルドの門番だったからです——「けれどもあなた様のお力添えをいただいて、今すぐテヴィルド様にお目にかかりたいのです——ええ、もしお休みになっている最中だとしても」。彼女がこう言ったのは、驚いた門番がしっぽをぴしっと鳴らし、彼女の願いを却下したからです。

「どうしてもテヴィルド様のお耳にだけ入れたい差し迫った重要なお話があるのです。どうか私を連れて行ってください、閣下」とティヌーヴィエルは訴えました。その言葉に猫は大きくのどを鳴らしましたので、彼女は思い切って彼の醜い頭を撫でてみました。その頭は、現在この世に存在するどの犬の頭よりも大きかったので、彼女自身の頭よりもずっと大ぶりでした。このように懇願されて、ウムイヤンという名のその猫は、こう言いました。「それではわしと一緒に来るがいい」。そしてティヌーヴィエルの服を肩のところでいきなりつかむと、恐ろしいことに彼女を背中に放り上げ、二番目の岩棚へ飛び移ったのです。そこで猫は止まりました。そしてティヌーヴィエルが背中から這い下りてくると言いました。「よかったな、今日の午後我が殿テヴィルド様はお屋敷から遠く離れたこの低い岩棚でお休みになる。とても疲れて眠くてしかたがないのでな、あまり遠くへお前を運ぶ気にはなれぬと思っていたのだ」。ええ、ティヌーヴィエルは漆黒の霧のローブを着ていたのです。

ウムイヤンはそう言うと、大あくびと伸びをしてから、岩棚にそって開けた場所へと案内しました。そこには日差しを浴びて熱くなった石の大きなしとねがあり、その上にテヴィルドの恐ろしい姿がありました。彼はその邪悪な目を両方閉じていました。そばに近づくと、門番猫のウムイヤンはそっと耳にささやきました。「娘がお目通りを待っております、殿様。申し上げたい大事な知らせがあると言って、追い返そうとしても聞きません」。テヴィルドは怒ってしっぽを叩きつけ、半目を開けました。「何事か、急いで言え。今は猫大公テヴィルド様に拝謁を願い出る時間ではない」

「その通りでございます、殿下」ティヌーヴィエルは震えながら言いました。「お怒りをお鎮めください。話をお聞きになれば、殿下もお怒りにはなりますまい。大切な話ですので、ここでささやくことすら憚られます。風が運ばないともかぎりませんから」。そしてティヌーヴィエルはまるで不安に駆られたかのようにちらりと森の方を見ました。

「いや、去れ」テヴィルドは言いました。「お前は犬の匂いがする。犬と関わり合った妖精が、どのような良い知らせを猫のもとへ持ってくるというのだ?」

「いいえ、殿下、私から犬の匂いがしても不思議ではありません。たった今、一匹の犬から逃げてきたところなのですから――実は私が申し上げようとしているのは、殿下も名前をご存知の、ある強き犬のことなのでございます」。するとテヴィルドは起き上がり目を開けました。あたりを見回して何度も伸びをすると、ようやくティヌーヴィエルを館の中に案内するよう門番猫に命じました。そこでウムイヤンは前と同じように彼女を背中に乗せました。さてティヌーヴィエルは恐怖で胸が締めつけられました。望みかなってテヴィルドの城砦に入り、そこにベレンがいるかがわかるかもしれない機会を得ましたが、その先の計画は何もありません。自分自身がどうなるのかもわかりません――実際これから先何が起こるのかを知ることができたなら、彼女は逃げ出していたことでしょう。しかし二匹の猫は岩棚を城に向かって登り始めました。ウムイヤンはティヌーヴィエルを背負って一つ上の岩棚に飛び乗りました。次にまた一つ。そして三度目の跳躍をした時に彼がよろけたので、ティヌーヴィエルは恐怖で叫びました。テヴィルドは言いました。「どうしたのだ？　ウムイヤン、足手まといめ。これほど早く老いが忍び寄るなら、俺の仕事を去る時が来たようだな」。ウムイヤンは言いました。「いいえ殿様、どういうわけか目がかすんで頭が重いのです」。彼が酔っぱらいのようによろけたので、ティヌーヴィエルは背中からすべり落ちてしまいました。するとウムイヤンはその場で横になり、深い眠りに落ちてしまったようでした。テヴィルドは怒り狂いティヌーヴィエルをいささか乱暴につかみました。そして自分で彼女を玄関まで運びました。大きな跳躍をすると彼は館の中に飛び込みました。娘に降りるように命じ、一声叫ぶと、それは暗い廊下や通路に恐ろしくこだましました。聞きつけた家来が奥から駆けつけました。テヴィルドはそのうちの何匹かにウムイヤンのもとまで降り、縛って岩から投げるよう命じました。「垂直に切り立つ北側からにしろ。あいつはもう俺の役に立たん。老いで足腰が弱ったのだ」。ティヌーヴィエルはこの冷酷非道な獣の言葉を聞いて震えました。しかしテヴィルドも命令しながら、まるで突然眠気に襲われたようにあくびをしてよろけていました。彼は他の者にティヌーヴィエルを奥のとある部屋へ連れて行くよう命じました。そこはテヴィルドがいつも重臣たちと肉を食らう部屋でした。部屋には骨が一杯で嫌な臭いがしました。窓がなく、扉も一つだけでした。配膳口が大きな厨房に通じていて、赤い光がそこから忍び込みぼんやりと室内を照らしていました。

ティヌーヴィエルはあまりの恐ろしさに、猫族が去るとしばらく身動きもできずに立ち尽くしていました。しかしやがて闇に慣れるとあたりを見回し、配膳口に広い敷居がついていることに気づきました。それほどの高さではなく、身軽なエルフでしたので、彼女はその上に飛び乗りました。戸が半開きになっていて、そこから覗くと、丸天井の広い厨房がいくつかと赤々と燃える火と中であくせく働き続ける者たちが見えました。たいていは猫でしたが――なんということでしょう、大きなかまどの近くで身をかがめているのはベレンです。彼は苦役ですすまみれになっていました。ティヌーヴィエルはすわり込み泣きましたが、まだ何もできないでいました。実際すわっている間に、突然テヴィルドの辛辣な声が部屋の中で響きました。「一体全体あの頭のおかしなエルフはどこへ逃げたのだ？」その声を聞いたティヌーヴィエルは、縮み上がって壁に寄りかかりました。テヴィルドは彼女が止まり木のように乗っている場所を見つけて叫びました。「この小鳥はもう歌わぬのか。降りてこい！さもないとこちらから迎えに行くぞ。いいか、エルフが冷やかしで拝謁を願うのは勧めないぞ」

半分は恐怖から、もう半分は彼女の澄んだ声がベレンにまで届くのではないかという希望から、ティヌーヴィエルは突然大きな声で用件を話し始め、その声が調理場に響き渡りました。「静かに！　娘よ」テヴィルドは言いました。「もし外で秘密にしなければならない話なら、館でどなって良いものではなかろう」。するとティヌーヴィエルは言いました。「そのような口は利かぬように、猫よ、たとえあなたが強き猫の殿であったとしても。なぜなら私はティヌーヴィエル、あなたの願いをかなえるため、わざわざこちらへ出向いた妖精の姫ではありませんか」。ティヌーヴィエルは前より大きな声で叫びましたので、この言葉に反応して、厨房でガシャンという音がしました。金属や陶器でできた沢山の器を突然床に落としたような音でした。テヴィルドはうなりました。「馬鹿なエルフのベレンの奴め、つまずいたな。メルコ様、あんな連中はどこかへやってください」。ティヌーヴィエルは、ベレンが話を聞いてあまりの驚きに衝撃を受けたのだと想像し、恐怖を忘れ、もはや向こう見ずな行いを後悔していませんでした。しかしテヴィルドは娘の傲慢な言葉に腹を立てていました。この娘の話からどんな良いことが聞けるかをまず知りたいと思っていなかったなら、すぐにティヌーヴィエルは困ったことになったでしょう。実際その瞬間から、彼女は大きな危険に身をさらすことになりました。なぜならメルコとその臣下は、ティンウェリントと彼の民を無法者とみなし、彼らを罠にかけ残酷な仕打ちをするのを無上の喜びとしていました。それゆえもしティヌーヴィエルをメルコの御前に連れて行けば、テヴィルドはますます引き立てられたことでしょう。実はティヌーヴィエルが名乗った途端に彼は、自身の用が片付いたらそうしようと考えていました。しかし本当のところその日、彼の頭は眠気で働いていませんでした。なぜティヌーヴィエルが配膳口の敷居の上にいたのか、いつもならもっと不思議に思ったでしょうし、ベレンの件をもっとよく考えなかったのは、心がティヌーヴィエルの持ってきた話にばかり向いていたからです。それゆえ不機嫌を隠して彼は言いました。「いや、姫よ、機嫌を直してくれ。さあ、じらされて余計に聞きたくなった。俺の耳に入れようというのはどういう話か？　もう聞きたくてうずうずしているのだ」

ティヌーヴィエルは言いました「無礼で乱暴なけだものがいます。名前はファンです」――この名を聞いて、テヴィルドは背中を丸めました。毛が逆立ってぶつかり合い、眼光が赤く変わりました。ティヌーヴィエルは続けました。「このような野獣が、有力者の猫大公のお住まい近くの森を汚すのを許されているとは残念なことです、テヴィルド様」。テヴィルドは言いました。「許した覚えはない。奴がこっそり来ているだけだ」「いずれにせよ」ティヌーヴィエルは言いました、「今はそこにいるのです。ただついにあれの命も完全に終わりを迎えるかもしれません。というのも、ああ、森を抜けようとした時に、大きな動物が地面に横たわり、病んでいるかのようにうめいているのを私は見たのです――なんとそれはファンでした。何か悪いまじないか病気があのものをつかんで離さず、なすすべもなく、このお館から西に半里も離れていない森の谷間に倒れていました。私が助けに近寄った時、もしあの野獣が私に向かってうなり声を上げ、噛みつこうとしなかったならば、これしきのことでお耳を汚すこともなかったでしょう。このようなけだものには何が起きても当然です」

ティヌーヴィエルが話したことはすべて、ファンに教えられて考え出した大嘘です。普通エルダールの乙女は嘘を考えたりしません。けれどエルダールの誰かが、このことで彼女やベレンを後で責めたとは聞いたことがありません。私も同じ気持ちです。テヴィルドは悪い猫でしたし、メルコはこの世の誰よりも邪悪な存在でしたし、ティヌーヴィエルには恐ろしい危険が迫っていたのですから。しかしテヴィルドは、自身が巧みな大嘘つきで、獣や生き物の嘘やごまかしに精通していたので、言われたことを信じるべきかどうかなどほぼ考えたことがありませんでした。真実だと思いたいこと以外はすべて信じないことにしていたのです。その結果、彼はより誠実な者にしばしば騙されました。ファンが力なく倒れていたという話はたいそうテヴィルドを喜ばせましたので、彼はすぐにも本当だと信じたくなりました。そして少なくとも真実かどうかは試してみようと思いました。ただ最初は無関心を装って、これほど内密にした割には大したことではなかった、わざわざ大騒ぎせずに外で話してもよかったのにと言いました。しかしティヌーヴィエルは、ファンの耳には一里離れたほんのわずかな音でも聞こえ、猫の声なら他のどの音よりも遠くで聞き取れると、猫大公テヴィルド様に教える必要があるとは思わなかったと言いました。

そこでテヴィルドは、彼女の話が信じられないというふりをして、ティヌーヴィエルからファンの正確な居場所を聞き出そうとしました。けれども彼女はあいまいな答えしかしませんでした。そこに城から逃げ出せる唯一の望みがあるとわかっていたからです。ついにテヴィルドは好奇心に負け、もし嘘ならば恐ろしい目に会うぞと脅しながら、家臣を二匹呼び出しました。そのうちの一匹はオイケロイ、どう猛な兵士猫でした。三匹はティヌーヴィエルとともにその場を出発しましたが、彼女が魔法の黒い服を脱いで畳んだので、元の大きさや嵩にもかかわらず、ほんの小さなネッカチーフにしか見えなくなりました（彼女はとても術に長けていました）。このようにしてティヌーヴィエルは、オイケロイの背中に乗って無事に岩棚を降りました。そして彼女の運び手が眠気に襲われることもありませんでした。みなはティヌーヴィエルが指示した方角に向かって森をこっそりと通り抜けました。すぐにテヴィルドは犬の匂いを嗅ぎ、毛を逆立て、大きなしっぽを打ち振りました。それから高い木に登り、そこからティヌーヴィエルが教えたあの谷を見下ろすと、本当にファアンの大きな体が腹ばいで倒れ、うなったりうめいたりしているのが見えました。テヴィルドは大喜びして急いで降り、はやる気持ちにティヌーヴィエルのことなど忘れてしまいました。彼女の方はファアンに迫る危険を大いに恐れつつ、こんもりとした羊歯《しだ》の茂みに身を隠しました。テヴィルドと二匹のお供の計画は、異なる場所から静かにあの谷に入り、ファアンが気づかぬうちに不意討ちで殺すか、あるいは戦えないほど弱っているのなら、慰みものにして責め苛むというものでした。いよいよ実行する時が来ました。しかし彼らが飛びかかったちょうどその時、ファアンは力強く吠えながら高く跳ね上がり、あのオイケロイという猫の首近くの背中に食いつきました。オイケロイは息絶えました。しかしもう一匹の家来は、わめきながら大きな木に登って逃げました。その結果テヴィルドだけが取り残され、一対一でファアンと相対したのです。このような対決はテヴィルドにとって不本意でしたが、ファアンがあまりに素早くかかってきたので逃げることもできず、草地で激しい闘いが始まりました。テヴィルドはおぞましい叫び声を上げましたが、しまいにファアンがテヴィルドののどに嚙みつきました。もしテヴィルドがやみくもに引っ掻き、爪でファアンの片目を貫かなかったなら、命を失っていてもおかしくはありませんでした。ファアンは激しく吠え、テヴィルドはぞっとする悲鳴を上げながら大きく身をよじって体を引き離しました。そして供の猫と同様に、そばの背の高いすべすべした木に飛び上がりました。痛ましい傷にもかかわらず、ファンはすぐにその木の下に飛び込み、けたたましく吠えました。テヴィルドは上から彼を罵り、酷い言葉を浴びせました。

ファンは言いました。「聞け、テヴィルド。狩り慣れた惨めな鼠のようにされるがまま、捕まえ殺せるとお前の考えていたファンがここに言う。よいか、永遠に独りでその木の上にいるがよい、その傷から死ぬまで血を流すがよかろう。さもなければ降りてきて、今一度私の歯を味わえ。もしどちらも好まぬのなら、妖精の姫ティヌーヴィエルとエグノールの息子ベレンの居場所を教えよ。二人は私の友。二人を連れてくればお前の命は助けよう。お前には過ぎた身代金よ」

「あの呪われたエルフなら、むこうの羊歯《しだ》の茂みでめそめそ泣いているわ、俺の耳が確かなら」とテヴィルドは言いました。「ベレンの方は一時間前に不始末をしでかして、我が城の厨房の料理長ミアウレからたっぷり引っ掻き傷を頂戴したと思うが」

「ならば二人を無事に連れて参れ」ファンは言いました。「さすれば館に帰り、傷をなめて癒すこともできよう」

「ここに一緒にいる家来に絶対二人を連れて来させる」とテヴィルドは言いましたが、ファンはうなり声を上げて言いました。「そう、お前の一族郎党とオークの群れとメルコの禍《わざわい》も一緒にな。私も馬鹿ではない。ティヌーヴィエルにお前の指示だと証明する品を持たせ、ベレンを連れて来られるようにしろ。それが気に入らぬのなら、ずっとそこにいるがよい」。仕方なくテヴィルドは黄金の首輪を投げ落としました。どんな猫でも敬意を払う証拠の品です。しかしファンは言いました。「いや、これだけでは足らぬ。これを持参すれば、お前の家来がみなお前を捜し始める」。それはテヴィルドも承知の上で、実際そうなることを願っていたのです。こういうわけでついに疲れと飢えと恐怖がこの驕り高ぶる猫、メルコに仕える大公を打ち負かし、猫の秘密とメルコがゆだねたまじないを明かさせたのです。それは彼の石造りの悪の館をつなぎ合わせていた魔法の言葉でした。また猫族すべてを本来の性質を越えた邪悪な力で満たし、テヴィルドの配下にした言葉でした。というのも長いことテヴィルドは、獣の姿をした悪霊だと言われていたのです。ですから彼がこの言葉を明かした時、ファアンの大きな笑い声が森にとどろきました。猫が権力を握る時代が終わったと知ったからです。

ティヌーヴィエルはテヴィルドの黄金の首輪を持って門前の一番下の岩棚に急ぎました。そして立ち止まって澄んだ声でまじないを唱えました。するとどうでしょう、あたりに沢山の猫の声が響き渡り、テヴィルドの館が揺れました。そこから館住まいの猫たちが群れになって出てきました。彼らは縮んでちっぽけな体になり、ティヌーヴィエルを怖がっていました。彼女はテヴィルドの黄金の首輪を振りながら、彼らの前で、ある言葉を唱えました。それは彼女に聞こえる場所でテヴィルドがファアンに教えた言葉で、猫たちは彼女の前で委縮しました。ティヌーヴィエルは言いました。「さあ、城に閉じ込められていたエルフ族や人間の子孫をみな連れて来なさい」。すると、おお、ベレンが連れ出されたではありませんか。けれど他に囚われていた者のうち、出てきたのはギムリだけでした。彼は苦役で腰が曲がり目が見えなくなった年老いたノウムで、歌によるとこの世で一番鋭い耳を持っていたそうです。ギムリは杖に寄りかかりながらベレンに助けられて出てきました。一方ベレンの方はぼろを身にまとい、やつれていました。手には厨房で拾った大きなナイフを持っていましたが、館が揺れ、猫が口々に叫んでいるのを聞いた時に、また新しく何か悪いことが起きるのではと恐れたからでした。ベレンは、彼女に向かって身をすくませている猫の群れの中にティヌーヴィエルを見つけ、テヴィルドの黄金の首輪を目にしました。すっかり驚いて、どう考えたらよいのかわかりませんでした。しかしティヌーヴィエルはとても喜んでこう言いました。「ああ、ベレン。険しき山地を越えてきた人よ。私と一緒に踊ってくれますか？――けれどここではない場所にいたしましょう」。彼女はベレンを離れた場所に導きました。猫たちはみな鳴きわめき始め、森の中でファンとテヴィルドもその声を聞きました。けれども誰もベレンとティヌーヴィエルのあとを追ったり邪魔をしたりしませんでした。なぜならみな怯えていましたし、メルコの魔法は彼らから抜け落ちていたからです。

のちにテヴィルドが震える仲間をつき従えて館に戻った時、みなは黙って二人を行かせたことを後悔しました。テヴィルドの怒りがすさまじく、しっぽを振って近くにいた者をみな鞭打ったからです。犬の頭《かしら》ファンは、ベレンとティヌーヴィエルが草地に戻ってくると、愚かと思われるかもしれませんが、さらに戦《いくさ》をしかけることなく悪の大公を館に帰しました。しかし大きな黄金の首輪は自分の首に着けたので、テヴィルドは何よりこれに腹を立てました。というのも大いなる魔法の力と威光がそれに備わっていたからです。ファンは、テヴィルドが生きていることこそ気に入りませんでしたが、もう猫に怖さを感じませんでした。その時以来ずっと、猫族は犬を目にすると逃げ出します。また犬は、テヴィルドがアンガマンディ近くの森で屈して以来、猫をいまだに蔑んでいます。これはファンのなした最大の功績です。もちろんしばらくのちに、すべてはメルコの耳に入り、テヴィルドや猫の一族は呪われて追放されました。また猫たちはあの日以降、主君や主人、友といったものを持ちませんでした。彼らが鳴きわめき悲鳴を上げるのは、心が淋しくつらく、喪失感で一杯だからです。胸にあるのは闇ばかりで、情はありません。

お話の続きに戻りましょう。テヴィルドは何としてもベレンとティヌーヴィエルを連れ戻し、ファンを亡き者にして、失ったまじないと魔力を取り戻そうと思いました。メルコを非常に恐れていたからです。したがって彼は主人の助けを求めて、自らの敗北や呪文の暴露を告白しようとはしませんでした。一方そのことを知らないファンは、この地は危険だと考えていました。そして世の中で起きるたいていのことのように、ことの顚末がすぐにメルコの耳に届くのではないかと、とても恐れていました。それゆえティヌーヴィエルとベレンは、遠い土地をファンと一緒にさすらいました。二人はファンの大の親友になり、その生活の中でベレンは力を取り戻し、奴

「テヴィルドは彼女が止まり木のように乗っている場所を見つけて叫びました」五八頁

隷の傷跡を癒しました。そしてティヌーヴィエルはベレンを愛していました。

彼らの毎日は危険と困難に満ち、とても孤独でした。というのもエルフや人間の顔を見ることはまったくなかったのです。しまいにティヌーヴィエルは、母グウェンデリングをしきりに恋しがり、黄昏時に故郷の古い館のそばの森で、母が子どもたちに歌ってくれた優しい魔法の歌が聞きたくてたまらなくなりました。何度も彼女は、兄ダイロンのフルートの音が二人のいる心地よい草地で響くのを耳にした気がして、心が重くなりました。ついに彼女はベレンとフアンに言いました。「どうしても家に帰りたいのです」。今度はベレンの心が悲しみで曇りました。なぜなら彼は、犬たちと一緒のこの森の生活が好きだったからです（今では多くの犬がフアンに合流していました）。しかしティヌーヴィエルがいなければ楽しくありません。

それでもベレンは言いました。「シルマリルを持って行かない限り、あなたと一緒にアルタノールに帰ることはできません――またその後あなたに会いに行くこともできません、美しいティヌーヴィエル。そしてもうシルマリルは手に入らないでしょう。メルコの館から逃亡して、配下の密偵に見つかればどんな酷いことをされるかわからぬ危険の中にいるのですから」。ティヌーヴィエルと別れる悲しみをかみしめベレンがこう言うと、彼女の心は引き裂かれました。ベレンのもとを去ることも、このままずっと流謫の生活を送ることも、どちらも耐えられなかったのです。悲しみに沈んで、長いことティヌーヴィエルはすわり込み口を開きませんでした。ベレンはそばに腰かけ、ようやく言葉をかけました。「ティヌーヴィエル、一つだけ私たちにできることがあります――シルマリルを奪いに行くのです」。それに対しティヌーヴィエルは、フアンに助けと忠告を求めました。しかしフアンは厳しい顔をして、愚かだとしか言えませんでした。しまいにティヌーヴィエルは、草地で闘った時にフアンが殺したオイケロイの皮をくださいと言いました。オイケロイはとても大きな猫だったので、フアンはその皮を戦利品として持ち歩いていたのです。

ティヌーヴィエルは彼女の技と妖精の魔法を発揮しました。ベレンをこの皮の中に入れて縫い合わせ、大きな猫に見えるようにしました。それからすわり方やのびの仕方、猫らしい歩き方、跳ね方、駆け方を教えると、しまいにはファンの髭がベレンを見てこわばるようになり、ベレンとティヌーヴィエルは笑い出しました。しかし最後までベレンは、実物の猫のように悲鳴を上げたり、鳴きわめいたり、のどをゴロゴロ鳴らしたりできるようになりませんでしたし、ティヌーヴィエルも猫皮の死んだ眼に光を宿らせることはできませんでした。「これで良しとしなければ」と彼女は言いました。「口をつぐんでさえいれば、とても身分の高い猫の雰囲気がありますよ」

それから二人はファンに別れを告げ、メルコの館を目指して楽な道を選んで進みました。なぜならオイケロイの皮を着ているベレンは、非常に不快で暑かったのです。ティヌーヴィエルは、このところ長く苦しんでいた心がしばし軽くなり、ベレンを撫でたりしっぽを引っ張ったりしました。ベレンはそのお返しに、自分の望むように激しくしっぽを鞭打つことができず腹が立ちました。ようやく二人はアンガマンディに近づきました。ゴロゴロと地の底からの響き、休むことなく働く一万の鍛冶屋の大きな金槌の音が、そう告げていました。近くにノルドリの奴隷が山のオークやゴブリンに監視されてつらい労働をする悲しい地下室があるのです。あまりの陰気さと暗さで二人の心は沈みましたが、ティヌーヴィエルは今一度深い眠りの黒衣を身に着けました。アンガマンディの門は鉄製で、おぞましい細工がしてあり、ナイフや釘が嵌め込まれていました。門前にはこの世に存在した中で一番大きな狼、眠りを知らぬカルカラス〈短刀牙〉がいました。ティヌーヴィエルが近づくのが見えると、彼はうなり声を上げました。しかし猫については注意を払いませんでした。猫はいつも門を出入りしており、彼らのことを見下していたからです。

「うなるのをやめなさい、カルカラス」彼女は言いました。「私はメルコ様にお目にかかりたいのです。このテヴィルドの家臣は私の付き添いで来ました」。この時闇のローブは彼女のきらめく美しさを隠していました。カルカラスは大して疑っていませんでしたが、いつものように近づいて娘の匂いを嗅ぐと、服では隠し切れないエルダールのかぐわしい香りがしました。そのためティヌーヴィエルはすぐさま魔法の踊りを始め、闇のヴェールの黒い紐飾りをカルカラスの目に放ちました。眠気で足がぐらついた狼は、ごろりと仰向けになり、寝てしまいました。カルカラスが寝入って、まだ子狼の頃にヒシローメの森で大捕り物をしている夢を見るまで、ティヌーヴィエルは踊りをやめませんでした。それから二人は黒い門をくぐり、影に覆われた沢山の通路をくねくね曲がりながら降り、とうとうメルコの面前にたどり着いたのでした。

暗がりでは、ベレンはテヴィルドの家来として十分通用しました。実際オイケロイは以前にメルコの館を何度も訪れていましたので、誰も彼に注意を払いませんでした。彼は誰にも見られずにこのアイヌの椅子の下にこっそり潜り込みました。しかしそこには蛇や邪悪な生き物がいたので、彼は恐れおののき、身動きできませんでした。

すべては運よく運びました。もしテヴィルドがメルコと一緒にいたなら二人の偽りは露見していたでしょう――もちろん二人はその危険も考えていました。テヴィルドが今頃自分の館ですわり込み、もし彼の大失態がアンガマンディで言いふらされたならどうしようと考えていたのを知らなかったのです。しかしどうでしょう、ティヌーヴィエルを見たメルコは言ったのです。「我が広間を蝙蝠《こうもり》のように飛び回るのは何者だ？　いかにして入った？　ここの者でないのは確かであろう」

「はい、まだそうではございません」ティヌーヴィエルは言いました。「もしかしたら今後、あなた様のお慈悲でそうしていただけるかもしれませんが、メルコの王様。ご存知ではないでしょうか？　私はならず者ティンウェリントの娘、ティヌーヴィエルでございます。私は宮殿から追い出されました。父は横暴なエルフで、私が父の言いつけを守らなかったからです」

　実のところメルコは、ティンウェリントの娘がこのように自ら望んで自分の住むアンガマンディ、恐怖の館まで来たことに驚いていました。そして何か思いもよらぬことがあるのではないかと考えながら彼女の望みを聞きました。「ここにはお前の父や民をよく思う者など一人もおらぬと知らぬのか。それとも私からの優しい言葉や慰めを望まねばならぬ事情があるのか」

「父もそう申しておりました」彼女は言いました。「けれどなにゆえ私は父の言葉を信じなければならないのでしょう？　実は、私はとても上手に踊れます。今御前でお見せしたいと存じます、王様。そうすればすぐにも宮殿のどこか片隅に住まわせていただくことがかない、お呼びがかかりましたらお心を晴らすためにささやかな舞いを披露することができるのではと思ったのでございます」

「いや」メルコは言いました。「そんなことは望んでおらぬ。しかしお前がこのように遠くから踊りに来たのなら、舞ってみよ。話はそれからだ」。こう言うとメルコは底意地の悪い目つきで睨みました。彼の黒い心は邪悪なことを考えていたのです。

　ティヌーヴィエルは、彼女自身も他のどの精霊も妖精もエルフも舞ったことのない踊りを始めました。それは以来誰も踊ったことのない舞です。しばらくするとメルコでさえ驚きのまなざしを向けるようになりました。広間中を彼女は移動しました。燕《つばめ》のように素早く、蝙蝠《こうもり》のように音もなく、ティヌーヴィエルにしかありえない神秘的な美しさで。ある時はメルコの横に、またある時は前に後ろに、彼女の霧のような衣はメルコの顔に触れ、目の前で揺れました。壁際にすわっていた者や立っていた者は一人ひとり眠りに飲み込まれ、彼らの卑劣な心が望むすべてをかなえる夢の中へと深く沈んでいきました。

　メルコの椅子の下では、蛇が石のように固まっていました。足元の狼はあくびをしてまどろんでいました。そしてメルコは、魅せられたように踊りを見つめていましたが、眠ってはいませんでした。するとティヌーヴィエルは、さらに速い踊りを目の前で始めました。そして踊りながらとても低く不思議な声で歌を歌いました。それはグウェンデリングがずっと以前に教えてくれた歌で、金の木の光が弱まりシルピオンがきらめいていた時に、ローリエンの庭の糸杉の下で若者や乙女が歌ったものでした。歌には小夜啼鳥《さよなきどり》の歌声も混じっていました。ティヌーヴィエルが風に吹かれる羽のように軽やかに床を踏む時、あまたのほのかな香りがその不快な場所の空気を満たすようでした。このように美しい声や姿がそこで再び見られることはありませんでした。アイヌのメルコは、その権力と威光にもかかわらず、このエルフの乙女の魔法に屈しました。もしその場にいて目撃したならば、ヴァラのローリエンの瞼でさえ重くなったでしょう。ついにメルコもうとうとして前のめりになり、それから完全に眠り込んで椅子から床へすべり落ち、鉄の王冠が転がり落ちました。

突然ティヌーヴィエルは踊りをやめました。広間には寝息の音しか聞こえません。ベレンですらメルコの王座の真下で眠っていました。ティヌーヴィエルは彼をゆすってやっとのことで起こしました。恐れで震えながらベレンは変装をずたずたに引き裂き、自由になって飛び出しました。次にテヴィルドの厨房から持ってきたナイフを抜いて、大きな鉄の王冠をつかみました。ティヌーヴィエルは王冠を動かすことができませんでした。ベレンの筋肉もひっくり返すだけの力がありませんでした。眠りこけた悪しき者たちのいるその暗い広間で、ベレンは苦労して、できるだけ音を立てずにナイフでシルマリルを取り外そうとしましたが、その恐怖たるや二人は凍りつきそうになりました。彼が真ん中の大きな宝石をゆるめると、汗が額から吹き出しました。そして無理矢理シルマリルを王冠から取り出そうとしたその時、なんと、大きな音を立ててナイフは折れました。

ティヌーヴィエルは悲鳴をかみ殺しました。そしてベレンはシルマリルの一つを手にして飛びのきました。眠っている者たちは身じろぎし、メルコは悪い考えに夢を邪魔されたかのようにうめき、寝顔に残酷な表情を浮かべました。きらりと光るその宝玉を一つ手に入れて、もうこれで十分と、二人は広間から必死に逃げ出しました。多くの暗い廊下をこけつまろびつ進むと、かすかに灰色の光が見えて門に近づいたとわかりました――すると、ああ！　カルカラスが敷居に横たわり、再び目を覚まして見張っていたのです。

ティヌーヴィエルの制止にもかかわらず、ベレンはすぐさま彼女の前に立ちふさがりました。結局これが悪い結果を招いたのです。なぜならティヌーヴィエルはこの獣に再び眠りの呪文をかけようとしましたが間に合わず、ベレンを目にしたカルカラスが歯をむき出しにし、怒ってうなり声を上げたからです。「なにゆえこのように不機嫌なのですか、カルカラス？」ティヌーヴィエルは言いました。「なぜこのノウムは中に入ってもいないのに急いで出てきたのだ？」短刀牙は言いました。そしてこの言葉とともにベレンに飛びかかりました。ベレンはこぶしで狼の両の目の間を殴り、もう一方の手でのどにつかみかかりました。

　カルカラスの恐ろしい顎がその手に食いつきました。ベレンが燃え盛るシルマリルを握っていたのはそちらの手だったので、カルカラスは宝玉もろとも手を食いちぎり、真っ赤な腹に収めてしまいました。ベレンの痛みも、ティヌーヴィエルの恐怖と苦悩もそれは大きなものでした。しかし二人が今にも狼に食いつかれると思ったその時、奇妙で恐ろしいことが新たに起きました。いいですか、シルマリルは宝玉自体に元々備わる白く内なる炎とともに燃えており、苛烈な聖なる魔法を持っています――というのもこの宝玉は、あの祝福された地ヴァリノールから来たもので、悪がその地に到来する以前に、神々やノウムのまじないとともに作られたものだからです。シルマリルは、邪悪な肉体や不浄の手が触れるのを許しません。それがカルカラスの汚れた体内に入ったのですから、突如として恐ろしい苦悶とともに体が焼かれ、苦痛に満ちた咆哮がごつごつした岩地にこだまし、聞く者をぞっとさせました。その結果、宮廷内で眠っていた者たちも目覚めました。ティヌーヴィエルとベレンは風のように門から逃げ出しました。カルカラスは二人のずっと前方を、バルログに追われている獣のように猛り狂いながら走っていました。ようやく一息つけるところまで来た時、ティヌーヴィエルはベレンの食いちぎられた腕に何度も口づけして涙を流しました。するとどういうことでしょう、彼女の愛の優しい癒しによって血が止まり、痛みも消え、傷が治ったのです。しかしこれより先人々は、エルマブウェド、ここ離れ島の言葉ではエルマヴォイテ、つまり〈隻手〉のベレンと彼を呼びました。

さて、二人の運命がこうなってしまった以上、逃げる手立てを考えねばなりません。そこでティヌーヴィエルは、闇の衣の一部でベレンを包みました。するとしばらくの間は、黄昏や夜に山並みを飛び去っても、誰にも見られることがありませんでした——メルコは恐ろしいオークをみな二人の追跡にあてていましたが。宝玉の略奪に対する彼の怒りは、今までエルフが目にしたことのないすさまじさでした。

すぐに捜索の網がどんどん狭まっていることを二人は感じました。すでにタウアフインの森の闇は抜けて見覚えのある森の際まで到達していましたが、彼らと王の洞窟の間にはまだ何里もの乗り越えなければならない危険がありました。その上もし宮殿に着いたなら、背後の追跡者も招き入れて、森のエルフ族全体にメルコの憎しみをもたらすだけに思えました。追手の叫び声はとても騒がしく、フアンは遠くでそれを耳にして、二人の大胆な行動に、さらにアンガマンディから脱出できたことに驚嘆しました。

フアンは多くの犬を引き連れ、オークとテヴィルドの家来を狩り出しながら森を進みました。多くの傷を負いましたが、多くの敵を殺したり、恐怖を植え付けて追い散らしたりしました。とうとうある夕暮れ時、彼はヴァラールによってアルタノール北方の草地へと導かれました。そこはのちにナン・ドゥムゴルシン〈闇の偶像の地〉と呼ばれましたが、そのことはこのお話に関係がありません。当時でもそこは陰気で不吉な闇の土地でした。タウアフインに劣らず鬱蒼とした木々の下を恐ろしい生き物が徘徊していました。二人のエルフ、ティヌーヴィエルとベレンは、疲れ切り希望を失ってそこで休んでいました。ティヌーヴィエルは泣き、ベレンはナイフをいじっていました。

ファンは二人を見つけると、二人が挨拶する間も、それまでの話を語る間も与えず、すぐさまティヌーヴィエルを大きな背中に乗せ、全速力で並走するようベレンに命じました。「オークの大群が急ぎこちらに向かっておる。その先鋒としんがりは狼だ」。ファンの群れが駆けつけ、みなは大急ぎで秘密の近道をたどり、遠くティンウェリントの民の住む里へ向かいました。こうして彼らは敵軍をかわしましたが、その後多くの邪悪なはぐれものたちと遭遇しました。ベレンは、ティヌーヴィエルを引きずって連れ去ろうとする寸前のオークを殺し、武勲を立てました。捜索がまた近くに迫っているのを知り、ファンは今一度迂回路を先導し、敢えてまっすぐ森のエルフの国へ入りませんでした。彼の案内がとても巧妙だったので、何日も経てついに追手を遠く引き離し、もはやオークの一団を目にしたり耳にしたりすることがなくなりました。ゴブリンも待ち伏せしておりませんし、邪悪な狼の遠吠えが夜風に乗って聞こえてくることもありません。おそらく一行はすでにグウェンデリングの魔法帯の中に足を踏み入れていたのでしょう。それにより悪者は道が見つからず、森のエルフの土地は禍《わざわい》から遠ざけられていたのです。

父の館から逃げ出して以来久しぶりにティヌーヴィエルは自由に呼吸をしました。ベレンはアンガマンディの闇から遠く離れた陽光の中で、最後に残った奴隷生活の爪痕が消えるまで休息をとりました。緑の葉の間から射す陽の光、澄んだ風のささやき、小鳥たちの歌、こういうものにもう一度出会えて、二人はまったく恐れを感じませんでした。

しかしついに深い眠りから覚める日が来ました。幸せな夢から覚めて突然正気に戻った人のように、ベレンはさっと起き上がってつぶやきました。「さようなら、ああファン、最も信頼する友よ。そして僕のティヌーヴィエル、愛する人よ、さようなら。ただこれだけは願いを聞いて欲しい。今すぐ安全なあなたの家に帰るのだ。どうかフアンが案内してくれるように。しかし僕は――僕は一人孤独な森に去らねばならない。一度手にしたシルマリルを失い、二度とアンガマンディには近づけず、それゆえティンウェリントの館にも入れないのだ」。そう言うとベレンは涙を流しました。しかし物思いに沈んだベレンの独り言を近くで聞いていたティヌーヴィエルは、彼のかたわらに来て言いました。「私の気持ちは変わりました。もしあなたが森に住むというのなら、おお隻手のベレン、私もそうしましょう。もしあなたが荒野をさすらうというなら、私もそこへ行きましょう。あなたと一緒でも、あとを追ってでも。二度と父が私を目にすることはありません、あなたが私を父の宮殿まで連れて行くのでなければ」。もちろんベレンはこの優しい言葉を喜び、彼女と一緒に荒野の狩人として生きたいと願いました。しかし彼女がこれまで自分のためにしてくれた数々を思えば許されぬことと自らに鞭打ち、彼女のために誇りを捨てることにしました。実際ティヌーヴィエルはベレンに説いて聞かせました。意地を張るのは愚かであり、王は娘が生きて帰ってきたのを喜んで歓迎してくれるに違いない――「おそらく父は、自分の戯言のせいであなたの美しい手がカルカラスの顎の餌食になったことを恥じるでしょう」。またフアンにもしばし帰路をともにしてくれるよう彼女は懇願しました。なぜなら「父はあなたにとても大きな褒美を差し上げるべきです、フアン」。彼女は言いました、「もしも娘を愛しているのなら」

　そういうわけで三者は再び一緒に前進しました。そしてついに、彼女の民の住処と実家の洞窟宮に近い、慣れ親しんだ大好きな森へと戻ってきました。彼らが近づくと、人々は長いこと経験したことのない類の恐怖と騒ぎのただ中にいました。戸口の前で泣いている人々に訊いてみると、ティヌーヴィエルが密かに出奔した日以来、彼らには不運が降りかかったのだとわかりました。王は悲しみで取り乱し、昔からの警戒と策略をゆるめてしまいました。もちろん兵士は、あちらこちらへ送り出され、姫を捜して健やかならざる森の奥深くに入りました。何人もが殺され、あるいは永遠に行方不明になり、北と東の境界周辺でメルコの配下との争いが起きました。あのアイヌが兵力を増やし、攻撃をしかけて彼らを滅ぼすのではないか、グウェンデリングの魔法はおびただしい数のオークに持ちこたえる力を持たないのではないかと、人々は非常に恐れていました。「ああ、最悪なことが起きたのです。長いこと女王グウェンデリング様は、はるかかなたをやつれた目で眺められているようなご様子で、心ここにあらず、微笑みもせずお話もなさりません。張りめぐらされた女王様の魔法も森のあたりでは吹き飛ばされて弱まり、森も物悲しい場所になりました。ダイロン様が戻られず、草地でダイロン様の奏でる楽の音を耳にすることもなくなりましたので。そして悪い知らせの極みを是非聞いてください。悪霊に満たされた大きな灰色狼が怒り狂って悪の館から我らを襲ってきたのです。まるで秘めたる狂気に鞭打たれているかのように動き回るので、誰も無事でいられません。バキバキと音を立て、吠え猛り、暴れながら森を駆け抜けて、すでに多くの者が殺されました。その結果、王様のお館の前を流れる川の土手までも危険の潜む場所となってしまいました。血走った眼で、舌をだらりとたらし、まるで悪の王そのもののような顔をして、恐ろしい狼はそこに何度も水を飲みにやって来ます。けれどまるで内なる炎が彼を焼き尽くしているかのように、渇きを癒すことはできないのです」

ティヌーヴィエルは彼女の民の上に降りかかった不幸を思い悲しくなりました。また何にもましてダイロンの話はつらいものでした。この件に関してそれまで一度も噂を聞いていなかったからです。けれどもベレンがこのアルタノールの地に現れなければよかったとは思えず、ともにティンウェリントのもとへと急ぎました。ティヌーヴィエルが無事に帰ってきたので、森のエルフたちにとってはもう、悪は終わったように思えました。それまでティヌーヴィエルの帰郷は望むべくもないと感じていたのです。

一行はふさぎ込んだティンウェリント王に会いました。しかしにわかに王の悲しみは解け去り喜びの涙へと変わりました。ティヌーヴィエルが広間に入り、黒い霧の衣を脱ぎ、かつての真珠のような輝きで王と后の前に立った時、グウェンデリングは再び喜びの歌を歌いました。しばらく広間は歓喜と驚きで一杯になりました。しかしとうとう王はベレンに顔を向けて言いました。「そちも戻ったか――シルマリルは確かに持って来たのだろうな、そちが予の国にもたらした不幸の償いに。もし持っていないというのなら、なにゆえここにいるのか予にはわからぬ」

ティヌーヴィエルが足を踏み鳴らし叫んだので、王や近習は初めて目にする彼女の恐れを知らぬ態度に驚きました。「恥ずかしくないのですか、お父様――見てください、ここにいるのは勇敢なベレンです。お父様の戯言でこの方は闇の国へ赴き、邪悪な者に囚われ、ヴァラールのお力がなければむごい死を迎えるところだったのです。エルダールの王にふさわしいのは、この方を罵倒することではなく、褒美を与えることだと思います」

「いや」ベレンは言いました、「父上のおっしゃる通りだ。王様、私は今もシルマリルを手に握っております」

「それでは見せるがよい」驚いた王が言いました。

「できません」ベレンが言いました。「私の手はここにはないのです」と、ベレンは食いちぎられた腕を差し出しました。

ベレンの大胆で礼儀正しい態度を見て、王は彼を見直しました。ベレンとティヌーヴィエルに二人の身に起こったことをすべて話すよう命じ、熱心に耳を傾けました。なぜならベレンの言葉の意味を十分に理解していなかったからです。すべてを聞き終わった時、王はよりいっそうベレンに好感を持ちました。そして娘の心に芽生えた愛に驚きました。その愛ゆえにティヌーヴィエルは、一族のどの戦士よりも大胆な偉業を成し遂げたのです。

「ベレンよ、決して」王は言いました、「この宮廷やティヌーヴィエルのそばを離れぬよう、予からも頼む。そちは偉大なエルフだ。そしてその名はエルフの氏族たちの間で永遠に偉大であり続けるだろう」。しかしベレンは誇り高く答えました。「いいえ、王様、私はあなたとの約束を守ります。あなたのもとへあのシルマリルを持って帰ります。さもなければあなたの宮殿で平穏に暮らせないでしょう」。もう暗く見知らぬ土地へ行かないで欲しいと王は懇願しました。しかしベレンは言いました。「その必要はありません。あの宝玉は今あなたの洞窟の近くにあるのです」。そこで彼はティンウェリントに、彼の国を荒らしている獣こそカルカラス、メルコの門を守っていた狼に他ならないと明かしました――これは誰も知らないことでしたが、ベレンはファアンに教えられて知っていたのです。足跡や通り道を読む技術を持たぬ猟犬はいませんが、ファアンはその中でも一番優れていました。そしてファアンはもちろん今、ベレンと一緒に宮殿に来ていました。ですから王とベレンが狼を追跡して大きな狩りをすると話した時、彼はその討伐に加えて欲しいと願い出ました。そしてその願いは喜んで認められました。民から狼の恐怖を取り除き、ベレンが約束を守り、再びエルフィネッセでシルマリルを輝かせるため、三者はカルカラスを追い立てる準備をしました。ティンウェリント王自身が追跡の指揮を執り、ベレンが横に控えました。王の総大将、無骨者マブルングも勢いよく立ち上がって槍――遠方のオークとの戦《いくさ》で手に入れた強力な武器です――をつかみました。この三人とともに最強の犬ファアンが静かに追跡しました。一行はこれ以外の供を連れて行きませんでしたが、それは王の望みに従ったからです。「地獄の狼であろうと仕留めるには四人で十分だ」と王は言いました――しかし実際にカルカラスを見た者だけが、どれほどこのけだものが恐ろしいかを知っていました。人間に飼われる馬とほぼ同じ大きさで、吐く息はとても熱く、触れるものすべてを焼き尽くすのです。日の出頃に一行は出発しました。王の宮殿近くの川に沿って何者かが通ったばかりのくぼみを見つけるとすぐに、ファアンは言いました。「これぞカルカラスの足跡です」。それからみなはその川を一日中捜索しました。多くの場所で土手に新しい足跡がつけられ、切り刻まれたかのような溝になっていました。そのまわりには水たまりがあり、狂気に取り憑かれた獣がほんの少し前に転げ回り抗《あらが》ったかのように、ぐしゃぐしゃにされていました。

日が沈み、西の木々の向こうで陽光が薄れ、ヒシローメから闇が忍び寄ってきました。そして森から明るさが消えました。一行は、足跡が川からそれて、ひょっとして流れの中に消えたのか、ファンもこれ以上追跡できない場所に来ていました。それゆえここでみなは野営をし、川辺で交代して寝ることにしました。そして宵はゆっくり過ぎていきました。

ベレンが見張りをしている時のこと、突然、ひどく恐ろしい音が遠くから飛び込んできました――七十頭の猛り狂った狼が吠えているような声です――そして、おお、その恐怖が近づくにつれ、茂みがバリバリと裂け、若木がポキポキ折れました。ベレンはカルカラスの迫りくることを悟りました。仲間を起こし、飛び起きた者たちのまだ半分目が覚めぬ間に、大きく不気味な姿が、木々の間から揺らめく月光に照らされました。それは物狂いのように何かから逃れようとしており、道をそれて川に向かっていました。ファンが吠えました。するとその獣はすぐに向きを変え、彼らに向かってきました。泡が顎から滴り、眼は赤く輝き、怖れの混じった怒りで顔は歪んでいました。カルカラスが木々の合間から出て来るやいなや、恐れを知らないファンが飛びかかりました。しかしカルカラスは大きく跳ねてこの大きな犬の上を飛び越えました。なぜなら後ろに立つベレンの姿を認めて、突然彼に対する怒りが燃え上がったからです。狼の暗い心にとっては、ベレンにこそすべての苦悶の原因があったのです。一方ベレンは素早く槍を上に向け、狼ののどに突き刺しました。そしてファンももう一度飛びかかり、後ろ足に噛みつきました。カルカラスはどすんと落ちてきました。なぜならその時同時に王の槍がカルカラスの心臓を突いたからです。彼の邪悪な魂は噴出し、暗い山々を越えマンドスの館へ向かうかのように、かすかな遠吠えとともに去りました。しかしベレンは、重いカルカラスの下敷きになり押し潰されてしまいました。王とマブルングは死骸をひっくり返し、ひざまずいて切り開きました。一方ファンは血を流しているベレンの顔をなめました。すぐにベレンの言葉が真実だったと証明されました。なぜなら狼の内臓は、まるで内なる炎が長い間そこでくすぶっていたかのように半分焼き尽くされていたのです。マブルングがシルマリルを引っ張り出すと、突如夜は、青白く神秘的な色彩が変化する驚異の輝きに満たされました。宝玉を差し出しながらマブルングは言いました。「どうぞご覧ください、王様」。けれどティンウェリントは言いました。「いや、ベレンからでなければ受け取れぬ」。ファンが言いました。「それは永久に無理かもしれぬ、あなた方が急ぎベレンの介抱をされぬのなら。私には深手を負っていると思われるが」。マブルングと王はこの言葉に自らを恥じました。

そこで二人はベレンをそっと持ち上げ、介抱して血を洗いました。するとベレンは息を吹き返しましたが、ものも言わず目も開けませんでした。日が昇り少し休憩したのち、彼らはベレンを枝で作った担架に乗せ、森の中をできるだけそっと運んで帰路につきました。正午頃里に近づいた時には、みなは疲れ果てておりました。ベレンは身動きもせず口も開かず、ただ何度かうめいただけでした。

王の一行が近づいたという話が広まると、民はみな出迎えるために集まりました。肉や冷たい飲み物や膏薬や傷の薬を持って来る者もいました。ベレンが重傷を負っていなければ、彼らの喜びは大きかったでしょう。彼らはベレンの乗っている葉付きの大枝で作った担架に柔らかい衣をかけました。そして王の館へと運びましたが、そこではティヌーヴィエルが悲嘆に暮れて待ち受けていました。彼女はベレンの胸に顔をうずめ、涙を流し、口づけをしました。ベレンは目覚め、ティヌーヴィエルに気づきました。マブルングがベレンにシルマリルを渡すと、彼は宝玉を目の前にかざしてその美しさを見つめ、ゆっくりと痛みに耐えながら言いました。「ご覧ください、王様。私はあなたの望まれたこの驚くべき宝玉を捧げます。しかしこれは道端で見つけた取るに足らないものです。あなたはすでに想像を絶するより美しい宝石を持っていらっしゃったのですから。そして彼女は今、私のものです」。そう話す間にもマンドスの影は彼の顔に射し、ほどなく彼の魂はこの世の縁へと飛び去りました。そしてティヌーヴィエルの優しい口づけも彼を呼び戻すことはできませんでした。

＊

「ここでヴェアンネは唐突に話をやめ、涙を流した。やがて彼女は言った。「いいえ、これでお話が終わるわけではありません。けれども私が正しく知っているのはここまでです」。続く会話の中で、アウシルという一人の子どもが言った。「ティヌーヴィエルの優しい口づけの持つ魔法がベレンを治したと聞いたよ。そしてマンドスの門から彼の魂を呼び戻したんだ。ベレンは末永く失われたエルフと一緒に暮らしたんだよ」」

しかし他の者が言った。「いや、そうじゃない。ああ、アウシル、もし聞いてくれるなら、本当のびっくりするお話をしてあげよう。ヴェアンネの言った通り、ベレンはティヌーヴィエルの腕の中で死に、ティヌーヴィエルは悲しみに押し潰され、この世にはもう慰めも光明もないと思い、ベレンのあとを追って、誰もが一人で通らなければならない暗い道を急いだ。すると彼女の美しさとたおやかな魅力がマンドスの冷たい心をも動かし、ベレンを連れてもう一度この世に帰ってくることを許されたのだ。以来人間にもエルフにも許されたことがないことだ。マンドスの玉座の前で嘆願するティヌーヴィエルについては多くの歌や物語があるけれど、正確には覚えていない。けれどマンドスは二人にこう言ったそうだ。『よいか、エルフよ。私が解放してやる先は完璧な喜びに溢れる人生ではない。そのような人生はもはや邪悪な心を持ったメルコの座す地上にありはしないのだから――そしてお前たちは人間と同様限りある命の者となり、こちらに再び来た時は、神々がヴァリノールに召喚してくださらない限り、永遠にここの住人となると知れ』。それでも二人は手に手をとって出発した。ともに北の森を抜けて、向こうの山々で魔法の踊りを踊っているところを何度も目撃されている。そして二人の名は広く遠く知られるようになった」

［ヴェアンネは言いました。］「ええ、そして二人は踊り以上のことをしました。なぜならのちの二人の功績はとても大きかったので、それについて多くの話があるのです。エリオル・メリノンよ、また別の昔語りの折にそれを是非聞いてください。なぜなら物語はこの二人をイ＝クイルワルソン〈死して生き返りし者〉と呼び、彼らはシリオン川北周辺の土地でとても力のある妖精となったのですから。さあ、これですべて終わりです――お気に召しましたか？」

［ヴェアンネのような乙女から、これほど驚嘆する物語を聞こうとは思ってはいなかったとエリオルは言った。それに対してヴェアンネは答えた。］

「いいえ、私自身の言葉で作ったのではありません。このお話は私にとって大事なものです――実際子どもたちはみなこの話に語られる偉業を知っています――だから私は立派な本で読んで暗記したのです。ただし書かれていることをすべて理解しているわけではありません」

＊

一九二〇年、父はトゥランバールとティヌーヴィエルの失われた物語を韻文に直すことにいそしんだ。最初の詩『フーリンの子どもたちの歌』は古英語の頭韻詩で、一九一八年に書き始められていたが、完成にはほど遠い状態で放棄された。おそらくそれはリーズ大学を退官する頃であったろう。一九二五年の夏、この年オックスフォード大学のアングロ・サクソン語教授職に任ぜられることになるが、父は『レイシアンの歌』という名の「ティヌーヴィエルの詩」を書き始めた。「レイシアン」という言葉を父は「囚われの身よりの解放」と訳したが、題名について説明したことは一度もない。

『レイシアンの歌』では驚くべきことに、父には珍しく、多くの箇所に日付が書き入れられていた。最初は、（詩全体に付けた行数の）五五七行で、一九二五年の八月二十三日の日付がある。そして最後の日付は一九三一年の九月十七日で、四〇八五行に付けられている。そこからあまり進まず四二二三行で父はこの詩を断念した。アングバンドからの逃走中、シルマリルを握ったベレンの手に「カルハロスの牙が、罠のようにぶつかり合って閉じた」と歌われる箇所である。この詩の残りの部分を父が書くことはなかったが、その部分についての散文の概要は残っている。

一九二六年、父は多くの詩をバーミンガムのキング・エドワード校で教えを受けたR・W・レイノルズに送った。その年父は『神話のスケッチ——特にフーリンの子どもたちへの特別な言及付き』と題した分厚い原稿を書いている。そしてこれを入れた封筒に、この原稿が「シルマリルの物語の原点」であること、またレイノルズ先生に「『頭韻詩版トゥーリンと竜の物語』の背景を説明する」ために書いたことを、父はのちに書き記している。

この『神話のスケッチ』が「シルマリルの物語の原点」であるのは、ここから直接神話が進化していくからだが、その一方で『失われた物語』との間に文体の連続性はない。『スケッチ』はその名が示す通り概要であり、現在時制の短い文で書かれている。私はここでベレンとルーシエンの物語を最も簡潔に語るこの原稿からの引用をしたいと思う。

『神話のスケッチ』からの抜粋

モルゴスの力は再び広がり始める。一人また一人、モルゴスは北方の人間やエルフを征服していく。その中の一人、高名な人間の首領がバラヒアである。彼はナルゴスロンドのケレゴルムの友であった。

バラヒアは隠処に追い込まれ、隠処を明かされ、殺される。息子のベレンは無宿者として生活したのち南へ逃走する。影の山脈を越え、つらい苦難を経て、ドリアスに来る。この旅や彼の他の冒険については『レイシアンの歌』に歌われている。ベレンはティヌーヴィエル〈小夜《さよ》啼鳥《なきどり》〉——彼はルーシエンをこう呼ぶ——すなわちシンゴルの娘の愛を得る。彼女を娶る条件として、シンゴルはからかい半分にモルゴスの王冠からシルマリルを取ってくるよう要求する。ベレンはこれを達成するため出立し、捕らえられ、アングバンドの土牢に入れられる。自らの正体は隠し、狩人スゥーの奴隷とされる。ルーシエンはシンゴルに幽閉される。しかし脱出し、ベレン

を捜しに出かける。犬の頭《かしら》フアンの助けを得て、彼女はベレンを救出し、アングバンドに侵入し、踊りでモルゴスにまじないをかけ、最終的に眠りで包み込む。二人はシルマリルを手に入れ逃走するが、アングバンドの門で狼の番人カルカラスに阻止される。狼はシルマリルを握るベレンの手を食いちぎり、飲み込んだ内臓が焼け、苦悶で暴走する。

二人は脱出し、長い放浪の末ドリアスに戻る。カルカラスは森を荒らし回りドリアスに乱入する。ドリアスの狼狩りが行われ、カルカラスは殺され、フアンもベレンをかばって命を落とす。しかしベレンも致命傷を負い、ルーシエンの腕に抱かれて絶命する。歌によると、ルーシエンは聖なる彼女の母メリアンの力に助けられ、軋む氷の海峡すら越え、マンドスの館へ行き、ベレンを取り戻したという。また別の歌では、ベレンの話を聞いたマンドスが、彼を解放したという。確かなのは、彼のみがマンドスの館から帰ってきた定命の者であり、ルーシエンとともに暮らし、二度と人と交わることなく、ドリアスの森やナルゴスロンドの西にある狩人台地の住人になったということである。

この伝説にはすでに大きな変更がいくつか施されていることが見て取れる。一番目立つのは、ベレンを牢に入れた者の変更である。ここで私たちは狩人スゥーと出会う。スゥーについては『スケッチ』の最後に、モルゴスの「重要な指揮官」であり、「最後の戦いから逃れ、今も暗闇の地に暮らし、人間に道を誤らせ、恐れおののきながら彼を崇拝するように導く」と書かれている。『レイシアンの歌』では、スゥーは恐ろしい死人占い師、巨狼の主として登場する。彼はトル・シリオン、エルフの物見塔のあるシリオン川の川中島に居を構え、この島は後にトル＝イン＝ガウアホス〈巨狼の島〉と呼ばれるようになる。そしてこの人物がサウロン（になるキャラクター）だ。テヴィルドと彼の猫の王国はすでに姿を消している。

背景においては、この伝説のもう一つ重要な要素が『ティヌーヴィエルの物語』執筆後に登場する。それはベレンの父に関することである。森人エルフのエグノール、「ヒシローメの闇の地域で狩りをする」ノウム（三七頁）は退場した。今引用した『スケッチ』からのくだりでは、彼の父は「高名な人間の首領」バラヒアとなっている。敵対するモルゴスの力が増すにつれて隠処に追い込まれ、隠処を明かされ、殺される。「息子のベレンは無宿者として生活したのち南へ逃走する。影の山脈を越え、つらい苦難を経て、ドリアスに来る。この旅や彼の他の冒険については『レイシアンの歌』に歌われている」

『レイシアンの歌』からの抜粋

私はここで『レイシアンの歌』（一九二五年執筆。八〇頁参照）から、「不幸をもたらしたる」と呼ばれるゴルリムの裏切りとその後を歌った部分を抜粋引用する。彼はモルゴスに、バラヒアと仲間たちの隠処を明かしてしまう。この詩のテキストの細部がとても複雑であることを私はここで述べるべきなのだろうが、しかし本書における私の（野心的な）目的は、ベレンとルーシエンの伝説の語りの進化を異なる段階ごとに提示する、読みやすいテキストを作ることにあるので、この手の細部を私は事実上全部無視した。本書の狙いを混乱させるだけだからである。この詩のテキストの歴史についての解説は、私の編集した『ベレリアンドの歌』（『中つ国の歴史』第三巻、一九八五年）に収めてある。本書の『レイシアンの歌』からの抜粋は、私が『ベレリアンドの歌』のために用意したテキストから一

字一句違えず引用している。

次の抜粋は、『レイシアンの歌』の第二歌からである。これより前には、ベレンがアルタノール（ドリアス）に来た当時、モルゴスが北方地方で暴虐の限りを尽くしていたこと、バラヒア、ベレン他十名が隠処で生き延びたこと、モルゴスの何年にもわたる追跡が徒労に終わったことが歌われていた。そしてついに「彼らの足はモルゴスの罠に捕らえられた」

ことの発端はゴルリムだった。
労苦、逃亡、略奪に心が滅入り、
ある晩たまたま彼は出向いた。
暗い野を越えこっそりと
谷間に隠れる友と会うために。
途中青白く浮かび上がる家を見た。
おぼろに光る星々を背に、
小さな窓の他は暗かった。
そこから揺れる蠟燭のきらめきが家の外へ漏れていた。
ゴルリムはのぞき、目を疑った。
恋しい気持ちが眠りの中で心を欺く、
あの深い夢の中にいるかのよう。

『レイシアンの歌』からの抜粋

彼の奥方が消えかかった暖炉のそばで
失った夫を嘆いていた。
薄い衣、白髪まじりの髪、青ざめた頬が
涙と孤独を物語っていた。
ああ！　美しく優しいエイリネル！
暗がりの地獄に閉じ込められていると、
ずっと思っていた。
逃げる前そなたが殺されるのを見たと思った。
あの突然の恐怖の夜に、
大事に思うものをすべて失ったあの夜に。
外の暗がりでじっと中を見つめながら、
動転した彼の重い心はこう思った。
思い切って奥方の名を呼び、
この遠い山すその谷間に
いかに逃れてやって来たかを尋ねる間もなく、
ふもとから叫び声が聞こえてきた！
近くで狩人ふくろうが
不吉な声で鳴いていた。
薄暮の中彼の足取りを追ってつけてきた

凶暴な狼が吠えていた。
ゴルリムは悟った、
モルゴスの追跡が容赦なく迫ることを。
エイリネルもろとも殺されぬよう
言葉をかけずに背を向けた。
獣のごとく方角を変え
遠回りする道を選んだ。
石の川床を渡り、足元のぐらつく湿地を抜け
人里離れた秘密の場所に到着し
わずかな仲間のかたわらで横になった。
闇は濃くなり、再び薄れた。
彼は眠らず警戒した。
そして暗い森の上の湿った空に
陰気な夜明けが忍び寄るのを見た。
魂はひたすら安心と希望を求める。
もし再び奥方に会えるのなら
奴隷の軛《くびき》すら厭わない。
殿への愛と忌まわしき王への憎しみと
一人打ちしおれていた

美しきエイリネルを思う苦悶の間で、
ゴルリムが何を思ったか、知る由もない。

　幾日も思い悩んだ末
とうとう心は惑わされ
ゴルリムは王の召使いを見つけ
赦しを乞う反逆者を
主人のもとへ連れて行くよう命じた。
もしも赦しをいただけるのなら、
剛胆なるバラヒアの消息と
夜昼どこで彼の隠処と避難場を
捜せばよいかをお話ししたい。
こうして哀れなゴルリムは
地下深く掘られし暗い宮殿に案内され
モルゴスの膝元に伏して願った。
真実のかけらもない
あの冷酷な心を信用して。
モルゴスは言った。
「美しきエイリネルに必ずや会わせよう。

お前を待つその住処で
これから二人で暮らすのだ。
離れ離れにため息をつくこともうなかろう。
可愛い裏切り者よ！
甘美な知らせを持って来た者には、こうして褒美をつかわす。
エイリネルの暮らすのはここではない。
夫に先立たれ家を追われ
死の陰をさまよっている——
思うに、お前が見たのは、
奥方らしき者の幽鬼だ。
さあ苦しみの門を抜け
しかとお前の求める地に行くがよい。
月の光の届かぬ霧深き地獄へ送ってやる、
堕ちてお前のエイリネルを捜すがよい」

かくしてゴルリムは非業の死を遂げた。
虫の息で自らを呪った。
バラヒアは捕らえられ、殺され、
数々の武勲も報われなかった。

しかしモルゴスの策略が永久に功を奏し、
敵方を完全に打ち負かしたわけではない。
なおも戦う者が常にあり、
悪意の編み出したものを元に戻した。
こうして人の信ずるところモルゴスは、
悪魔のような幻影を作り出し、
ゴルリムの魂を裏切り、
孤独な森に住む者の胸に残る
はかない望みを無にしたという。
しかしベレンは幸運にも
その日遠くの野で狩りをしていた。
見知らぬ場所で暗くなり、
仲間より遠く離れた地で横になった。
睡眠中、恐ろしい闇が
心に忍び寄るのを感じた。
死者を悼む風が吹き、曲がった裸の木々が見えた。
葉は一枚もなく、漆黒の烏《からす》が
木の葉のごとく大枝に群がり鳴いていた。
烏が一声鳴き声を上げるたび

くちばしから血が滴り落ちた。
見えない網が手足に絡みつき、
しまいにベレンは疲れ果て、
澱んだ湖のへりで、体を横たえ震えていた。
ほの暗き水面の向こうに
一つの影の揺れるのが見えた。
それはかすかな人影となり
沈黙する湖面をすべるようにゆっくりと近づき、
静かに、悲し気に語った。
「ここにいるはゴルリム、たばかられし裏切り者！
私を恐れず急いでください！
なぜならモルゴスの指が父上ののど首にかかっています。
あなた方の秘密の待ち合わせ場所、
隠処は知られました」
そして自分の悪しき行い、モルゴスの悪しき謀りごとを
すべてありのままに告白した。
ベレンは目覚めて素早く剣と弓を探した。
秋の木立のまばらな枝を
短剣で切り落とすがごとく吹き荒れる風のように疾走した。

父バラヒアの骸《むくろ》が横たわる場に、
ついに彼は到着し、
心に燃え上がる炎とともに激昂した。
駆けつけるのが遅すぎた。
夜明けに、殺められし者たちの家に着いた。
沼地の中の樹木茂る島だった。
突然鳥が雲のような群れをなして飛び立った――
声高に叫ぶのは沼地の鳥ではない。
大鴉や死肉を漁る烏《からす》たちが
列になって榛《はん》の木にとまっていた。
一羽が鳴いた「やあ、ベレンは来るのが遅すぎた」
残りが応じた「遅すぎた！　遅すぎた！」
その場にベレンは父の骨を埋葬し、
小石の山を積み上げた。
モルゴスの名を何度も呪うも、
凍《い》てつく心ゆえに、涙は出なかった。

　沼越え、野を越え、山を越え、
ベレンは追跡した。

地下の火流より熱き湯が吹き出す泉のほとりで、
彼の敵《かたき》にして父を殺めし者たち、
血に飢えた王の兵士たちを見つけた。
一人が笑って指輪を見せていた。
バラヒアの遺体の手から奪ったものだった。
彼は言った。「聞け、この指輪は、
はるかベレリアンドで作られたもの、
金では買えぬ類のものよ。
我が手にかけしバラヒアは、
この愚かな盗人は、大昔、
フェラグンドのために手柄を立てたという。
そうかもしれぬ。
なぜならモルゴス様はこれを持ち帰るよう
俺にお命じになったからだ。
思うに、殿の宝物蔵はもっと大事な宝に事欠かない。
あれほどのお方にはふさわしくない強欲だ。
だからこう宣言しようと思う。
バラヒアは指に何もつけていませんでした！」
しかし話すそばから一本の矢が飛んできた。

心臓を射抜かれ、体をよじって兵士は絶命した。
モルゴスは自身の敵が矢を放ち、
命令を破る者を罰し、
彼の役に立ったことを喜んだ。
しかし次の知らせには笑わなかった。
ベレンは一匹狼のごとく
岩の陰から、猛々しく、
泉のほとりの野営地に飛び込んだ。
指輪をつかみ取り、
敵が激しい怒号を上げる間もなく
彼らをあとにして逃走した。
ベレンの輝く上衣は鋼鉄の輪で作られ、
どんな槍でも貫けぬ、ドワーフの技で編まれし業物。
まじないに守られた時間に生まれたので、
ベレンの姿は茨の茂る岩地で見えなくなった。
恐れを知らぬ彼の足の向かう先は、
血に飢えた追手にも知られなかった。

地上で最もたくましき男に劣らず

恐れを知らぬと名高きベレン、
それは父バラヒアの生きて戦っていた頃のこと。
今や彼の心は悲しみを
暗い絶望へと変えてしまった。
日々の楽しみは奪われ、
苦しみを終わらせるための短剣、槍、剣が恋しく、
奴隷の鎖を恐れるのみだった。
危険を求め、死を追いかけるあまり、
逆に乞い願う運命から逃れ、
息をのむ驚きに満ちた武勲を立てた。
その栄光はささやかれ遠くまで広まった。
彼がかつて成し遂げた驚異の歌は、
夕べに声をひそめて歌われた。
ただ一人包囲され、姿を消したのは
夜分、霧にまぎれてか、月明かりによってか、
それとも昼間の大きな太陽の眼光のもとか。
北方に面した森で激しい戦いを繰り広げ、
モルゴスの兵に死をもたらした。
同志は、決して彼を見捨てぬ

「葉は一枚もなく、漆黒の鳥が木の葉のごとく大枝に群がり鳴いていた」九一頁

橅と樫の木々、
さらに毛や皮、翼のある多くのものたち。
岩や古山や荒れ地、
こうしたところにのみ宿りさすらう
多くの精霊は彼の友。
しかし無宿者の終わりはめったに良いことはない。
さらにモルゴスは、この世が歌に歌って残した中で
最も強い王であった。
彼の知識はあまねく、
ゆっくり確実に、反抗する者を
囲い込んで追い詰める。
かくしてついにベレンは、急ぎ逃げ出さねばならなくなった、
森と、彼の父祖の眠る愛する土地から、
沼地の下の彼らを葦が弔うこの地から。
苔むした石を積み上げた塚の下で、
かつては非常に頑健だった骨も砕けている。
ベレンは味方のいない北の地から
ある秋の夜、忍んで出立した。
警戒する敵の包囲を通り抜け、

静かに彼は旅立った。
もう物陰から彼の弓の弦が鳴ることはない。
もう彼の削った矢が飛ぶことはない。
もう追われた彼が大空のもと
ヒースの上で休むことはない。
霧の晴れ間から松の木を照らす月や、
ヒースの荒野や羊歯《しだ》の茂みを渡る風が、
もう彼の姿を見ることはない。
北の霜の降りる空に
銀の灯をともす星々、
〈燃えるパイプ〉と
昔、人々が名付けた北の星々も
今は彼の背後の空に上り、
野や湖、闇におおわれた小山、
人気《ひとけ》のない沼や山間の峡谷を照らしている。

ベレンは恐怖の地より南に顔を向けた、
その地よりは邪悪な者の通り道しか通じていない。
最も大胆な者の足のみが

冷たい影の山脈を越えることができよう。
北側の山腹は悲しみと
悪と死をもたらす敵に満ちていた。
南面はごつごつした高い峰や石柱が
垂直にそそり立ち
ふもとは道行く人を惑わし、
緩急のある流れに浸食されていた。
深い淵や谷には魔法が潜んでいた。
なぜなら、探し求める目の視界を越えた
はるか向こうに、
大鷲だけが住処とし鳴き声を上げる、
空に突き出す目も眩む高い塔に登らねば
その輝く灰色の姿が見分けられない、
ベレリアンド、ベレリアンド、
妖精の国の国境があったのだ。

クウェンタ・ノルドリンワ

『神話のスケッチ』ののち、このテキスト（これから私は『クウェンタ』と呼ぶ）は、父が最後まで書き上げた唯一の完全版の「シルマリル伝説」となった。この原稿は、一九三〇年（この年で確かなようだ）にタイプで打たれた。準備段階における草稿や概略は、もしあったとしても残っていない。しかしかなりの部分で父が『スケッチ』を参照しながら書いていたことは明らかである。全体は『スケッチ』より長く『シルマリルの物語』的な文体がはっきりと出ている一方で、圧縮され簡潔な記述も残っている。副題には、この物語が「ノルドリ、もしくはノウムの短い歴史」であり、エリオル（エルフウィネ）が記した『失われた物語の書』に由来すると書かれている。もちろん長詩も複数残っているが、かなりの量になる一方、多くが未完である。そして父は相変わらず『レイシアンの歌』に取

り組んでいた。

『クウェンタ』では、ベレンとルーシエンの伝説における大きな変容が見られた。ノルドールの公子、フィンロドの息子フェラグンドの登場である。どういういきさつでそうなったのかを説明するために、私はここでこのテキストからの引用をしようと思う。ただし名前に関する註は必要だ。クイヴィエーネン、すなわち極東にある〈目覚めの湖〉からのエルフの大いなる旅を率いたノルドールの指導者は、フィンウェであった。彼には、フェアノール、フィンゴルフィン、フィンロドの三人の息子がいた。フェラグンドはそのフィンロドの息子である。(のちに名前の変更があった。フィンウェの三番目の息子の名はフィナルフィンになり、フィンロドはその息子の名になった。しかしフィンロドはフェラグンドでもある。この名はドワーフ語で〈洞窟宮の王〉もしくは〈洞窟を切り拓く者〉を意味し、彼がナルゴスロンドを建国したことからこの名で呼ばれる。そしてフィンロド・フェラグンドの妹がガラドリエルである)

『クウェンタ』からの抜粋

歌にいうアングバンドの包囲の頃だった。その頃ノウムの剣は地上をモルゴスの破壊から守っていた。彼の力はアングバンドの壁の向こうに閉じ込められていた。ノウムは自慢した、モルゴスが包囲を破ることは決してできない、彼の配下が世間で悪を行うために越えてくることはありえないと……

当時人間が、中でも最も勇敢で美しい者たちが、青の山脈を越えてベレリアンドに到来した。彼らを見つけたのはフェラグンドで、彼は終生人間の友であり続けた。ある時フェラグンドは東の地に住むケレゴルムの客人となり、馬に乗って一緒に狩りに出かけた。しかし彼は仲間からはぐれ、夜分に青の山脈の西側の山すそにある谷に出た。谷には明かりが灯り、荒削りな歌が歌われていた。フェラグンドは驚いた。歌われている歌詞がエルダールやドワーフの言葉ではなかったからだ。また当初危惧した、オークの言葉とも違っていた。そこに野営していたのは人間の屈強な戦士ベオルに率いられ

た一族で、彼の息子は剛胆なるバラヒアだった。彼らはベレリアンドの地に入った最初の人間であった……。

その晩フェラグンドは眠っているベオルの民の中に入り、火の番をする者のいない消えかけの焚火のそばに腰を下ろした。彼はベオルのかたわらに置かれた竪琴を手に取り、定命の者が聞いたことのない音楽を奏でた。人間はまだ暗闇のエルフからしか旋律を学んだことがなかったからだ。人々は目を覚まし、耳をすまし、驚嘆した。なぜならその曲には美だけでなく偉大な知慧が歌われており、聞く者の心を賢くしたからだ。かくして、人間は最初に出会ったノルドリであるフェラグンドを〈智慧〉と呼び、彼にちなんでその一族を〈智慧ある者たち〉と名付けた。彼らを私たちはノウムと呼ぶ。

ベオルは死ぬまでフェラグンドとともに過ごした。また息子のバラヒアはフィンロドの息子たちの大親友であった。

さてノウムの破滅の時が始まった。しかし破滅に至るまでには長い時間がかかった。なぜなら彼らの力が強さを増した上に、彼ら勇猛な戦士に加えて、あまたの味方は勇敢な暗闇のエルフや人間であったからだ。

運命の潮目は突然変わった。モルゴスは長い時間をかけて密かに武力を蓄えた。冬のある晩のこと、モルゴスが焔《ほのお》の大河を放出すると、火焔は全平原を飲み込み、鉄《くろがね》山脈にまで達し、すべてを焼き尽くして荒涼たる不毛の荒れ地にした。フィンロドの息子たちに従う多くのノウムが燃え盛る火の中で命を失い、その煙はモルゴスの敵方に闇と混乱をもたらした。焔に続いてオークの黒い軍団が、ノウムがかつて見たり想像したりしたことのない数で押し寄せた。こうしてモルゴスはアングバンドの包囲を破り、オークの手により包囲陣の中でも最も勇敢な者たちを大勢殺戮した。モルゴスの敵、すなわちノウム、イルコリン、人間は、広く遠くに追い散らされた。人間は、ほとんどの者が青の山脈の向こうに追い返された。残ったのはベオルとハドルの子どもたちだけで、彼らは影の山脈を越えヒスルムの地に逃げ込んだが、そこにはまだオークの軍勢は大挙して押し寄せてはいなかった。暗闇のエルフは南に逃げ、ベレリアンドやその先に向かったが、多くはドリアスに行き着いた。シンゴルの王国と権勢はその時強くなり、その結果彼はエルフの防壁および避難場所になった。ドリアスの国境に織り込まれたメリアンの魔法が、悪を彼の宮殿と王国から遠ざけていたのである。

モルゴスは松林を占拠し、そこを恐怖の地に変えた。またシリオンの物見塔を奪い、悪と脅威の砦とした。モルゴスの一番の召使い、恐るべき力を持つ呪術師、巨狼の主、スゥーはそこを住処とした。あの恐ろしい戦《いくさ》、二度目の戦にしてノウムの最初の敗北の最も重い苦しみは、フィンロドの息子たちが背負うこととなった。アングロドとエグノールは殺された。フェラグンドも殺されるか捕らえられるかの瀬戸際で、バラヒアが部下をすべて連れて駆けつけ、このノウムの王を救い出し、まわりに槍衾《やりぶすま》を作って守った。痛ましい犠牲を払うことになったが、彼らはオークと戦いながら道を切り開き、シリオンの沼沢地を経て南へと脱出した。そこでフェラグンドは、永遠の友情と、バラヒアおよびその親族子孫が難渋した時の援助を誓い、その誓いの証としてバラヒアに自分の指輪を与えた。

フェラグンドは南に赴き、シンゴルにならってナログ川のほとりに洞窟の隠れ王国と都を築いた。この地下の王国はナルゴスロンドと呼ばれた。そこにオロドレス［フィンロドの息子、フェラグンドの弟］が、息もつけぬ逃走と危険に満ちた彷徨を経験したのち合流した。彼とともにフェアノールの息子にして彼の友の、ケレゴルムとクルフィンも来た。ケレゴルムの一族はフェラグンドの力を増強したが、むしろ彼らは自身の親族のもとへ向かった方がよかったかもしれない。彼らはドリアス東方のヒムリングの山の防備を固め、アグロンの山峡に密かに武器を集めていた……

［俄《にわ》かに焔《ほのお》流るる合戦後の］こうした疑いと恐怖の日々の中で、多くの恐ろしいことが起きたが、ほんのわずかしかここでは語られていない。伝えられるところによると、ベオルは殺され、バラヒアはモルゴスに屈しなかったものの、国はすべて奪われ、民も離散して奴隷にされるかあるいは殺されるかし、バラヒア自身も息子のベレンと十人の忠実な部下とともに無宿者の生活を送ることになった。長いこと彼らは隠れ住み、密かに勇敢な戦いをオークに挑んだ。しかしルーシエンとベレンの歌の最初に歌われるように、しまいにバラヒアの隠処は明かされ、彼も同志も殺されてしまった。生き残ったのはベレンのみで、その日は幸運にも遠くで狩りをしていた。その後ベレンは、彼の愛する鳥や獣から受ける助けを除けばただ一人で、無宿者として生活した。死を求めて捨て身の武功を立てるも死は得られず、逆にその栄光と誉れが亡命者やモルゴスの隠れた敵の間で密かに歌われた。彼の勲《いさおし》の物語はベレリアンドにまで届き、ドリアスでも噂された。ついにベレンは彼を追ってますます狭まる包囲網から逃れ、南へ脱出し、恐ろしい影の山脈を越え、疲労困憊してドリアスに入った。そこで人知れずシンゴルの娘ルーシエンの愛を勝ち得て、黄昏時に木々の下で歌う美しさからティヌーヴィエル〈小夜啼鳥《さよなきどり》〉と名付けた。なぜなら彼女はメリアンの娘だったからだ。

シンゴルは激怒し、嘲ってベレンを退けた。命を奪わなかったのは、娘に誓いを立てていたからである。それにもかかわらず、彼はベレンを死へ向かわせたいと願った。心のうちで成就することのありえない探索行だと思いつつ、シンゴルはこう告げた。「もしモルゴスの王冠からシルマリルを持って来たなら、娘の望み次第でルーシエンと結婚させせよう」。ベレンは成し遂げてみせると誓いを立て、バラヒアの指輪を持ってドリアスからナルゴスロンドへ向かった。シルマリルの探索行はその地で、フェアノールの息子たちが立てた誓いを眠りから覚まし、そこから悪が成長し始めた。フェラグンドは、旅の目的が自分の力に余ることを知っていたが、バラヒアに立てた誓いゆえ進んでベレンを全力で助けようとした。しかしケレゴルムとクルフィンはフェラグンドの民がつき従うことを思いとどまらせ、王に対する謀反を起こした。彼らの心に邪悪な思いが芽生え、ナルゴスロンドの

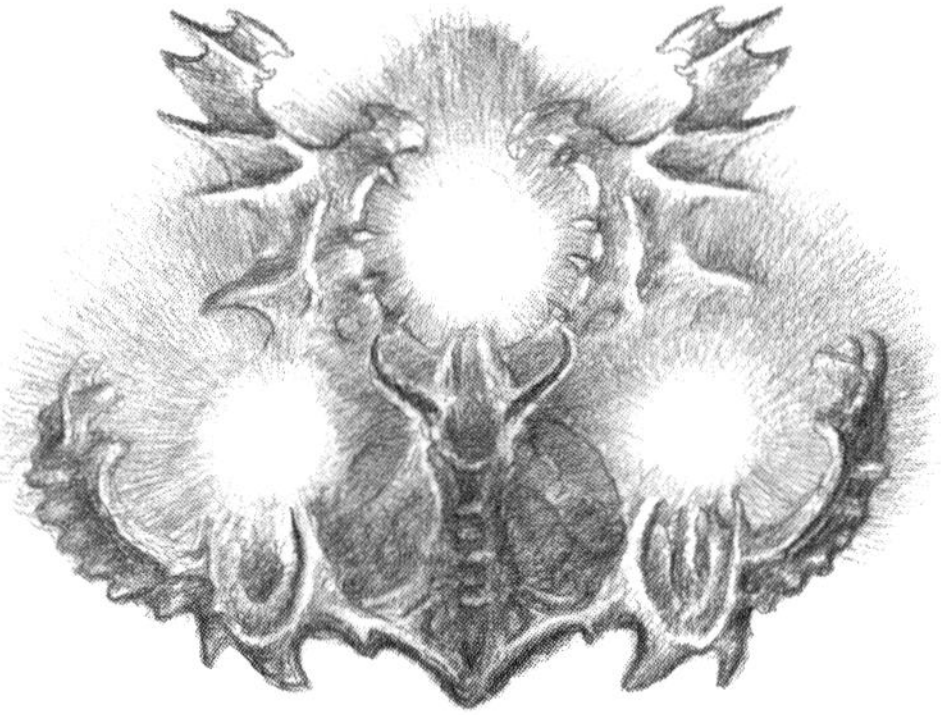

王座を簒奪しようと考えたのである。彼らが長男フェアノールの血筋だからである。彼らは、シルマリルが他の者の手に落ちシンゴルに渡されるより、ドリアスとナルゴスロンドの権勢を崩壊させることを望んだ。

そこでフェラグンドは王位を弟のオロドレスに譲り、ベレンと十人の忠実な重臣を連れて、自らの民のもとを旅立った。一行はオークの一団を不意打ちして倒し、フェラグンドの術の力を借りてオークに変装した。しかしかつてはフェラグンドのものであった物見塔からスゥーに目撃され、彼から尋問を受け、術はスゥーとフェラグンドの歌合戦の最中に覆された。かくして彼らがエルフであることは露見したが、フェラグンドのまじないにより彼らの名前と目的は隠し通せた。スゥーの地下牢で拷問は延々と続いたが、仲間を裏切る者はいなかった。

この引用の終わり近くで言及されている誓いとは、フェアノールと彼の七人の息子たちが立てたもので、『クウェンタ』ではこのように書かれている。「ヴァラであれ、悪鬼であれ、エルフ、人間、オークであれ、我らの意志に反してシルマリルを手にする者、奪う者、手元におく者を、この世の果てまで復讐と憎悪をもって追跡する」（一一七頁『レイシアンの歌』参照）

『レイシアンの歌』からの二度目の抜粋

私はここで『レイシアンの歌』(八三、八五頁参照)からさらなる引用をする。歌われているのは『クウェンタ』の非常に圧縮した文体で今引用したばかりの物語である。始まりは、アングバンドの包囲がのちに〈俄《にわ》かに焔《ほのお》流るる合戦〉と呼ばれることになる戦争で終わった場面である。父が原稿に書き残した日付によると、引用部全体は一九二八年の三月から四月に書かれている。二百四十六行で『レイシアンの歌』の第六歌は終わり、第七歌が始まる。

終わりの時が来た。運命の車輪が回転し、
モルゴスの復讐の炎が燃え上がり、
要塞で密かに蓄えし力は
すべて火焔となって

渇きの平原を飲み込んだ。
あとには黒き軍勢がつき従った。
　アングバンドの包囲をモルゴスは破れり。
敵は火煙のうちに散り散りになり
オークが次々に彼らを殺害した。
その残酷な曲がった刃《やいば》から
露のごとく血が滴り落ちるまで。
剛胆なるバラヒアは、
大槍を携え、部下たちと盾で、
負傷せしフェラグンドを救出した。
沼地まで逃げのびると、二人は誓言を交わした。
フェラグンドは心の底から誓った、
バラヒアの親族子孫への友情を忘れず、
危急の際には労《いたわ》り、手を差し伸べると。
フィンロドの四人の息子たちのうち
アングロドと誇り高きエグノールは殺された。
フェラグンドとオロドレスは、
生き残った一族の男たち、
美しき乙女と子どもたちを集めた。

戦《いくさ》を放棄し、彼らの住処となる
洞窟の砦をはるか南に建設した。
ナログのそびえたつ川岸に入り口を設け、
彼らはそれを覆い隠した。
トゥーリンの日まで襲われることなく、
その巨大で厳めしき姿を見せし堂々たる門扉は、
暗く生い茂った木々で造った。
彼らとともに長く暮らしたのは、
クルフィンと金髪のケレゴルム。
強大な民が彼らの手により育てられた、
このナログの秘密の宮と国の中で。

　フェラグンドはナルゴスロンドにありて
隠れ王国の王として、なおも国を治めていた。
剛胆なるバラヒアに誓った約束を守っていた。
一方バラヒアの息子は冷たい森を抜け
一人夢の中のごとくにさまよっていた。
暗く木々に包まれたエスガルドゥインの流れをたどり、
その凍《こご》える水が

シリオンに合流するところに来た。
霜降るシリオン、その白銀の川水は悠々と、
輝く波となって海に注いでいた。
　さてベレンは沼沢地へ到達した。
その浅く広い湿地でシリオンは、
増水した流れを星空のもとで冷やしていた。
幾筋かの葦茂る浅瀬により分岐して
岸をすり減らすように流れる前に、
シリオンはこの広い沼地に水をたっぷり供給した。
その先は滝となり、地下の広大な深淵へと落下し、
地面の下で弧を描き何里も川は続いていた。
ウムボス゠ムイリン〈薄暮の湖沼〉、
涙のごとき灰色のこの広大な沼地を
エルフはそう名付けて呼んでいた。
篠突く雨の向こうに見張られたる平原があり、
さらに向こうの狩人の丘陵をベレンは見た。
西風に吹きさらされ、荒涼として草木の生えない
むき出しの頂上が連なっていた。
沼地に音を立て打ちつける

土砂降り雨が煙る中、
しかしベレンにはわかっていた。
あの丘陵のふもとにナログの峡谷があり
高地からイングウィルの滝が逆巻き落ちる近くに
用心深きフェラグンドの宮殿があることを。
変わらぬ警戒を怠らぬことで、
ナルゴスロンドのノウムは名を馳せていた。
どの丘の頂にもやぐらが築かれ
番兵が眠らずに目を凝らし、
ナログの早瀬とほの白きシリオンの間の
平原とすべての道を見張っていた。
決して的を外さない射手たちが
森を回って守備にあたり、
彼らの意に反して近づく者を密かに仕留めた。
　いざベレンはこの地に侵入した、
指にフェラグンドの輝く指輪をつけ
たびたび大声で名乗りを上げながら。
「ここにいるは、さまようオークでも斥候でもない、
かつてフェラグンド王の大事な友でありし

バラヒアの息子ベレンである」
　黒き巨石に当たっては轟音を立て泡立つ
ナログの東岸に彼が到達する前に、
緑の射手たちはベレンのまわりを取り囲んだ。
彼のみなりは惨めでみすぼらしかったが、
指輪を見せられると、
射手たちは彼の前に頭を下げた。
夜になると彼らはベレンを北に導いた。
ナルゴスロンド宮前のナログの急流には、
浅瀬がなく、橋も築かれておらず、
味方も敵も渡れなかったのだ。
　北に進むと、川は源流に近くなり
流れの川幅が狭まった。
ギングリスの短い金の奔流がナログに合流して終わる時、
流れが岬を囲んで泡をはじく場所で、
彼らは川を歩いて渡った。
そこから全速力で移動し、
ナルゴスロンドの切り立った段丘と
暗き巨大な宮殿を目指した。

鎌の形をした月の下、
暗がりを掘って取り付けられた門扉へと、一行は到着した。
重い石と巨大な材木でできた柱と鴨居があった。
大きな門が勢いよく開かれ
フェラグンドが玉座に座す部屋に
みなは急ぎ入って行った。

丁重なるはナログの王のベレンへの言葉。
彼の放浪や、争いや厳しい戦《いくさ》のすべては
すぐに明かされた。
ドリアスでの話を語る間は、
扉を閉じて二人はすわった。
ルーシエンが髪に白い野ばらを差し
麗しく踊る様を思い出す時、
黄昏に星々が彼女のまわりで瞬く間に響く、
彼女のエルフの声が甦る時、
それを表す言葉は見つからなかった。
ベレンはシンゴルの驚くべき宮殿について語った。
魔法で明かりが灯され、

噴水から水が流れ落ち、
小夜啼鳥《さよなきどり》が常にメリアンと王のために歌っていた。
彼は探索行についても話をした。
それはシンゴルが嘲りから彼に求めたもの。
しかし人間に生まれついたどの娘よりも美しい乙女、
ティヌーヴィエル、ルーシエンへの愛のため
焼ける荒野に乗り出し
死と責め苦を味わうのが必定と。

　フェラグンドはこの物語に驚いて耳を澄まし、
ようやく沈鬱な面持ちで口を開いた。
「シンゴル王はそなたの死を望んでおられるようだ。
みなも知るように、
あの秘めたる力を持つ宝玉の永遠の炎は
終わりなき禍《わざわい》の誓言で呪われている。
フェアノールの息子たちだけが
あの光の主となり支配者となる権利を持っている。
シンゴル王とてその宝物蔵に
この宝玉を有することは望めぬし、

彼がエルフィネッセの民すべてを治めているわけでもない。
それでもドリアスへの帰還を許されるために、
それ以外の方法はないとそなたは言うのか。
あまたの恐ろしい道が実際に
そなたの前に待ち受けようぞ。
そしてモルゴスから逃れても、
予も知る、倦むことを知らない憎しみが、
急ぎ、天国から地獄までそなたを追い求めよう。
フェアノールの息子たちも、できることなら
そなたを殺そうとするであろう、
そなたがシンゴルの森にたどり着き、王の膝にあの炎を置き、
せめてそなたの甘美なる思いをとげようとするその前に。
よいか、ケレゴルムとクルフィンが
まさにこの王国の中で暮らしている。
フィンロドの息子たる予が王であるとはいえ、
彼らはすでに強大な力を手に入れ、
あまたの自身の民を率いている。
彼らは予に対する友情を
窮した時にはいつでも示してきたが、

バラヒアの息子ベレンには
愛も慈悲も示さぬであろう、
もしそなたの恐ろしい探索行を知ったならば」

真実を王は語っていた。
彼が民にこの話を告げ、
バラヒアへの誓いについて、
昔、北の戦場で、
いかにこの人間の盾と槍が
モルゴスと禍《わざわい》から救ってくれたかを話した時、
多くの者が心をかき立てられ、
今一度戦いたいと熱望した。
しかし群衆の中に立ち上がる者があり、
耳を傾けよと大きな声がした。
燃える瞳の誇り高きケレゴルムが
黄金の髪をなびかせ、輝く剣を抜いて立っていた。
みなは彼の厳めしく頑固な顔を見た。
大いなる静寂がその場に訪れた。

「この者が味方であれ敵であれ、
モルゴスの荒ぶる悪鬼であれエルフであれ、定命の人の子であれ、
この地上に暮らす何者であれ、
いかなる掟も愛も、地獄の同盟も、
神々の力も、強いまじないも、
フェアノールの息子たちの苛烈な憎しみから
シルマリルを奪う者、盗む者、
見つけて我が物にする者を守ることはできぬ。
大いなる力の込められし我らが輝く宝玉に
正当な権利を主張できるは我らのみ」

多くの激しい力のこもった言葉を彼は語った。
以前トゥーンで彼の父の声が
みなの心を覚まし、火を付けたように、
暗い恐れと溜めこんだ怒りを
みなに浴びせ
親族同士の争いを予言した。
民は心の中で想像した、
もしナログの軍がベレンとともに出発すれば、

ナルゴスロンドの死者のまわりを血だまりが赤く染めるだろう。
あるいは、フェアノールの宿命の宝玉をかの王が手に入れたなら、
争い、荒廃、禍《わざわい》が、
偉大なるシンゴルの治めるドリアスにもたらされるやもしれぬ。
そしてフェラグンドに最も忠実な者でさえ、
王の誓いを悔やみ、
力づくであれ、あるいは策略によってであれ、
モルゴスを求めてその隠処へ行くことを、
恐れと絶望とともに考えた。
兄が話し終えると、今度はクルフィンが話し始め、
みなの心はよりいっそう感化された。
彼がまじないで民の心を縛りつけたので、
トゥーリンの日まで二度と再び
ナログのノウムが隊列を組み
堂々と戦《いくさ》に出ることはなかった。
秘密裡に、あるいは不意をつき、
斥候、魔術の知識を用い、
用心深い熱心な野生の生き物と無言の同盟を結び、
狩人の幻影、毒を塗った矢、

姿を隠し忍び寄る技とともに彼らは戦った。
また、敵意を包み隠し、
ビロードの足で一日中、
見えない場所から獲物を執拗に追跡し、
夜分気づかれぬうちに手にかけた。
かくして彼らはナルゴスロンドを防衛した。
クルフィンの巧みな言葉が彼らの心に植え付けた
モルゴスへの恐怖ゆえ、
血縁も厳かな絆も忘れてしまった。

　彼らはその怒りの日
主君フェラグンドに従わず、
不機嫌につぶやいた、
フィンロドは、ましてやその息子は、神とは似ても似つかない。
するとフェラグンドは王冠を脱ぎ、
そのナルゴスロンドの銀の冠を
足元に投げつけた。
「そちらは誓いを破るがよかろう、
しかし予は約束を守り、この王国を捨てねばならぬ。

もし今ここに揺らぐことのない心があるならば、
フィンロドの息子に忠実な心があるならば、
予とともに行く者をわずかでも見つけよう。
蔑みを甘んじて受けるわけにはいかない、
追い返された哀れな乞食のように、
城門から出て行くわけにいかぬのだ、
我が都、我が民、我が王国と王冠から！」

この言葉に急ぎ王のかたわらに立ち上がったのは
十人の頼れる善なる戦士たち、
王の軍旗の行く先がどこであろうと
常に戦いに臨みし王の家の者たち。
一人がかがんで王冠を拾い上げ、進言した。
「王様、この都を去るのは
今や我らの運命です。
しかし陛下の正当な王権を失ってはなりません。
どうぞ陛下の代わりに執政となる方をお選びください」
そこでフェラグンドはオロドレスの頭に王冠を載せた。
「我が弟よ、

予が戻るまで、この王冠はそなたのもの」
ケレゴルムはすぐにその場を立ち去り、
クルフィンは笑みを浮かべて顔をそむけた。

＊＊＊＊＊

かくして一行は十二人だけで
ナルゴスロンドから旅立った。
北へ秘密の静寂の道をたどり
薄れゆく陽光の中に姿を消した。
トランペットの音も歌声もなかった。
業物の鎖かたびらに身を包み、
灰色の兜と黒いマントで姿を隠し、
彼らは密かに立ち去った。
　遠く旅するナログの跳ねる急流を
一行は水源のきらめく滝までさかのぼった。
その透明な滝壺は、
透き通ったガラスの光る盃のよう、
イヴリンの湖からゆらめき落ちる

水晶の水で一杯だった。
そのイヴリンの湖沼には、月明かりのもと、
影の山脈のむき出しで厳めしく青白い顔が
ほの暗く映っていた。

　彼らは今や、オーク、悪鬼、
恐ろしいモルゴスの力から守られし王国を出て、
はるかな道のりを歩んでいた。
高地の陰の暗い森の中で
一行は幾夜も見張りをして待ち続けた。
とうとうある晩、急ぎ流れる雲の
月と星座を包む時、
秋の荒々しい始まりに吹く風が、
大枝をざわざわと鳴らし、葉が黒い渦となり、
小さく乾いた音を立てて舞い落ちる時、
かすれたつぶやきが遠くから風に乗って聞こえてきた。
しわがれた笑い声は近づき、さらに大きくなった。
疲れた大地を踏みつける
忌まわしい足音のとどろきを一行は聞いた。

揺れながら、あるいは槍や偃月刀《えんげつとう》にきらめきながら、
沢山のくすんだ赤の灯火が近づくのが見えた。
近くに隠れて一行は、
ゴブリンの浅黒く汚れた顔をした
オークの一団が通り過ぎるのを見た。
蝙蝠《こうもり》が飛び回り、
幽霊のごとく捨て置かれた夜の鳥ふくろうが、
頭上の木で鳴いていた。
声は静まり、石や鋼鉄のぶつかり合うような
笑い声も通り過ぎて弱くなった。
エルフとベレンはすぐ後ろを
獲物を探して草地に忍び込む敵より静かに
そっとついて行った。
ゆらめく焚火や灯火に照らされた野営地へ、
一行は足音を忍ばせやって来た。
数えると三十人ものオークが
赤く燃え上がる焚火のまわりに腰を下ろしていた。
王の一行は音を立てず、一人ひとり静かに立ち上がり、
それぞれが木の陰に隠れた。

ゆっくりと、覚悟を決め、密かに、
みなは弓を構え、弦を引きしぼった。

聞け！　いかにフェラグンドの号令に合わせ、
瞬時に矢が放たれ、空気を震わせたかを。
十二人のオークが一瞬で倒れて絶命した。
みなは弓を投げ捨て飛びかかり、
輝く剣を取り出し、素早く振り下ろした！
切りつけられたオークは、
光なき地獄の救われぬ者のように悲鳴を上げた。
木の下で素早く苛烈な戦いが繰り広げられ、
逃げたオークはいなかった。
うろつき回るオークの一団はその場で命を落とし
これ以上悲しみの大地を
略奪と殺戮で汚すことはなくなった。
しかし喜びの歌も、悪に対する勝利も、
エルフは歌わなかった。
これほど小さな隊が単独で戦《いくさ》に向かうことはない、
ひりひりする危険のただ中にあることをみなは悟っていた。

彼らは急ぎオークの服をはぎ取り、
死体を穴に投げ入れた。
みなのために編み出されたこの決死の計画には
フェラグンドの知恵が働いていた。
彼は仲間をオークに変装させた。

　敵の持っていた毒の槍、角の弓、
曲がった剣を彼らは手にした。
アングバンドの不潔で不快な衣装を
嫌悪しながら身に着けた。
黒い染料で美しい手と顔を汚し、
もつれた黒の長髪を
ゴブリンの頭から剃り落とし、
ノウムの技で一本一本結び付けた。
狼狽する朋輩を横目で見ながら、
むかつく臭いのするその髪を
身震いしながら耳に垂らした。
　変身、変装のまじない歌を
フェラグンドは歌った。

ゆっくりと歌うにつれ、
耳はおぞましい形になり、
あんぐりと口は開き、歯は牙のようになった。
彼らのノウムの服を隠すと、
みなは一人ひとりフェラグンドの後ろにすべり込んだ。
エルフの美しい王の姿は
汚いゴブリンに変わっていた。

北へ、一行は向かった。
通りすがりに出会ったオークは
彼らをただ行かせはせず、挨拶をして歓迎した。
遠い道のりを進むうち彼らは大胆になっていった。
　とうとう一行は疲れた足でベレリアンドを越えた。
シリオン上流の早瀬にぶつかると、
その白銀の波立つ流れは
あの谷間を急ぎ下っていた。
その谷の東側は、タウア＝ナ＝フイン〈死の夜闇〉と呼ばれる
松林に覆われた道なき台地の、
暗く人を寄せ付けない斜面が緩やかに傾斜し、

一方、谷の西側は
北方へ弧を描く灰色の山脈がそびえ立ち、
西へ沈む陽光をさえぎっていた。

　その谷川の中央には
孤島となる丘があった。
まるで巨人たちが大騒ぎして駆け抜けた際に、
大きな山脈から転げ落ちた岩のようだった。
丘のふもとでは、川は輪になっていた。
流れが二手に分かれ、
せり出した岸壁をえぐり洞窟ができていた。
つかの間そこで身震いしたシリオンの波は
より清い岸辺を目指し急ぎ流れていった。
　かつてそこにはエルフの物見塔があった。
強固でありながら美しい塔であった。
しかし今では厳めしい姿で脅威を与え、
一方は色褪せたベレリアンドを
もう一方は谷の北口の先にある
悲しみに沈んだ大地を見つめていた。

そこからは干からびた平原、
砂丘、広大な砂漠が垣間見えた。
そしてさらに向こうには
低く垂れこめる陰鬱な雲の下、
サンゴロドリムの雷鳴とどろく塔があった。

　さてその丘には
非常に邪悪なる者の住まいがあった。
彼は眠らぬ炎の眼で
ベレリアンドから通じる道を見張っていた。
　人間は彼をスゥーと呼んだ。
そしてのちの時代には神であるがごとく、
彼の鞭の下に惑わされし者たちが服従し、
彼のおぞましい神殿を闇に築いた。
その頃スゥーは、まだ彼を崇める隷属した人間を持たず、
モルゴスの最も有力な臣下、
巨狼の主であった。
彼の狼たちの身も凍る咆哮は、常に丘にこだました。
彼は邪悪な魔術や闇の呪術を

「狼に取り囲まれて一行は、自らの運命に戦慄した」一三〇頁

張りめぐらし、行使した。
魔力でその死人占い師は兵を集めた、
亡霊やさまよう幽霊、
自分のまわりに群がる
異形の、あるいはまじないで酷使される怪物たち。
彼らに邪悪な闇の命令を実行させていた。
すなわち、魔法使いの島の巨狼たちである。

一行の到着は、スゥーには隠せなかった。
彼らが陰気に垂れ下がる森の大枝の
ひさしの下にすべり込んだにもかかわらず、
遠くで見ていたスゥーは巨狼たちを起こした。
「行け！　あのこそこそしているオークたちを連れてこい」彼は命じた。
「まるで何かを恐れるような、奇妙な歩き方だ。
それにオークの習いと命令に従って、
ここへ来て自分たちの武功を報告しない、
この私に、このスゥー様に」

物見塔から彼は見ていた。

疑惑が膨らみ考え込み、
横目で見ながら彼らが来るのを待っていた。
狼に取り囲まれて一行は、
自らの運命に戦慄した。
ああ、我らがあとにしナログの国よ！
悪い予感が胸に重くのしかかった。
うつむき、足を引きずりながら、
嘆きの石橋を渡り、魔法使いの島へ
彼らは行かねばならぬ。
血で汚れた石で造られし王座へと。

「どこへ行っていたのだ？　何を見てきた？」

「エルフィネッセです。涙と悲しみ、
吹き荒れる炎、流れる血を見てきました。
今までそこにいたのです。
三十の命を奪い、死体を暗い穴に捨てました。
我らが敵をなぎ倒した跡には
大鴉がとまりふくろうが鳴いています」

「いや、本当のことを言え、モルゴスの僕よ。
それではエルフィネッセでは何が起きたのだ？
ナルゴスロンドはどうなった？　誰が国を治めているのだ？
あの王国へ足を踏み入れることができたのか？」

「国境まで。
なにしろ金髪のフェラグンドが治めている国なので」

「ではフェラグンドが去ったことを聞いていないのか？
ケレゴルムがその王座に就いたことを？」

「それは嘘です！　フェラグンドが去ったなら、
オロドレスが王座に就くはずです」

「随分鋭い耳を持っているな。
行きもしない王国の便りを手に入れるのが速いではないか！
名前は何と言う、大胆な槍持ちよ？
お前の大将は誰だ？　まだ聞いていないぞ」

「ネレブとドゥンガレフと十人の戦士と
我らは呼ばれています。
我らが暗き根城は山の下。
荒れ地を越えて、急ぎの大事な用を言い付かっています。
火煙の下から炎ほとばしる場所で、
ボルドグ隊長がお待ちです」
「ボルドグは最近殺されたと聞いたが。
国境で戦《いくさ》になったのだ。
盗人シンゴルとごろつきの一族が
わびしいドリアスの楡と樫の下で
身をすくませ這いずり回るあの国で。
お前らはあの美しい精霊ルーシエンについて聞いていないか？
その姿は麗しく、色白で清らかだ。
モルゴス様も城でご所望だ。
そこでボルドグを送ったが殺された。
お前たちがボルドグの隊にいなかったとは奇妙なことだ。
　ネレブよ、恐ろしい顔をして、睨んでいるな。
ルーシエンのことか！　何を悩んでおる？

なぜ笑わぬ？　考えてみよ、
主人が乙女を宝物蔵に押し込めるのだ、
かつて清かったものが穢れ
光のありし場所が闇に変わるのだぞ。
　お前は一体誰に仕えている？　光か闇か？
誰が最強の作品を作ったか？
誰が地上の王たちの王、
黄金と指輪を与えし最も偉大な方なのか？
誰がこの広い世界の主人なのか？
誰が欲深き神々の喜びを奪ったのだ！
お前らの誓いを繰り返せ、バウグリアのオークよ！
眉をひそめるな！
光、法、愛に死を！
天上の月と星に呪いあれ！
冷たい波となり外で待ち受ける
昔からの永遠の闇が
マンウェ、ヴァルダ、太陽を飲み込むように！
すべてが憎しみに始まり
悪で終わるように、

果てしなき嘆きの海で終わるように！」

誠のある人間やエルフが、自由の身でありながら
これほどの不敬を口にすることはないだろう。
ベレンはつぶやいた。
「我らの務めを妨げるとは、スゥーとは何者か？
我らが仕えるのは彼ではなく、従う義務もない。
さあ、行かせてもらおう」

スゥーは笑った。「辛抱しろ、長くは引き止めぬ。
しかしまずは私の歌を聞け、
熱心に耳を傾けるのだぞ」
そうして彼が燃える瞳を一行に向けると、
黒き闇がみなのまわりに降りてきた。
渦巻く煙の帳に包まれたかのように
一行にはその神秘の眼だけが見え、
彼らの五感は窒息し溺れていった。
スゥーはまじないの歌を詠唱した。
聞く者の心を貫きこじ開ける歌、

秘密を漏らし暴く裏切りの歌。
すると不意にフェラグンドがぐらつきながら、
踏みとどまる歌を歌い返した。
抵抗し、力に対して戦いを挑む歌、
守られた秘密、塔のような強さ、
損なわれぬ信用、自由、脱出、
変身し、変装し、
誘惑を回避し、罠を破り、
牢獄を開け、鎖を断ち切る歌を。
　押したり返したり、歌は続いた。
スゥーの歌声はますます強さを増し、
ぐらつきよろめきながらフェラグンドは戦った。
エルフィネッセの魔法と力のすべてを
その言葉に注ぎ込んで。
闇の中でかすかに一同は耳にした、
はるかナルゴスロンドで小鳥が歌うのを、
西方世界の向こうの砂浜で、
エルフの国の真珠の砂の上で、
かなたの海が嘆息するのを。

その時影が押し寄せた。
闇がヴァリノールで濃くなり、
海辺で赤い血が流れた。
ノウムが水沫《みなわ》の乗り手を殺害し、
白い帆を張った彼らの白い船を盗み
灯火で照らされた港から船出したのだ。
風はむせび、狼は吠え、烏《からす》は逃げた。
海の入り口で流氷が鳴った。
アングバンドの哀れな囚人は嘆き悲しんだ。
雷鳴がとどろき、炎が燃え上がり、
膨大な煙が噴き出し、うなり声を上げた――
そしてフェラグンドは気を失って床に倒れた。

見よ！　一行は色白で輝く瞳の
元の美しい姿に戻っていた。
もはやオークのように大きく口を開けていなかった。
正体を暴かれ、今や魔法使いの手中にあった。
こうして不幸にも彼らは禍《わざわい》に陥り、

地下牢へと送られた。希望も光もなかった。
体に食い込む鎖につながれ、
締め付ける網の罠に絡まれ、
絶望のうちに置き去りにされた。

しかしフェラグンドのまじないのすべてが
効かなかったわけではない。
なぜならスゥーには彼らの名も目的も知られなかった。
その二つを考えあぐねて、彼は思いついた。
この者たちを残酷な鎖につなぎ、
裏切り者となって口を割り、
情報を明かさねば、
恐ろしい死が待つと脅そうと。
巨狼が来て、一人ひとりゆっくりと
他の者の目の前で貪り食う。
最後の者は一人残され恐怖で固まり、
恐ろしい場所に吊るされ、
手足をねじ曲げられて苦悶し、
大地のはらわたでじっくりと

残酷な責め苦を果てしなく受け、
すべてを吐き出すまで続くのだ。

彼の脅し通りに、ことは運んだ。
時折何も見えぬ暗闇に二つの眼が光った。
そして恐怖の叫び声が聞こえ、
何かを引き裂く音と
よだれが地面に垂れる音がした。
血の流れる匂いがした。
しかし誰も屈せず、口を割らなかった。

ここで第七歌は終わる。私はもう一度『クウェンタ』に戻り、前の抜粋の最後の一文（一〇六頁）「スゥーの地下牢で拷問は延々と続いたが、仲間を裏切る者はいなかった」から始める。前回と同じように、私は『クウェンタ』の描写と、それとは大きく異なる『レイシアンの歌』の語りの両方を引用する。

『クウェンタ』からのさらなる抜粋

その頃ルーシエンは、メリアンの千里眼によってベレンがスゥーに捕らえられたことを知り、絶望のあまりドリアスから逃げ出そうとした。これはシンゴルの知るところとなり、一番高い橅の大木の、地面から高いところに家を作り、彼女を幽閉した。どのようにして彼女が脱出したか、森に入り、ドリアスの国境で狩りをしていたケレゴルムに見つけられたかは、『レイシアンの歌』に歌われている。ケレゴルム兄弟は謀って彼女をナルゴスロンドに連れて行き、弟である策略家のクルフィンは彼女の美しさに魅せられた。彼女の話から二人は、フェラグンドがスゥーの手に落ちたことを知った。そこで彼を見殺しにし、ルーシエンを手元にとどめ、クルフィンとの結婚をシンゴルに強要して権力を築き、ナルゴスロンドの王位を簒奪し、ノウムで最も有力な君主になれるよう画策した。二人は、エルフの全勢力を支配下におき服従させるまでは、シルマリルを求めて出立することも、また他の者を行かせることもするまいと考えた。しかし彼らのもくろみは、エルフの王国間の仲たがいと恨みを招いただけであった。

ケレゴルムの第一の猟犬の名はフアンといった。彼はオロメの猟場からやって来た不死の種族である。オロメは昔ヴァリノールでケレゴルムにフアンを与えた。その頃ケレゴルムはしばしばその神のお供をして馬に乗り、その角笛のあとを追っていた。フアンは主人とともに大いなる地へとやって来た。矢も刀も、まじないも毒も彼を傷つけることはできなかった。それゆえ主人とともに戦《いくさ》に赴き、何度も死から主人を救った。彼の運命は、これまでこの世に存在した中で最強の狼の手にかからなければ死ぬことはないと定められていたのである。

フアンは誠の心の持ち主であった。そして最初に森の中でルーシエンを見つけ、ケレゴルムのもとへ連れて行った時から、彼女を愛した。彼の心は主人の裏切りで痛んだ。そこでルーシエンを自由にし、ともに北へ向かった。

北の地では、スゥーが捕虜を一人ひとり殺害し、とうとう残るはフェラグンドとベレンだけになった。ベレンの死ぬ順番が来ると、フェラグンドは持てる力をすべて絞り出し、縛めを引きちぎり、ベレンを殺しに現れた巨狼と格闘した。フェラグンドは巨狼を倒したが、彼自身も暗闇で息絶えた。ベレンは絶望のうちに嘆き、自らの死を待ち望んだ。しかしルーシエンが来て地下牢の外で歌った。かくして彼女はスゥーを外におびき寄せた。なぜならルーシエンの美しさの評判は、歌で褒めたたえられ諸国に広まっていたからである。モルゴスですら彼女を所望し、彼女を捕らえることができた者には最高の褒美を約束していた。スゥーが送り出した巨狼はすべてフアンが音を立てずに殺害し、しまいに彼の配下で一番強い巨狼ドラウグルインが出てきた。激しい戦いになり、フアンが一人でないと知った。しかしスゥーはフアンの宿命を覚えていた。そこで自身をこの世に存在した中で最強の狼に変えて現れた。フアンは彼を倒し、スゥーから鍵と、彼の魔法の壁や塔をつなぎ合わせているまじないを手に入れた。その結果要塞は壊れ、塔は崩れ、地下牢の扉は開いた。多くの囚人が解放されたが、スゥーは蝙蝠《こうもり》に姿を変えタウア＝ナ＝フインに逃げた。ルーシエンはフェラグンドのかたわらで嘆き悲しんでいるベレンを見つけた。彼女はベレンの悲しみと獄中の消耗を癒し、フェラグンドをかつて彼自身のものであった孤島の丘の頂に葬った。そしてスゥーは二度とここへ戻って来なかった。

フアンは主人のもとへ帰った。しかし以後主従の間の愛情は薄れた。ベレンとルーシエンは幸福で、憂いも忘れて旅を続け、とうとう再びドリアスの国境近くまでやって来た。ここでベレンは自らの誓いを思い出し、ルーシエンに別れを告げたが、彼女はベレンと離れようとはしなかった。ナルゴスロンドでは騒乱が起きていた。なぜならスゥーに捕らえられていた者の多くとフアンが、ルーシエンの手柄やフェラグンドの死の知らせを持ち帰り、ケレゴルムとクルフィンの謀反が露見したからだ。二人はルーシエンが逃亡する前に、秘密の使者をシンゴルに送ったと言われている。しかしシンゴルは激怒して、自分の召使いを使ってオロドレスに彼らの手紙を送り返した。その結果、ナログの民の心はフィンロドの一族のもとに返り、一度は見捨てた彼らの王フェラグンドの死を悼み、オロドレスの命令に従った。

オロドレスは、民の望んだフェアノールの息子たちの処刑を許さなかった。代わりに二人をナルゴスロンドから追放し、今後ナログとフェアノールの息子たちとの間に愛情はないと宣言した。そしてその通りになった。

ケレゴルムとクルフィンは憤然と馬を走らせ、森を抜けてヒムリングへの道を急いでいた。途中、恋人に別れを告げようとしているベレンとルーシエンに出くわした。兄弟は二人に迫り、それが誰であるかを悟ると、ベレンを蹄で踏みつけようとした。

クルフィンはルーシエンを抱え上げ鞍に乗せた。するとベレンは、限りある命の人間がなせる最大の跳躍をした。彼が獅子のようにクルフィンの疾走する馬に飛びかかり、クルフィンののど元をつかんだので、馬と乗り手は狼狽して地面に落ちた。一方ルーシエンは遠くに投げ出され、地面の上で呆然とした。ベレンはクルフィンの首を絞めた。しかし槍を構えて取って返してきたケレゴルムにより、自身の死も迫った。その時フアンが、ケレゴルムへの忠誠を捨てて飛びかかり、彼の馬はわきにそれた。そしてこの偉大な猟犬の恐ろしさに身がすくみ、誰も近づこうとはしなかった。ルーシエンはクルフィンの殺害を禁じたが、ベレンは彼の馬一頭と武器、特にドワーフによって作られた彼の有名な短剣を奪った。その短剣は鉄でも木のように切ることができた。兄弟は馬でその場から立ち去ったが、騙し討ちでフアンとルーシエンに矢を放った。フアンを傷つけることはできなかったが、ベレンはルーシエンの前に飛び出し負傷した。これが知られるようになった時、人間はフェアノールの息子たちに対する憎しみから、その傷を忘れなかった。

フアンはルーシエンのもとにとどまった。彼らの苦境と、なおもアングバンドに行かねばならぬというベレンの決意を聞いて、フアンは倒壊したスゥーの館に行き、巨狼と蝙蝠《こうもり》の毛皮を持って来た。フアンがエルフや人間の言葉を話したのは三回だけである。最初はナルゴスロンドでルーシエンに話した時。この時が二度目で、彼は二人の探索行のために、決死の計画を編み出した。そこで二人は馬で北に向かい、これ以上馬で進むのは危険な場所までやって来た。そこで狼と蝙蝠の衣装をまとい、ルーシエンは悪霊のふりをして巨狼に乗った。

『レイシアンの歌』にすべてのいきさつが歌われているが、二人がアングバンドの門に到着すると、新しい警備が敷かれていた。どのようなものかはわからぬが、エルフの間で広まっている企ての噂がモルゴスのもとに届いたからである。そこでモルゴスは最強の巨狼、カルハラス〈短刀牙〉を育て上げ、門の番人とした。ルーシエンは狼にまじないをかけ、モルゴスの王の間にたどり着き、ベレンは彼の王座の下に潜り込んだ。大胆にもルーシエンは、これまでどのエルフも敢えてしたことのない、この上なく恐ろしく勇敢な行動に出た。それはフィンゴルフィンが単身モルゴスへ挑んだことに劣らぬどころか、彼女が半分神の血筋であることを差し引いても、より優れた偉業だったかもしれない。ルーシエンは変装を脱ぎ捨て、本当の名を告げ、スゥーの巨狼に捕まり連れて来られたふりをした。そして心のうちで汚らわしい悪事をもくろんでいたにもかかわらず、モルゴスは彼女に欺かれた。ルーシエンはモルゴスの前で踊り、彼の宮廷全体を眠らせた。彼女はモルゴスに歌も歌った。そしてドリアスで自ら織った魔法のローブを彼の目の前でひらめかせ、夢の中に閉じ込めた――いかなる歌がその驚嘆すべき偉業を、あるいはモルゴスの怒りと恥辱を、歌えるであろう。オークでさえ思い出した時には、いかにモルゴスが王座から落ち、彼の鉄の王冠が床に転げ落ちたかを語り、陰で笑っていたのである。

ベレンは飛び出し、狼の衣装を脱ぎ捨て、クルフィンの短剣を取り出した。その短剣で彼はシルマリルを切り出した。しかしさらに危険を冒し、彼は宝玉すべてを手に入れようとした。すると二心あるドワーフたちが作った短剣は折れ、響き渡る音が眠っている大勢を揺り起こし、モルゴスもうなった。恐怖がベレンとルーシエンの心を捉えた。二人はアングバンドの暗い通路から逃げ出した。出口は、ルーシエンのまじないから覚めたカルハラスによって塞がれていた。ベレンはルーシエンの前に出てかばったが、これが悪い結果につながった。というのも彼女がローブで巨狼に触れ、魔法の言葉を唱えるより前に、カルハラスが武器を持たぬベレンに飛びかかったのである。右手でベレンはカルハラスの目元を殴った。しかし巨狼はその手に噛みつき食いちぎった。その手にベレンはシルマリルを握っていた。シルマリルがその汚れた肉体に触れるや、カルハラスの胃は、拷問のような苦痛をもたらす炎で焼けた。彼は咆哮しながら二人の前から逃げ出し、すべての山を震わせた。アングバンドのこの狼の狂乱は、北方にもたらされた戦慄のうちでも最も悲惨で恐ろしいものであった。アングバンド全体が目覚める前に、ルーシエンとベレンはかろうじて脱出した。

望みを絶たれた二人が諸国を回った旅、ベレンの傷の回復、以来エルマブウェド〈隻手〉のベレンと呼ばれるようになったこと、アングバンド到着前に急に姿を消したフアンによる救出、ドリアスへの帰還、これらについて語るべきことはほとんどない。一方ドリアスでは多くのことが起きていた。ルーシエンが出奔して以来、事態は悪い方へ向かうばかりであった。彼女を捜すも見つからなかった時、民はみな悲しみに沈み、歌は沈黙した。捜索は長く続いた。その最中にドリアスの管楽師ダイロンも行方不明になった。彼はベレンがドリアスに来る前、妹を大切にしており、フェアノールの息子マグロールと笛吹きウォーブルを除けば、エルフの最も偉大な楽師であった。ダイロンはドリアスに戻ることはなく、東の地へ迷い込んでしまった。

ドリアスの国境はたびたび攻撃を受けた。ルーシエンがさまよっているという噂がアングバンドに届いたからである。オークの隊長ボルドグは、戦いの最中にシンゴルに殺された。王の偉大な戦士、強弓ベレグと無骨者マブルングは、その戦いでシンゴルに同行していた。かくしてシンゴルは、ルーシエンがまだモルゴスに捕らえられていないことを知ったが、彼女の放浪も判明し、不安で一杯になった。案じているところにケレゴルムの密使が来て、ベレンもフェラグンドも死に、ルーシエンはナルゴスロンドにいると伝えてきた。シンゴルは心のうちでベレンの死を後悔していることに気づいた。そして、ケレゴルムがフィンロドの一族に対して謀反を起こしたらしいこと、彼がルーシエンを手元にとどめ家に送り返さなかったことで激怒した。それゆえシンゴルは、ナルゴスロンドに密偵を送り込み、戦《いくさ》に備えた。しかるにルーシエンは逃亡し、ケレゴルムと弟はアグロンへ去ったことがわかった。そこで今度はアグロンへ使者を送った。彼の力はフェアノールの七兄弟全員を攻撃するほど強くはなく、彼と不和になったのはケレゴルムとクルフィンだけだからである。しかしこの使節は森を通る際にカルハラスに遭遇し襲われた。この巨狼は狂乱して北部の森一帯を駆け回り、死と荒廃をもたらした。マブルングだけが逃げ延びて、シンゴルに巨狼の出現を知らせた。運命なのか、それとも腹のうちに抱えて彼を苛むシルマリルの魔法なのか、カルハラスはメリアンのまじないによって足止めされることなく、ドリアスの不可侵の森に押し入った。そして広く遠く恐怖と破壊が拡大した。

ドリアスの不幸が頂点に達した時、ルーシエンとベレンとフアンはドリアスに帰ってきた。シンゴルの心は軽

「兄弟は馬でその場から立ち去ったが、騙し討ちでフアンとルーシエンに矢を放った」一四二頁

くなったが、ベレンを好意的に見ることはなかった。自身の禍《わざわい》のすべての原因を彼の中に見たからである。いかにしてベレンがスゥーのもとから逃げたかを聞いた時、シンゴルは驚嘆したが、こう言った、「定命の者よ、そなたの探索行と誓いはどうなったのだ？」するとベレンは言った、「今も私の手はシルマリルを握っております」。「では予に見せよ」シンゴルは言った。「それはできませぬ」ベレンは言った。「私の手はここにはないのです」。そしてすべてのいきさつを物語り、カルハラスの狂乱の原因を明らかにした。シンゴルはその恐れを知らぬ発言や彼の忍耐、そして娘とこの非常に勇敢な人間との間にある大きな愛情に心を和らげた。

そこでみなは巨狼カルハラス狩りの計画を立てた。この狩りに参加したのはフアン、シンゴル、マブルング、ベレグ、ベレンだけであった。そしてここでは、この悲しい物語を短く語らねばならない。なぜなら他の物語に詳しいからである。出発の時、ルーシエンは不吉な予感を懐きながらあとに残った。彼女の不安は的中した。なぜならカルハラスは殺されたが、フアンも同時に亡くなったのだ。彼はベレンを救うために命を投げ出した。一方ベレンも致命傷を負った。マブルングが巨狼の腹を切ってシルマリルを取り出すと、彼は最後の力で宝玉をシンゴルの手に載せた。それから一言も話すことなく、フアンの遺体と並べられシンゴルの宮殿の入り口まで運ばれた。ルーシエンは、かつて幽閉されていた橅の木の下で、みなを迎えた。そしてベレンの魂が待つ者の館へと旅立つ前に、彼に口づけした。こうしてルーシエンとベレンの長い物語は終わった。しかし『レイシアンの歌』〈囚われの身よりの解放〉は最後まで歌っている。なぜならルーシエンは急速に弱り衰え地上から姿を消したと長い間伝えられているが、メリアンがソロンドールを呼び出し、彼が生きたままのルーシエンをヴァリノールまで運んだという歌もあるからだ。彼女はマンドスの館へ行き、心揺さぶる愛の物語をとても美しく歌ったので、マンドスは心を動かされて憐れんだ。それ以来一度も起きていないことである。ベレンをマンドスは召喚した。かくしてルーシエンが死を迎えるベレンに口づけしながら誓ったように、二人は西の海の向こうで再会した。マンドスは二人が去ることを許したが、ルーシエンは恋人と同じように限りある命の身になり、定命の女性と同様、次にこの世を去ったのちは、彼女の美しさも歌に記憶されるだけになると言った。それでもマンドスは見返りに、これから先の長命と喜びをベレンとルーシエンに与えたという。二人は渇きも寒さも知らず、ベレリアンドの美しい国を逍遥した。その後定命の人間でベレンとその奥方に話しかけた者は一人もいなかった。

『レイシアンの歌』の終了地点まで

この長い引用部は『レイシアンの歌』第七歌の最終行（「しかし誰も屈せず、口を割らなかった」一三八頁）に続く。そして第八歌の冒頭部分は、『クウェンタ』においてとても簡潔な描写で語られた、ルーシエンがナルゴスロンドでケレゴルムとクルフィンの兄弟により軟禁され、そこからフアンの助力で脱出したことおよび、フアンの出自に相当する。『レイシアンの歌』に付けた星印の線は、次の歌との区切りを示している。

ヴァリノールの猟犬は銀の首輪を着けていた。
牡鹿、猪、狐、兎、
敏捷な麋鹿《のろじか》が
その緑の森を行き交った。
オロメはすべての森を治める神。
彼の館では強いワインが交わされ、
狩りの歌が流れる。

昔ノウムはこの神に
タヴロスと新たな名前を付けた。
彼は大昔、山を越えて角笛を吹き鳴らし、
神々のうち一人だけ
月と太陽の旗印が掲げられる前の世界を愛した。
彼の立派な馬は金の蹄。
彼の猟犬は不死の種族、
命令がなくとも西方のかなたの森で吠え立てた。
灰色犬はしなやか、黒犬は頑健、
白犬の絹の毛並みは長く、
茶色のぶち犬は
櫟《いちい》の弓の矢のように敏捷で忠実。
彼らの吠え声はヴァルマールの城の
低い鐘のごとくに響き、
彼らの眼の輝きは生きた宝石のよう、
彼らの歯は象牙のようだった。
鞘から抜かれた剣のように
綱を振りほどき閃光のように走り出し、
タヴロスの喜悦のために獲物を嗅ぎ分けた。

タヴロスの緑の森と草地で
かつてファンは幼い子犬であった。
成長して俊足犬の中でも一番の速足になると、
オロメは彼を褒美としてケレゴルムに与えた。
ケレゴルムがこの偉大な神の角笛を追って
丘や谷間を行くのを愛したからである。
　フェアノールの息子たちが亡命し、
北の地にやって来た時、
光の国の猟犬ではただ一頭だけ、
ファンは主人のそばを離れなかった。
襲撃や手荒な急襲も常に主人とともにし、
果敢に死闘に加わった。
オークや狼や振り上げられた太刀から、
何度も彼はノウムの主人を救った。
そして狼を狩る、疲れ知らずの灰色のどう猛な猟犬に育った。
きらめく瞳はあらゆる影や霧を貫き通し、
幾月夜も前のかすかな匂いを
沼地や荒れ地の向こうの

かさかさの落ち葉や渇いた砂の下に嗅ぎつけた。
広大なベレリアンドのあらゆる道に通じていた。
狼、それはファンが一番好んだもの。
連中ののど首を見つけ、
うなり声をあげる命と邪悪な息をもぎ取るのが大好きだった。
スゥーの群れは彼を死神として恐れた。
　いかなる魔法もまじないも矢も牙も
悪魔の技が調合できるいかなる毒も
ファンを傷つけることはなかった。
なぜなら彼の運命の糸はすでに紡がれていたからだ。
彼はその定められた運命が知られることを気にかけなかった。
曰く、「最強の者の前で彼は斃れる。
これまで岩の洞窟で育った中でも
最強の狼の前だけで」

　聞け！　はるかナルゴスロンドで、
シリオンの向こうのかなたで、
かすかな叫びと角笛を吹く音、
木々の間を縫う猟犬の吠え声が、聞こえてきた。

狩りが始まり、森はざわめいた。
今日の狩人は誰だ？
ケレゴルムとクルフィンが、犬を放ったのを聞いていないのか？
楽し気な喧騒とともに
二人は日の出前、馬に乗り、
槍と弓を手に取った。
スゥーの狼は近頃大胆にも広く遠くの地にも出没する。
夜にはナログのとどろく流れの向こうに
狼の爛々と輝く瞳が見える。
もしや奴らの主人は夢で見たのか？
陰謀や深慮を、
エルフの公子たちの秘密を、
ノウムの国における動向や
橅や楡の下で交わす用向きを。

クルフィンは言った。「兄上、どうも虫が好きませぬ。
どのような腹黒いもくろみが隠されているのでしょう？
この邪悪なものたちを、この狼の徘徊を、
すぐにも止めなければなりません！

それに、しばし狩りをして狼を倒すのは、
存分に我が心を楽しませることでしょう」
そして身を乗り出し静かにささやいた。
「オロドレスは鈍い愚か者、
王がいなくなってから長い時間が経ち、
噂も知らせもありません。
　少なくとも王が死んでいるのか、自由の身なのかがわかれば、
兄上の役に立つでしょう。
臣下を集めて整列させるのです。
そして狩りに行くと言うのです。
あなたがナログのために心を砕いていると
みなは思うでしょう。
しかし森に行けば事情がわかるかもしれません。
もし恩寵によってか、もしくは盲目の運命の女神によってか、
王が正気を失って、来た道を戻ってくれば、
そしてシルマリルを持っていれば、――
これ以上言葉にする必要はありますまい。
かたや宝玉は、正当な権利によって兄上の（そして私たちの）ものです。
残る一つ、王の座も、勝ち取ることができるかもしれません。

私たち一族は長男の血筋なのですから」

ケレゴルムは耳を傾けた。
何も言わずに、猛者たちを率いて出発した。
彼の一番の猟犬、頭《かしら》のフアンは、
喜ばしい音に飛び上がった。

三日間、一行は雑木林や丘のそばで
スゥーの狼を狩り出し殺していった。
多くの首と灰色の皮を手に入れ、
多くを追い散らした。
ついに一行はドリアスの西の国境近くまで来て
しばし休息をとった。

かすかな叫びと角笛を吹く音、
木々の間を縫う猟犬の吠え声が、聞こえてきた。
狩りが始まり、森はざわめいた。
そこに一人驚いた鳥のように逃げる者がいた。
その舞うような足取りは恐怖で震えていた。
彼女には森を打ち鳴らす主がわからなかった。

家から遠く離れ、さまよい、青ざめ、
亡霊のように谷間を飛んでいた。
心は常に、急げ、進め、と命じるが
手足は疲れ果てて目は虚ろだった。

　フアンの目は、
空き地に駆け込む揺れる影、
昼間の罠にかかった宵の霧のような影が、
恐怖で急ぎ去ろうとしているのを見た。
フアンは吠え立て、強靭な足で飛び出し、
このぼんやりとして不思議な臆病者を追いかけた。
大空から舞い降りる鳥に追われる蝶のように
彼女は、恐怖の翼に乗って、
こちらへ羽ばたきしては、あちらへ突進し、
動きを止めたかと思えば空中を翔けた——が、空しかった。
しまいに木に寄りかかり、肩で息をした。
フアンが飛びかかった。
災難に息をのみ、彼女から魔法の言葉は出なかった。
またこの頑強な狩人に効く
エルフの秘法も知らず、

闇の衣に織り込んでもいなかった。
ファンは古くからの不死の一族であったから、
いかなるまじないでも退けたり従わせたりすることはできなかった。
今まで出会った中でファンにだけ、
彼女は魔法をかけず
まじないで封じることもなかった。
しかし彼女の美しさ、優しい声、青ざめた苦悩、
涙でにじんだ星のような瞳は
死も怪物も恐れぬ彼をも手なずけた。
　ファンは軽々と彼女を持ち上げ、
この震える荷を軽やかに運んだ。
ケレゴルムはこのような獲物を見たことがなかった。
「何を連れて来たのか言え、ファン！
闇のエルフの乙女か、幽鬼か、それとも精霊か？
今日はこのようなものを狩りに来たのではない」

「私はドリアスのルーシエンです」乙女は話した。
「森のエルフの陽の当たる草地から遠く、
悲しみに暮れて

あてどもなく道をたどっておりましたが、
勇気は萎え、希望もはかなくなりました」
彼女は話しながら闇の衣を脱ぎ捨てた、
すると白銀の衣装をまとった姿が現れた。
星のような彼女の宝石はまばゆく輝き、
朝日に照らされた朝露のようだった。
青いマントに縫い付けられた金の百合はきらめき輝いていた。
驚きの念を懐かずに
この美しい顔を見ることができる者などいるだろうか。
長いことクルフィンは彼女を見つめ続けた。
花を編み込んだ髪から漂う香り、しなやかな手足、
この世のものとは思われぬ美しさが彼の胸を打ち、
その場に鎖でつながれたかのように立ち尽くした。
「高貴な姫よ、
美しき方が何ゆえ苦労して
一人旅しておられるのだ?
戦《いくさ》や禍《わざわい》のどのような恐ろしい知らせが
ドリアスにもたらされたのです? さあ話されよ。
なぜなら運命はあなたをうまく導いたのです。

あなたは味方を見つけました」とケレゴルムは言った。
そしてこの麗人の姿に見入った。

　彼女の話していない物語を一部知っていると
彼は心中で思っていた。
しかしその微笑む顔に偽りは何も読み取れなかった。
「この危険な森の中で狩りをなさる貴公子は
どなたなのでしょうか？」と彼女は尋ねた。
うわべは立派な答えを二人は与えた。
「あなたの僕です、優しき女性よ、
ナルゴスロンドの公子たちがあなたにご挨拶申し上げます。
どうか我らと道をともにし
我らの山々へ戻り禍を忘れ、
しばし、希望と休息をお求めください。
まずはお話を伺うのが一番です」

　そこでルーシエンは北の国でのベレンの勲《いさおし》や、
いかに運命が彼をドリアスに導き、
シンゴルの怒りを買い、

父が恐ろしい用向きを命じるに至ったかを語った。
聞いた話の何事かが
自分たちにも密接な関りがあるという
そぶりも言葉も兄弟は示さなかった。
自らの逃亡や、自身で作った驚くべきマントについては
彼女は軽く触れただけであった。
しかし話すにつれて、彼女の心は沈んだ。
ベレンが危険な道を行く前の、
ドリアスの谷間の陽光や、月明かり、星明かりを思い出したのだ。
「みな様、急がねばなりません。
のんびり休んで時間を無駄にしてはなりません。
女王メリアンがその鋭い千里眼で遠くを見て、
恐怖のうちに私に話してくれてから
すでに何日も過ぎています。
ベレンは恐ろしい軛《くびき》につながれています。
巨狼の主は暗い牢獄を持ち、
残酷でつらい鎖や魔法を使います。
そこにベレンは捕らえられ、弱っています。
より悲惨なことが起きて、すでに命を落としていたり、

死への願望に陥っていなければの話ですが」
悲しみに胸が張り裂け彼女の声は途切れ途切れであった。

　クルフィンはケレゴルムに
離れた場所で声をひそめて言った。
「我らはフェラグンドの消息を手に入れた。
そしてスゥーの手下がうろついている理由も知った」
ささやき声でさらなる助言を与え、
ルーシエンへの答え方を教示した。
「姫、」とケレゴルムは話しかけた。
「ご覧の通り我らはうろつく獣どもを追跡中です。
我らの軍勢は優れて大胆であるとはいえ、
魔法使いの砦である島の要塞に
攻撃をしかける準備は整っておりません。
我らの気持ちと意図を悪くお考えになりませんように。
よいですか、我らはここで狩りをやめ、
一番速い道を選んで国へ帰ります。
そこで知恵をしぼり、助けを募りましょう。
苦悩のうちにあるベレンのために」

ナルゴスロンドへと二人はルーシエンを伴った。
彼女の心は不安にかきむしられていた。
手遅れになることを恐れ、
一瞬一瞬が心を急き立てた。
しかし二人の公子は全速で馬を走らせてはいないと思われた。
前方には夜も昼も跳躍するファンの姿があり、
常に振り返りつつ、心は苛まれていた。
何を主人は求めているのだろう、
なぜ炎のごとくに馬を進めないのだ、
なぜクルフィンは熱き欲望でルーシエンを見つめるのだ。
ファンは深く考え込み、
古《いにしえ》の呪いの邪悪な影が
エルフィネッセに忍び寄るのを感じていた。
大胆なベレンの苦しみ、愛しきルーシエン、
恐れを知らぬフェラグンドの間で
彼の心は引き裂かれた。

ナルゴスロンドでは松明がきらめき、

宴と音楽が準備されていた。
ルーシエンは宴にも出ず涙を流した。
行動は制限され、
厳重に監視され、飛ぶこともかなわなかった。
魔法の衣は隠され、
口にした願いも気に留められなかった。
熱心な問いにも答えはなかった。
何も見えない土牢の中で苦痛にやつれ、
拘束され悲惨な目に遭う遠くの者たちは、
どうやら忘れ去られたらしい。
公子の裏切りに気づくのが遅すぎた。
フェアノールの息子たちがルーシエンを拘束し、
ベレンを顧みず、スゥーのもとから
慕ってもいない王を奪還する理由を持たぬこと、
また王の探索行が彼らの胸のうちに眠る
古き憎しみの誓いを呼び覚ましたことを、
二人はナルゴスロンドで隠さなかった。
兄弟が黒い目的を果たそうとしていることを
オロドレスは知った。

フェラグンド王を見殺しにし、
シンゴル王の血筋とフェアノールの家を
強引に、または取り決めで、
結び付けようとしていることを。
しかし彼らの行く手を阻む力はなかった。
なぜなら民はみなこの兄弟に支配され、
彼らの言葉に耳を傾けていたからだ。
オロドレスの助言など誰も聞かなかった。
民は恥じる心を押し潰し、
フェラグンドの窮地を顧みなかった。

　毎日昼間はルーシエンの足元に、
また夜は彼女の臥所のそばに、
ナルゴスロンドの猟犬フアンは控えた。
ルーシエンはそっと優しい言葉をかけた。
「ああ、フアン、フアン、
この世の大地を馳せた中で最も足の速い猟犬よ、
なんと邪悪な心を
お前の主人は持っているのでしょう?

私の涙も悲しみも心に留めてくださらぬとは。
かつてバラヒアは誰にもまして
良き猟犬たちを大切にし慈しみました。
かつてベレンが親しき者のいない北の地で、
荒ぶる無宿者としてさまよい歩いた時、
裏切ることのない友を得たのは、
毛や皮、翼あるものたち、
また岩や古き山や荒野にのみ、いまも宿る精霊の中でした。
しかし今、エルフも人間も、
メリアンの娘以外は誰一人として、
モルゴスと戦い決して卑しき奴隷とならなかったあの方を
覚えている者はありません」

フアンは何も答えなかった。しかしクルフィンは、
フアンの牙を恐れて尻込みし、
これからのち二度とルーシエンに近づけず、
その乙女に触れることはできないだろう。
　ある夜のこと、湿った秋の空気が
青白き月のおぼろげなランプにまとわりつき、

明滅する星々が
流れ去る筋雲の合間を過ぎ行くのが見える時、
また冬の角笛がさびれた木立で早くも響き渡る時、
見よ！　ファンが姿を消した。
さらなる不遇を恐れ、ルーシエンは身を横たえた。
すると夜の明ける寸前のこと、
すべてのものが死んだように息をひそめて動かず、
眠れぬ夜を形なき恐れが満たした時、
一つの影が壁にそってやって来た。
そして何者かが静かに
ルーシエンの魔法の衣を臥所のそばに落とした。
偉大な猟犬がかたわらにうずくまるのを彼女は震えて見つめ、
深い声が溢れ出るのを聞いた。
それは遠くの塔から聞こえるゆっくりとした鐘のようだった。

　かくしてファンは口を開いた。
今まで一度も言葉を発することはなかったが、
さらに二度エルフの言葉で話すことになった。
「愛しき姫よ、ありとあらゆる人間、

エルフィネッセ、
毛や皮、翼あるものたちすべてが、
お仕えし慕うべき者よ――立って、行かれよ！
衣をまといなさい。
暁の訪れる前に、ナルゴスロンドを逃れ、
北の艱難へと向かうのだ、我と二人で」
ファンは口をつぐむ前に、
二人の目的成就のための計画を立てた。
ルーシエンは驚き耳をすまし、
優しくファンを見つめた。
両腕をファンの首に回し、
死ぬまで続く友情を懐いた。

＊＊＊＊＊

魔法使いの島で忘れ去られ、
冷たく邪悪で、扉も光もない穴の中、
鋼の網に縛られ、拷問を受け、
虚ろな眼で終わりなき夜を見つめる二人の同志がいた。

今ではこの二人だけだった。
残りの者たちはすでに命を落とし、
折れた骨がむき出しになって床にころがり、
いかに彼ら十人がよく主人に仕えたかを物語っていた。

フェラグンドに向かってベレンは言った。
「私が死んでも失われるものはほとんどないでしょう、
ですから私はすべてを話そうと思います。
そうすればもしかしたら、この暗い地獄から
あなたの命は解放されるかもしれません。
私はあなたを昔の誓いから自由にします。なぜならあなたは受けた恩義より
多くのことを私のために耐えてくださった」

「ああベレン、そなたはモルゴスの民の約束が
吐息のようにはかないことを知らぬのだ。
この暗い苦しみの軛《くびき》から
我らを解放することは決してあるまい。
我らの名前を知ろうと知るまいと
スゥーは承諾しないだろう。

いや、さらに深刻な責め苦を飲まされることになろう、
バラヒアの息子とフェラグンドが
ここに捕囚となっていることを知ったならば。
そしてそれはいっそう酷くなるだろう、
もしも我らの恐ろしい用向きが知られたならば」

悪魔の笑い声が響くのを
二人は穴の中で聞いた。「その通り、
今ここで聞いた言葉の通りだ」声はそう言った。
「この無宿者の人間が死んだとて
ほとんど痛手はあるまい。
しかし王よ、死なぬ定めのエルフは、
人間が耐えられぬ多くのことを耐え抜くことができるかもしれぬ。
もしかするとお前の民が、
この壁が閉じ込めている者の甚だしい苦悩を知り、
金や宝石や、怯える身分の高い者たちで、
王の身代金としたいと熱望するかもしれぬ。
あるいは、誇り高きケレゴルムは、
獄中の競争相手の値を安く見積もり、

王冠と黄金を我が物としてとどめおくかもしれぬ。
おそらくお前たちが来た用向きは、
ことが終わる前にわかるだろう。
狼は飢え、時は近い。
ベレンはこれ以上死を待つ必要はなかろう」

ゆっくりと時は過ぎた。
暗闇の中で二つの眼が光った。
おのれの運命を見て、ベレンは無言で、彼の縛めを引っ張った。
それは人間の力の及ばぬ強さで彼を拘束していた。
おお！　突然鎖を引きちぎる音がした。
鎖の環が引っ張られて外れ、
鋼の網が破れていた。
前に飛び出し、暗がりを這う狼らしきものに向かったのは、
信義を守るフェラグンド、
牙も致命的な傷もものともしなかった。
両者は闇の中で時間をかけて戦った。
情け容赦なく、うなり声を上げ、行きつ戻りつ、
歯は肉に食い込み、手はのどを締め上げ、

指はぼさぼさの毛皮から決して離れなかった。
心急くベレンは横たわったまま、
巨狼が息を引き取るのを耳にした。
すると声が聞こえた。「さらばだ！
予はもはやこの世にとどまる必要はない、
我が友、我が同志、大胆なるベレンよ。
予の心臓は張り裂け、手足は冷たい。
予は持てる力をすべて、
縛めを外すのに使い果たし、
毒ある歯に嚙まれて恐ろしい傷を胸に負った。
予は今、永き休息へと向かわねばならぬ。
ティンブレンティングのふもとの、時のない宮殿へ、
神々が酒を酌み交わし、輝ける海に光降り注ぐ場所へ」
かくして王は息を引き取った。
エルフの竪琴弾きが今も歌う通りである。

　ベレンはそこに横たわっていた。
彼の悲しみは涙を流さず、絶望は恐怖も懸念も覚えず、
ただ運命の足音を、お告げを、待っていた。

長き年月が過ぎ去り、
棺台に数えきれない砂が蓄積する、
永遠に変わらぬ深きところに埋葬された、
忘れ去られた王たちの墓より深い沈黙が
ゆっくりと破られることなくベレンのまわりに忍び寄った。

　その沈黙は突然、銀のかけらに合わせて振動した。
歌を歌う声がかすかに空気を震わせ、
岩の壁、まじないをかけられた丘、
牢の柵や錠、闇の力を、
光で貫いた。
ベレンは身のまわりに、
あまたの星々の輝く優しい夜が広がり、
衣擦れの音と類まれな香気が空中に漂うのを感じた。
すると小夜《さよ》啼鳥《なきどり》が木々にとまり、
ほっそりとした指が月夜に
縦笛とヴィオルを奏で、
今も昔もこの世に存在した中で最も美しい人が、
寂しい石舞台の上で

きらめく衣をまとって一人踊っていた。

夢の中のごとくにベレンは歌った。
大声で荒々しく歌声は鳴り響いた。
古い歌の数々は、北の地の戦《いくさ》を、
息をのむ勲《いさおし》を、
圧倒的な不利の中で挑み、
強敵を破り、塔や強固な壁を揺るがす進軍を、歌っていた。
また何にもまして銀の炎、
かつて人間が〈燃えるパイプ〉と呼んだ
ヴァルダが並べた七つの星々、
北の夜空に今も燃え、
闇の中の光、悲しみの中の希望たる、
モルゴスの敵の大きな紋章を歌っていた。

「ファン、ファン！　地下深くの穴の中で、歌が聞こえます。
遠いけれど力強く、ベレンが上に向かって歌っています。
確かにあの方の声でした。
夢の中で、あるいは荒野をさまよいながら、何度も聞いた声です。
声をひそめてルーシエンはこうささやいた。
嘆きの橋の上で、魔法の衣に身を包み、
真夜中、彼女は腰を下ろして歌っていた。
魔法使いの島は上から下まで、
岩から岩へ、柱から柱へ、歌声がこだまして震えた。
巨狼は咆哮し、
ファンは身を潜めてうなり声を上げた。
闇の中、警戒しながら耳をすまし、
冷酷で激しい戦いを待ち受けていた。

スゥーはその声を聞くと、突如立ち上がった。
高い塔の部屋で、マントと黒の頭巾を身に着けた。
彼は長いこと耳を傾けて、微笑んだ。
エルフの歌の主がわかったのだ。
「ああ、ルーシエンよ、愚かな蠅は
なぜ求めてもいない蜘蛛の巣にやって来た？
モルゴス様！　沢山の立派な褒美を私に下さいませ、
この宝石をあなたの宝物蔵に加えました暁には」

いつだって大人気！

評論社の本

評論社

〒162-0815 東京都新宿区筑土八幡町2-21
電話:03-3260-9401　FAX:03-3260-9408　http://www.hyoronsha.co.j

読みもの

「ステラ・モンゴメリーの冒険」シリーズ

『海辺の町の怪事件』

『お屋敷の謎』

『地底国の秘密』

ジュディス・ロッセル作
日当陽子訳
定価：各本体1800円＋税

ステラは、三人のおばさんと海辺のホテルに滞在していた。宿泊客の老紳士に小さな包みをあずかったことから、思わぬ事件に巻きこまれて……。ヴィクトリア朝を舞台に描かれる、ちょっとダークな味わいのファンタジー。

『エルシーと魔法の一週間』

お父さんの店で店番をしていたエルシー。
そこに魔女が現れて……
魔女の搭の留守番をする
ことになったエルシーの、
大さわぎの一週間が
始まります！

ケイ・ウマンスキー作
岡田好恵訳
定価：本体1400円＋税

映画になりました!

『小さなバイキング ビッケ』

力ではなく知恵で勝負する、バイキングの男の子ビッケ。──そんなビッケが、新しいお話でアニメ映画になりました。さあ、今度の冒険は?!

小さなバイキングビッケ
ルーネル・ヨンソン 作
エーヴェット・カールソン 絵
石渡利康 訳

ルーネル・ヨンソン作
石渡利康訳
エーヴェット・カールソン絵
定価：本体 1400 円＋税

「SING／シング」のスタッフが贈る感動の冒険ファンタジー
"知恵と勇気"で世界は救えるか?
小さなバイキングビッケ
10.2(金)
ロードショー

「戦火の馬」マイケル・モーパーゴ原作、後世に残したい感動作!
命がけで守ろうとした先に、少年が見たものは……
アーニャは、きっと来る
ユダヤ人を救った少年の物語

『アーニャは、きっと来る』

第二次世界大戦のさなか、ユダヤ人の子どもたちの逃亡を助けた羊飼いの少年と村人たち。その感動作が映画に！出演は、ノア・シュナップ、ジャン・レノ、アンジェリカ・ヒューストンら。

アーニャは、きっと来る
マイケル・モーパーゴ 作
佐藤見果夢 訳

マイケル・モーパーゴ作
佐藤見果夢訳
定価：本体 1400 円＋税

作えほん

『「走る図書館」が生まれた日
—ミス・ティットコムと
アメリカで最初の移動図書館車—』

図書館に来られない人たちにも本を届けたい！
……そんな思いから「走る図書館」を考えついた
司書さんがいました。
移動図書館車の生みの親の
生涯をたどる絵本。

シャーリー・グレン作／渋谷弘子訳
定価：本体2400円＋税

『わたしに手紙を書いて
—日系アメリカ人強制収容所の
子どもたちから図書館の先生へ—』

第二次世界大戦中、アメリカに住む日系人は「敵」
とみなされ、強制収容所に入れられました。
たくさんの本や日用品を送って収容所の子ども
たちを支えた司書さんの、本当にあった物語。

シンシア・グレイディ文
アミコ・ヒラオ絵／松川真弓訳
定価：本体1400円＋税

『きぼう —HOPE—』

大切な友だちが入院?!　フィンにできることは
“きぼう”を持ちつづけること。
だれかがだれかを
思うやさしい
気持ちでいっぱい
の絵本です。

ーリン・アーヴェリス文／セバスチャン・ペロン絵
さやまたいち訳　　定価：本体1500円＋税

スゥーは下へ降り、
使者たちを送り出した。

　なおもルーシエンは歌っていた。
赤き血色の舌を顎から垂らした四つ足が橋に忍び寄った。
しかし彼女は歌い続けた、
手足を震わせ生気のない目を見開いて。
四つ足は彼女のかたわらに飛びかかった。
そしてあえいだかと思うと突然倒れてこと切れた。
　なおも敵はやって来た、一頭、また一頭と。
そしてその都度捕らえられ、戻って来る者はいなかった。
どう猛で凶暴な影が
橋の向こうに潜んでいると、
ファンの殺した灰色の死体の山の上を
波打つ川が嫌悪しながら流れていると、
よろける足で生還し語る者はいなかった。
　より強大な影がゆっくりと狭い橋を覆った。
よだれをたらした嫌われ者、
どう猛で大きな体軀の恐ろしい巨狼、

青白きドラウグルイン、
巨狼と忌まわしき血筋の獣たちの、
他ならぬスゥーの椅子の下で人間やエルフの肉を食らう獣たちの、
灰色の老王が現れた。
両者の戦いの音はもはや隠せなかった。
咆哮とうなり声が夜を襲い、
ついに巨狼はわめきながら逃げ戻り、
肉を食らっていたあの椅子のかたわらで息絶えた。
「フアンがいた」と狼がいまわの際に伝えると、
スゥーは怒りを募らせ高ぶった。
「最強の者の前で斃れるがよい。
あらゆる巨狼の中で最強の者だ」
彼はそう思い、長く語られてきた宿命が
いかにして現実になるかを悟ったと思った。
いざゆっくりと前に進み出て、
夜に眼をぎらつかせたのは、長い毛をした一つの姿。
その体は毒で濡れ、飢えた狼の恐ろしい目つきをしていた。
しかしその中にたたえられた光は、

かつて狼の眼が宿したいかなる光よりも、
残酷で恐怖に満ちていた。
さらに手足は誰よりも巨大、顎も最大、
牙もこの上なく鋭くきらめき、
毒と責め苦と死で染まっていた。
息を吐くたびに死をもたらす蒸気が、
彼の前に素早く広がった。
ルーシエンは気を失いかけ、歌をやめた。
冷たく毒を帯びた殺伐とした恐ろしさに、
彼女の目は霞み、光を失った。

　かくしてスゥーは現れた。
アングバンドの門から燃えさかる南へ向かうのを目撃された中で、
あるいは定命の国に潜み、殺しを働いた中で、
最も大きな狼として。
突然彼が飛びかかると、
フアンは飛びずさり、闇に消えた。
すかさずスゥーは気を失い横たわるルーシエンを襲った。
麻痺しかけた感覚にスゥーの汚れた息から毒が伝わり、

彼女は体を動かした。
めまいを覚えながらまじないをささやくと、
彼女のマントがスゥーの顔をかすった。
スゥーは足がふらつきよろめいた。
飛び出すフアン。飛びずさるスゥー。
星空の下、大地を揺るがし、
追い詰められた狩人狼たちの叫びと、
勇ましく仕留める猟犬たちの声が響いた。
行きつ戻りつ両者は飛び、走った。
逃げると見せかけ、ぐるりと回転し、
噛みつき、つかみかかり、倒れて立ち上がった。
　突然フアンはおぞましい敵を咥えて投げた。
スゥーはのどを掻き切られ、息ができなくなった。
しかしこれで終わりではなかった。
変幻自在に、狼から長虫へ、
怪物から本来の悪鬼の姿へとスゥーは変身した。
しかし捨て身で押さえつけているフアンを
振りほどくことも、すり抜けることもできなかった。
魔法もまじないも投げ矢も

「嘆きの橋の上で、魔法の衣に身を包み、真夜中、彼女は腰を下ろして歌っていた」一七二頁

牙も毒も悪魔の術も、
かつてヴァリノールで鹿や猪を狩った猟犬を
傷つけることはできなかった。

モルゴスが悪から作り育てた邪悪な霊が今にも、
宿っていた暗黒の住処から震えてさまよい出ようとする時、
ルーシエンは起き上がり
おののきながら彼の断末魔の苦しみを見た。

「おお、闇の悪鬼、卑しき影法師よ、
穢れ、嘘、欺瞞でできた者よ、
ここでお前は死ぬのです。
お前の魂は、震えながら主人の家に戻り、
主人の蔑みと怒りを受けるでしょう。
うなる大地のはらわたに閉じ込められ、
お前のむき出しの魂は、穴の中で、
未来永劫嘆きうわごとを言い続けるでしょう。
もし私にお前の黒の砦の鍵を渡し、
砦の石と石をつなぎ合わせている

まじないを教え、
開門の言葉を言わぬのなら、
この通りになるのです」

　虫の息で震えながらスゥーは話した。
しかたなく鍵を与え、
打ちのめされて、主人の信用を裏切った。

　見よ！　橋のかたわらに一筋の光がきらめいた。
星々が夜空から降りてきて、
この下界で燃え、揺らいでいるかのようだった。
そこでルーシエンは両手を広げ
澄んだ声で高らかに呼びかけた。
その声は、世界全体が静まった時に
今でも時々人間が聞く
丘を越えてこだまするエルフのトランペットのごとくに響いた。
　朝焼けがほのかに明るい山脈の向こうに顔を出した。
灰色の山頂は無言でそれを見つめていた。
山が震えた。砦は砕け、

塔はすべて崩壊した。
岩には裂け目が走り、橋は落ち、
シリオン川は突然の煙の中で泡立った。
　ふくろうは暁に鳴き声を残し、
亡霊のように飛び去った。
汚れた蝙蝠《こうもり》はかすかに悲鳴を上げて、
死の夜闇山脈の恐ろしい枝に新しいねぐらを見つけようと、
冷たい風に吹かれて闇をすべるように飛んだ。
狼はくんくん鳴き声を上げて黄昏時の影のように逃げた。
這いずり出てきたのは、
眠りから覚めたかのごとき、ぼろぼろの青白き者たち。
這いつくばって見えぬ目をかばっていた。
怯えて驚く囚人たちは、
望外の自由の身となり、
身に沁みついた夜の長き嘆きから、光へと出てきた。

　大きな翼を広げた吸血鬼らしき姿が
叫びながら地面から飛び上がり、
黒い血を木々に滴らせながら通り過ぎた。

ファンは足元の狼の骸《むくろ》から
命が消えたのを見た。
なぜならスゥーは、タウア＝ナ＝フインへ、
新しい王座とより暗き砦を築きに逃げたのだ。
　捕囚たちは外に出て涙を流し、
痛々しい感謝と称賛の叫びを上げた。
しかしルーシエンは心配そうに見つめ続けた。
ベレンは来なかった。とうとう彼女は口を開いた。
「ファン、ファアン、死者の中に
私たちの探し求める方を見つけなければならないのでしょうか、
あの方への愛ゆえに苦労して戦ったというのに？」
　二人は並んで岩から岩へと
シリオンを渡って登っていった。
たった一人で身じろぎもせず、ベレンはそこにいた。
彼はフェラグンドのかたわらで、その死を悼み、
誰の足が近づき止まったかを知ろうと振り向かなかった。
「ベレン、ベレン！」ルーシエンの叫びが聞こえた。
「あなたを見つけるのが遅すぎたのでしょうか？

ああ！　ここ地面の上で
高貴な血筋の最も高貴な方を
あなたの苦悩は詮無く抱きしめていらっしゃる。
ああ、涙でお目にかかろうとは！
かつてはお会いするのが嬉しくてたまらなかったのに！」
　彼女の声は愛とせつなさで一杯だったので、
ベレンは顔を上げ、自身の嘆きを鎮めた。
そして危険を乗り越え迎えに来てくれた女性への愛で、
心に再び火が付くのを感じた。

「おお、ルーシエン、ルーシエン、
人間の娘の誰よりも美しく、
エルフィネッセの乙女で最も愛らしい人よ、
どのような愛の力があなたを支配しているのか、
このような恐怖のねぐらへあなたを連れて来るとは！
ああ、しなやかな手足、漆黒の髪、
色白の花のかんばせ、ほっそりとした両手を、
この新しき光のもとで見ようとは！」

ちょうど朝日の昇るさなか、
彼女は腕に抱きしめられ、気が遠くなった。

＊＊＊＊＊

昔語りの歌によるとエルフたちは、
今は忘れ去られた古いエルフの言葉で
いかにルーシエンとベレンが
シリオンの川辺を歩き回ったかを歌ったという。
あまたの草地を喜びで満たし、
足取りは軽く、日々は甘美に過ぎていった。
冬が森の中で狩りをする時も、
ルーシエンの足元には花々が残っていた。
ティヌーヴィエル！　ティヌーヴィエル！
小鳥たちは、雪積もる頂きの下で、
歌い暮らすことも恐れなかった、
そこがベレンとルーシエンの向かう先ならば。

シリオンの川中島を二人はあとにした。

もしこの地が変わり、消え去ることがなければ、
底知れぬ深き海に飲み込まれることがなければ、
その丘の上に石で造られた緑の墓が
今でも見つけられたかもしれない。
そこにはフィンロドの息子、フェラグンドの、
白い骨が埋葬されている——
一方、フェラグンドはヴァリノールの木々の下で笑っている。
この涙と戦《いくさ》の灰色の世界へ、
二度と戻って来ることはない。

ナルゴスロンドへと、王はもはや戻ることはなかった。
しかし、彼らの王の死、スゥーの滅亡、
石の塔の崩壊の知らせは、
いち早くその地に届いた。
なぜならずっと以前に亡霊と化していた
多くの者たちがついに帰国したのだ。
そして影法師のように猟犬のフアンも帰還した。
激怒する主人からは、
称賛も感謝も得られなかった。

嫌悪されてもなお、彼は主人に忠実であった。
ナログの宮殿は騒然とし、
ケレゴルムが鎮めようとしても無駄であった。
臣下は斃れた王を嘆き悲しみ、
フェアノールの息子たちが尻込みしたことを
乙女が大胆にも成し遂げたと叫んでいた。
「この不誠実で嘘つきの公子たちの処刑を！」
フェラグンドに同行しようとしなかった
移ろいやすい民は、今や声高に叫んでいた。
オロドレスは言った。
「王国は今、予だけのものだ。
親族の血が同族によって流されることを予は許さぬ。
しかし食事も休みも、この地では与えまい。
フィンロドの家をないがしろにしたこの兄弟には」
二人は御前に連れ出された。
蔑み、悪びれることもなく、
ケレゴルムは立った。
その瞳には威嚇の炎が燃えていた。
クルフィンは狡猾な薄い唇で笑みを浮かべていた。

「永遠に立ち去れ——
夕陽が海に沈む前に。
お前たちの道がこの国に通ずることは二度とない、
フェアノールの他の息子たちにとっても同様だ。
お前たちとナルゴスロンドの間には
今後一切愛情の絆は結ばない」

「そのお言葉を忘れますまい」二人は言った。
そして踵を返すと急いで退出し、
自分たちの馬と、なおもつき従う者たちを連れ出した。
兄弟は無言で、角笛を鳴らした。
そして炎のごとく馬を駆り、
苛烈な怒りを抱いて立ち去った。

ドリアスの方へ、
放浪を続ける二人は今近づいていた。
枝の葉は落ち、風は冷たく、草は灰色に枯れ、
冬が鋭い音を立てて通り過ぎていったが、

高く凍《い》てつく白い空の下
二人は歌を歌っていた。
ミンデブの細い流れに到着した。
山から出た川の水はきらきらと輝き、
ドリアスの西の国境沿いを跳ねるように流れていた。
その場所から、シンゴルの王国を囲い込み、
よそ者を罠で惑わし、進路を曲げる、
メリアンのまじないが始まっていた。

　突然ベレンの心は沈んだ。
「ああ、ティヌーヴィエル、ここでお別れです、
ともに歌う私たちの短い歌も終わりです、
お互い一人きりで別々の道を行くのです」

「なぜここでお別れなのです？
より楽しい一日の夜明けに何をおっしゃるのです？」

「無事にあなたが国境まで来たからです。
ここを越えればメリアンの手による庇護のもと、

あなたは安らかに進み、
ご自分の家と心から愛した木々に会えるでしょう」
「遠くに侵入者を阻むドリアスの美しい木々の
そびえ立つ姿がおぼろに見えた時、
私の心は喜びました。
しかしその私の心はドリアスを憎んでいますし、
私の足はドリアスにも
私の家にも家族にも向かうことはありません。
あなたが横にいらっしゃらなければ
今後この地の草も葉も見ません。
深き奔流エスガルドゥインの川岸の暗きこと！
なぜそこで一人歌を捨て、
途切れることのない逆巻く流れのほとりで、
希望も消え失せ、すわり込み、
心痛と孤独のうちに
無慈悲な川面を見つめなければならないのでしょう？」
「なぜならシンゴル王が望まれようと許されようと、

ドリアスに続くうねり道を、
ベレンは再び見出すことができないからです。
私は御父上に誓いました。
光り輝くシルマリルの探索行を成就することなく
帰ってくることはないと、
武勇によって望みをかなえると。
『岩も鋼もモルゴスの業火も
エルフィネッセのすべての力も
私の望む宝石をとどめおくことはできない』と。
いかなる人間の娘より美しいルーシエンに対して
かつて私はこう誓いました。ああ、なんという約束！
悲しみに貫かれ、別れを嘆こうとも、
私はやり遂げねばなりません」

「それではルーシエンも家に帰らず、
泣きながら森をさまよい、
危険を顧みず、微笑みを忘れます。
もしあなたのおそばにつき従うことができないなら、
お心に背き、

決死の道のりのあとをついて参ります。
地上であろうと影の国の岸辺であろうと
ベレンとルーシエンが再びめぐり合って愛し合うまで」

「いや、ルーシエン、この上なき勇敢な人よ、
あなたは別れをよりつらいものにします。
あなたの愛は恐ろしい束縛から私を引き離します。
しかし決してあの外の脅威、
ありとあらゆる恐怖の集う闇の極致の館へと、
あなたの至福の輝きを導きはしません」

「決して、決して！」ベレンは震えながら言った。
彼の腕の中で彼女が懇願していたその時、
嵐の襲来のような音が聞こえてきた。
クルフィンとケレゴルムが
疾風のごとく突然騒がしく馬で近づいてきた。
馬の蹄が地面に大きく鳴り響いた。
怒りに燃え、大急ぎで、
北へと彼らは狂ったように馬を走らせ、

タウア＝ナ＝フインの絡みあった松林の恐ろしい暗がりと
ドリアスの間にある
道を見つけようとしていた。
この道を行けば一番速く親族の住む東国へ、
アグロンの峡谷を高く静かに見下ろす
ヒムリングの見張り砦のある山へと着けるのだ。

彼らは放浪する二人を見た。叫び声とともに、
急ぐ敗走者たちは向きを変え、まっすぐ二人に向かってきた。
あたかも狂った蹄で恋人たちを引き裂き、
愛を終わらせるかのように。
しかし向かってくる最中に、彼らの馬は、
鼻を大きく広げ誇り高き頭をそらせて進路をずらした。
クルフィンは身をかがめ、
強き腕でルーシエンを鞍頭に投げ上げると、高笑いした。
しかし笑うには早かった。
鋭い棘のある矢を受け怒り狂った
褐色の獅子王よりもどう猛に、
淵に追い詰められた牡の角鹿が

敵を飛び越すのよりも高く、
ベレンが飛び出してきたからだ。
彼は大声を上げてクルフィンに飛びかかった。
首を両腕で締めつけ、息の根を止めようとすると、
馬も乗り手も地面に倒れた。
二人は音もなく争った。
ルーシエンは、葉の落ちた枝と空の下、
草地で気を失って横たわっていた。
ノウムはベレンの容赦のない指が
のどにしっかりと食い込み、息が詰まるのを感じた。
眼は飛び出し、
大きく開いた口から舌がだらりと垂れた。
　そこへ槍を構えたケレゴルムが馬で駆けつけた。
非業の死がベレンに迫った。
ルーシエンが絶望的な鎖から救い出した人間は、
エルフの鋼の刃により命を失いかけた。
しかし吠えながらフアンが
主人の顔前に突如飛び出し、
白くきらめく牙をむき、毛を逆立てながら、

さながら猪や狼を相手にするかのように睨みつけた。
　馬は恐怖でわきに跳ねた。
ケレゴルムは激怒して叫んだ。
「呪いあれ！　卑しき生まれの犬めが、
よくも主人に歯向かったな！」
しかし犬も馬も不遜な乗り手も
多勢を相手に凶暴になった猛きフアンの冷たい怒りに
意を決して近寄ろうとはしなかった。
彼の開いた顎は真紅に染まり、
一同はひるんで、遠巻きにして恐怖の面持ちで見つめていた。
剣も短剣も偃月刀《えんげつとう》も
弓矢の一射も槍の一突きも
主人も臣下も、フアンは恐れなかった。

　もしもルーシエンがその争いを止めなかったなら、
クルフィンは命を失っていただろう。
我に返ると彼女は起き上がり、
ベレンの横で苦悩を浮かべて、そっと泣いた。
「どうかお怒りをこらえてください！

忌まわしきオークの所業をなさらないで。
なぜならエルフィネッセには数えきれない敵がおり、
その数はますます増えていますのに、
私たちは古《いにしえ》の呪いにより心を乱して争い合い、
全世界はよりいっそうの衰退と崩壊へ向かっているのです。
どうか和解をしてください！」

ベレンはクルフィンを離した。
しかし彼の馬と鎖帷子を奪い、
鞘に入れずに携えていた、
青白くきらめく鋼の短剣を手に取った。
その切っ先で貫かれたなら、
どのような肉体も失血を止めることはできない。
なぜなら大昔にドワーフたちが
ゆっくりと魔法をこめて歌いつつ、
鐘のように、ノグロドの地で金槌を打ち鳴らして、作ったものだから。
鉄をも柔き木のごとく切り開き、
鎖帷子をも毛織物のように引き裂く
その短剣の柄を、今は別の手が握っている。

短剣の主人は人間によって打ち倒された。
ベレンはクルフィンを持ち上げて、遠くへ放り、
言葉鋭く叫んだ「消えろ！　消えろ！　この裏切り者の愚か者、
追放されてお前の情欲を冷ますがよい！
立って行け、そして二度と
モルゴスの奴隷や呪わしきオークの所業に及ぶな。
誇り高きフェアノールの息子よ、
これからはもっと誇れる行いをするのだ！」
そしてベレンはルーシエンの手を取りその場を離れ、
その間フアンはなおも敵に立ちはだかっていた。

「さらばだ」金髪のケレゴルムが叫んだ。
「遠くへ行ってしまえ！
飢えて荒野で死ぬ方がましであろう。
谷越え山越え追ってくる
フェアノールの息子たちの怒りを味わうよりは。
宝も、乙女も、シルマリルも
お前の手中に長くとどめておくまい！
我らは曇りでも晴れでもお前を呪う、

覚めてから寝るまでずっと呪う！
さらばだ！」彼は馬から急ぎ飛び降り、
弟を地面から持ち上げた。
そして平然として、
弟と手を取り合い立ち去る際に、
金の弦を張った櫟《いちい》の弓を引き、矢を放った。
それはドワーフの作った残酷な鉤先の矢であった。
兄弟は振り返って後ろを見ることもなかった。
ファンは大声で吠え、
飛びついて放たれた矢を捕まえた。
思考のように速く、
第二の矢が死のうなりを上げて飛んできた。
ベレンは振り向き、とっさに飛び出し、
ルーシエンをかばって矢を胸で受けた。
矢は体に深く食い込んで止まった。
ベレンは地面に倒れた。兄弟は馬で去り、
笑いながら、倒れたベレンを置き去りにした。
ただ、二人を追跡するファンの真っ赤な怒りを恐れて、
風のように馬を急がせた。

クルフィンは傷を負った口で笑ったが、
のちにその卑怯な矢について
物語や噂が北方で広がり、
人間は大進撃の際に思い出した。
そしてその憎しみはモルゴスの意図を助けることとなった。

それから先、ケレゴルムやクルフィンの角笛に従う猟犬は
二度と産まれることはなかった。
争いの中でも嵐の最中でも
彼らの家が真っ赤な廃墟になろうとも、
それから先フアンが、
あの主人の足元に頭を寄せることは二度となく、
勇敢で身軽なルーシエンに付き添い続けた。
さてルーシエンはベレンのかたわらで泣き崩れ、
傷口から溢れ出る血が、
速やかに流れ落ちるのを止めようとした。
ルーシエンは彼の胸から着物を剝いだ。
肩から鋭い矢を抜き
涙で傷口を洗い流した。

　そこへフアンがとある葉を持ってやって来た。
あらゆる薬草の中でも最も癒す力の強い草、
森林地帯の草地に育つ、
白い柔毛で覆われた幅広の常緑の葉であった。
広く森の道を追跡していたので、
すべての草々の力をフアンは知っていた。
その草で彼は急いで苦痛を和らげた。
一方ルーシエンは日陰で止血の歌を小声で歌い、
ベレンの体のまわりを行ったり来たりした。
それはエルフの奥方たちが長い年月
戦《いくさ》や武器とともにある悲しい日々の中で、歌い継いできた歌であった。

　影が冷酷な山々から降りてきた。
暗くなった北の空に、
〈神々の鎌〉の星座が跳ね上がった。
星々は石のように冷たい夜空から地上を凝視し、
煌々として寒々と、白くきらめいた。
一方地上にも輝きが、
下界で飛散る赤い火花があった。

絡みあう枝々の下、
音を立ててはぜる木や茨の焚火のそばで、
ベレンは深い傷を負って横たわり、
眠りの中で歩き彷徨していた。
美しい乙女は容態を見守ってかがみ込み、
一睡もしていなかった。
彼女はのどの渇きをうるおし、額をぬぐい、そっと歌を口ずさんだ。
それはルーン文字や薬師の知恵で書き残されたものより、
効き目の強い歌だった。
ゆっくりと夜の番人たちは飛んで行った。
薄暗闇から渋々夜が明けて、
灰色の霧深き朝が忍び寄った。

ベレンは意識が戻り目を開けた。
そして起き上がると叫んだ。「別の空の下で、
もっと恐ろしい未知の国で、
私は長いことさまよっていた気がします。
一人きりで、死者の住まう深い闇へ向かって。
けれども私のよく知る声が

鐘のように、ヴィオルの音のように、琴のように、
小鳥のように、詞なしで心動かす歌のように、
私を夜通し呼び続けました。
魔法をかけて私を光へ引き戻したのです！
傷を癒し、痛みを和らげたのです！
今、私たちは再び嘆き悲しむことになります。
新しい別々の旅がもう一度私たちを導くのです――
命の助かる見込みがほぼない危険へと
ベレンは向かいます。
そしてあなたはドリアスの木々の下、
森で待つ姿が目に浮かびます。
山々は険しく、道は遠いでしょうが、
私の行く道にはいつも、
あなたのエルフの歌声がこだまとなって聞こえるでしょう」

「いいえ、確かに敵は邪悪なモルゴス一人になりました。
しかしあなたの探索行は、
災厄や、エルフィネッセの戦《いくさ》や不和を必ずや招くでしょう。
もしあなたが進まれるなら、

あなたと私には、等しく死が、
豪胆なファンには、昔予言された宿命の結末が
速やかに訪れると私にはわかります。
あの不幸な燃える宝玉、フェアノールの炎を盗み、
シンゴル王に与えるなど、
決して、決してあなたにさせません!
なぜ行くのです?
なぜ恐れや禍《わざわい》に背を向けて、
木々の下でそぞろ歩きをし、
屋根なきところで、この世のすべてを家として、
山を越え、海の近くで、
太陽の光のもと、そよ風に吹かれて暮らせないのでしょう?」

　このように二人は重い心持ちで話し合ったが
ルーシエンのエルフの術をすべて使っても、
そのしなやかな腕も、
雨模様の空に瞬く星のようなうるんだ瞳も、
柔らかな唇も、人を魅了する声も、
ベレンの決意を変え、その選択をぐらつかせることはなかった。

ルーシエンを送り届けるためしっかりと護衛する以外に、
二度とドリアスに行くことはない。
戦《いくさ》や災厄を招かぬよう、
彼女とともにナルゴスロンドに行くこともない。
また未踏の地に分け入り、
屋根も安らぎもない放浪をして
愛ゆえに慣れ親しんだ隠れ王国から引きずり出してしまった
ルーシエンが、裸足で疲れ果てるのも許さない。
「なぜなら今やモルゴスの力が目覚めたからです。
すでに丘や谷は震え、
狩りが始まり、獲物が暴れています。
乙女やエルフの子どもまで行方知れずになっています。
オークや亡霊が木から木へとうろつき回り、周囲を窺っています。
そして木陰や窪地を恐怖で満たしています。
連中はあなたを探しています！
そう考えただけで私の希望は萎え、心は凍りつきます。
私は自分の誓いが呪わしい。
私たち二人を結び付け、
逃亡し暗闇をさすらう私の悲しい定めに

あなたのみ足を誘い込んでしまった運命を呪います。
さあ急ぎましょう。
日が暮れる前に、一番速い道を通って行きましょう、
あなたの国の境を越えるまで、
私たちがドリアスの橅と樫の木の下に立つまで。
美しいドリアス、
いかなる悪も、入る道を知らず、
あの森のひさしに垂れ下がる
聞耳立てる木の葉を通り越す力を持たないでしょう」

　そこでルーシエンは、ベレンの意志に従うふりをした。
急いで二人はドリアスに向かい、
国境を越えた。
ふかふかの苔の生えた草地でしばし休息をとり、
絹のようになめらかな橅の大木の下で、
風から守られ、
変わることのない愛を歌った。
大地が海の下に飲み込まれ、
永遠に別れ別れになったとしても、

西の国の岸辺で会うのだと。

　ある朝、ルーシエンは苔の上で眠っていた。
あたかもか弱き花には、
昼間の陽光が厳しすぎ、
太陽の出ない時間にしか咲けないかのようだった。
ベレンは起き上がり、ルーシエンの髪に口づけして、
涙ながらに静かに彼女のもとを去った。
「ファンよ、彼女をしっかり守っておくれ」と彼は言った。
「葉の落ちた原に不凋花《ふちょうか》はなく、
茨の茂みにたおやかにかぐわしく咲く
薔薇が取り残されることもない。
風と霜より彼女を守っておくれ。
彼女を捕らえて捨てる手から隠れ、
放浪や禍《わざわい》から遠ざけておくれ。
誇りと運命ゆえ私は行かなければならぬ」

　馬に乗り、ベレンは去って行った。
敢えて振り返ることはなく、その日一日、

石のように固い決意で先を急ぎ、
北への道に進路をとった。

＊＊＊＊＊

かつて広々となだらかに平原が続いていた。
そこでフィンゴルフィン王は高らかに
彼の銀の軍勢を率いて緑の大地を進んだ。
白馬に乗った兵士たちは、鋭い槍を持ち、
高き兜は鋼で作られ
盾は月のごとく輝いていた。
戦《いくさ》のトランペットは高らかに長く響き、
鬨《とき》の声はモルゴスの北の塔に垂れ込める
雲にまで届いた。
一方モルゴスは彼の時を待っていた。

冷たく白く居すわる冬の季節に、
真夜中に焔の川が、
平野に噴出した。

天高く映し出されたのは紅蓮の焔。
ヒスルムの壁からは、火焔、蒸気、黒煙が
尖塔のようにいくつもいくつも
上空に飛び出すのが見えた。
星々も、大混乱の中で、息を詰まらせた。
焔が通り過ぎると、広大な平野は灰燼に帰し、
砂と黄色い鋳が舞う、
渇いた砂丘に変わっていた。
多くの折れた骨が不毛な岩の間に残されていた。
　ドル＝ナ＝ファウグリス〈渇きの平原〉と、
のちに人が名付けた呪われた荒野、
美しい者たち、勇敢な者たちが多く眠る、
大鴉の飛び交う吹きさらしの墓場。
そこに接する岩の斜面は
黒々とした松林が大きな翼となって広がる、
死の夜闇高地の北の崖から伸びていた。
そのわびしく黒々とした羽の翼は、
漆黒の経帷子を着た死の帆船のあまたの帆が
ゆっくりと亡霊の息に乗って膨らむかのようだった。

そこからベレンは険しい顔で
砂丘と絶えず変化する乾燥地帯の向こうに目を凝らした。
サンゴロドリムに雷鳴とどろくところ、
遠く威圧する塔の数々が見えた。
　腹を空かせた馬はうなだれて一緒に立っていた。
誇り高きノウムの軍馬はこの森を恐れていた。
亡霊さまよう身の毛のよだつ平原を
再び歩む馬はいないだろう。
「邪悪な主人の良き馬よ、」ベレンは言った。
「ここでお別れだ！　頭を上げ、
シリオンの谷にお帰り。
来た道を戻り、
かつてスゥーが治めていた青白き島を通り過ぎて、
美しい流れと、足にまといつく長い草の生える地へ。
もしクルフィンを見つけられなくとも、悲しむな！
牡鹿や牝鹿とともに自由に野を駆けるがよい。
仕事や戦《いくさ》を忘れ、
ヴァリノールに帰ることを夢見るのだ。

そこから強きお前の一族はやって来たのだから、
山に囲まれた地でタヴロスの狩りをしていたのだから」
そこにベレンはじっとすわっていた。
彼が歌うと、孤独な歌声は遠く響いた。
たとえオークや、うろつく狼や、
いずれかの邪悪な生き物が、
タウア＝ナ＝フインの物陰でこそこそと窺い、
その歌声を聞いたとしても、ベレンはかまわなかった。
昼と光に別れを告げた今、彼には、
決然として、猛々しい、ただならぬ気配があった。

「さらば、木の葉たち、
朝風に揺られて奏でるお前たちの音楽！
さらば、草地に咲く花々、生い茂る草々、
変わりゆく季節の交代を眺めるものよ、
岩を越えて流れるせせらぎ、
静かにたたずむ寂しき湖よ！
さらば、山よ、谷よ、平原よ！
さらば風よ、霜よ、雨よ、

霧よ、雲よ、空よ。
目の眩むほど美しい星よ、月よ、
お前たちは天空からこの広い大地を見下ろすことだろう、
たとえベレンが死すとも――
いやベレンは命を落とさずとも、
そこで泣く者たちの恐ろしいこだまが地上に届くことのない、
深き深きところで
永遠の暗闇と煙の中、倒れて息を詰まらせていることだろう。
さらば、優しき大地、永遠に祝福された北の空、
なぜなら月や太陽のもと、
ここであの人は横になり、
あのしなやかな足で走ったのだ、
ルーシエン・ティヌーヴィエル、
人間の言葉では言い表せぬ美しい人。
この世が崩壊して廃墟となり、
解体されて、来し方に投げ出され、
太古の深淵の中で元の状態に戻ったとしても、
このことゆえに、世界の創造は素晴らしかった――
夜明け、夕暮れ、大地、大海原ゆえに――

ルーシエンがある時存在したがゆえに」

ベレンは剣を高く掲げた。
モルゴスの力の脅威の前に一人立ち、
不屈の態度で、禍《わざわい》あれと、
モルゴスや、その宮殿と塔を、
暗雲をもたらす手や、踏みにじる足を、
始まりから終わりまで、上から下まで呪った。
そして恐れを捨て、望みを絶ち
いざ斜面を降りて打って出ようとした。

「ベレン、ベレン」と声がした。
「もう少しであなたを見失うところでした！
ああ、なんと誇り高く恐れ知らずの手と心なのでしょう。
まださようならではありません、まだお別れはいたしません！
エルフの一族の者は、このように
自分の腕に抱いた恋人を捨てはしません。
愛は私のものです。
あなたの強さに劣らぬ大きな力です。

弱くもろくとも我慢強い挑戦で、死の門と塔を揺るがし、
たとえこの世の土台に投げ落とされても、
打ち負かされることなく、
衰えたり、屈服したりはしません。
私の愛する愚かな方！
こうして追いかける者から逃れようとするなんて。
この弱き力を信用せず、
愛する者を愛から救い出すのがよいと考えるなんて。
その者は、良かれと庇護され、閉じ込められてやつれるより、
助けに行くための翼をもがれ無力であるより、
むしろ墓や拷問を歓迎しているのです。
その方をお支えするために愛があるのですから！」

　かくしてルーシエンはベレンのもとに戻った。
恐怖の地の縁で、
砂漠と森の狭間で
二人は人の世の習いではありえない再会をした。
　ベレンはルーシエンを見つめた。
優しく抱きしめて、上を向く彼女の頬に口づけした。

「何度も言うが、私は自分の誓いを呪う」彼は言った。
「あなたを闇の世界に導いてしまうとは！
けれどファアンはどこへ行ったのです？
私が頼りにしていたファアンは？
あなたが恐ろしい地獄へと迷い出てしまわないようしっかり守れと、
あなたへの愛によって私は彼に約束させたのですが」

「知りません。けれどもあの立派なファアンは
あなたより賢く、もっと優しい心根の持ち主です、
ああ残酷な方、彼は私の願いにもっと耳を傾けてくれました！
私が本当に長いことあの場所で懇願しますと、
とうとう彼は私の望み通りにあなたの進んだ道へと
連れ出してくれたのです――流れるような足どりの、
良い乗用馬にファアンはなってくれました。
私たちが道を急ぐ姿を見たなら、あなたはお笑いになったでしょう。
巨狼にまたがったオークよろしく、火のごとくに、
幾晩も幾晩も沼地や泥炭地を渡り、
荒野や森を抜けたのです。
あなたの歌声がはっきりと聞こえてきた時――

（ええ、その声はルーシエンの名を向こう見ずに叫ぶたび、耳をそばだてるどう猛な悪を退けました）――ファンは私を降ろし、どこかへ急いで向かいました。何をしようとしていたのかは、私にはわかりません」

間もなく二人は答えを知った。
なぜならファンが、あえぎあえぎ大きく息をして、炎のように燃える瞳で、案じながら来たからだ。護衛を放棄したため、不在の間にルーシエンが、獲物を求める悪にさらわれはしないかと思ったのだ。ファンは二人の足元に闇のように黒い二つの身の毛もよだつ毛皮を置いた。それは彼がシリオンの高き島から奪ってきたものだった。大ぶりな狼の皮は――この野獣の毛皮は、毛足が長くもつれており、その恐ろしい獣皮には黒いまじないがたっぷり仕込まれていた――巨狼ドラウグルインの外衣である。もう一つは蝙蝠《こうもり》らしき衣で、指のついた大きな翼を持ち、その関節の先は鉄の爪のような形をしていた――
死の夜闇の森から大空へ
スゥーの使者たちが甲高く鳴いて飛び立つ時の、
月を背に広がるその黒き群れのごとき翼だった。

「何を持って来たのだ、フアンよ？
胸のうちに何を秘めているのだ？
お前がスゥーを倒した時の
武勇と強さの記念品が
この荒野で何の役に立つのだ？」とベレンは尋ねた。
すると今一度フアンの中で言葉が目覚めた。
彼の声はヴァルマールの都の城で鳴る
深い鐘のようだった。

「美しい宝石を一つ、盗まねばならぬ、
モルゴスからかシンゴルからか、望もうが望むまいが。
この場で愛か誓いかを選ばねばならぬ。
もしも誓いを破るのをいまだに好まぬというのなら、
ルーシエンは一人で死ぬか、

ベレンとともに行き、死に挑まねばならぬ。
ベレンの前途に控えるまだ明かされぬ運命へと、
向かっていかなければならぬ。
探索行は絶望的、が、まだ狂気とは言えまい。
もしもベレンが今のまま人間の衣装を着て、
人間の肌色のまま、
無分別にも助言を聞かず死を乞い求めて行くのでなければ。
聞け！　フェラグンドの計画は立派であった。
しかし、進んでフアンの忠告を聞くならば、
よりよき計画になるやもしれぬ。
急ぎおぞましき変身をし、
呪われた醜い邪悪なものになりなさい。
魔法使いの島の巨狼と
亡霊の鉤爪のごとき地獄の翼を持つ
もののけ蝙蝠《こうもり》の不快な皮を被りなさい。
このような暗黒の苦境に、悲しいかな！　私の愛する者たちは陥った。
そなたらを守るため、私は戦ったというのに。
しかしここより先は、ともに行くことができない――
巨狼の友として相並び、

アングバンドの嘲笑う入り口へと
堂々と進む大きな猟犬などいるはずもない。
しかし私の心は告げる。
その門扉へ私の足が向かうことはなくとも、
門でそなたらが出会う者に、
私も出会うが、私の運命。
希望は翳り、目は霞む。
これより先は、私にもはっきりとは見えぬ。
しかしそなたらの道は、
望外にも故郷ドリアスへと続くかもしれぬ。
またことによるとその地へ、みな赴き、
終わりの前に再び会うやもしれぬ」

二人は驚嘆して、フアンの力強い言葉が
低くはっきり語られるのを聞いていた。
そして夜の始まるこの時に、
突然フアンは二人の目の前から姿を消した。

その恐ろしい忠告に二人は従い、

自分たちの美しい姿を捨てた。
用意された巨狼の皮と蝙蝠《こうもり》の翼を
身に着けると、体が震えた。
ルーシエンは自ら編み出したエルフの魔法で、
汚れた衣装が彼らの心を悪で満たし、
恐ろしい狂気に追い込まぬようにした。
真夜中まで歌い、
エルフの技で、堅い守りと、
強いまじないの力を生み出した。

ベレンは急ぎ狼の毛皮を身にまとい、
腹を空かせて、赤い舌を見せ、
よだれを垂らして地面に這いつくばった。
しかし、その目には苦痛とせつなさがあった。
蝙蝠の姿が膝立ちで這いずり、
しわのよった軋む翼を引きずるのを目にして
顔に恐怖を浮かべた。
それから彼は月の下で咆哮し、四つ足で立ち上がり、
素早く岩から岩へ飛び、

山から平野に出た――が一人きりではなかった。
黒い影が斜面をすべり降り、
彼の頭上を舞っていた。

月下に乾燥してしなびた、
灰土、砂塵、渇いた砂丘が広がっていた。
風は、冷たく、始終向きを変え、
砂をふるいにかけ、ため息をつき、吹きさらしで不毛の大地に吹いていた。
照りつけられた岩と息の詰まる砂、
砕けた骨でその土地は形成された。
その上を、塵まみれの毛皮とだらりと垂らした舌の
地獄の姿がこそこそと歩んでいた。
弱々しい昼が再びのろのろと現れる時、
目の前にはまだ何里もの干からびた道のりがあった。
凍える夜が再び広がり、
疑わしい影やかすかな音が
砂漠の山をしゅうしゅう通り過ぎる時、
前方には何里もの息苦しい道が伸びていた。
二日目の朝、

つまずいてはもがき、目も見えず、衰弱して、
煙と蒸気の中をよろめきながら前進する狼らしき者が
北の山のふもとにたどり着いた。
その背には翼を畳み、
日光に瞬きする丸まった生きものが乗っていた。

岩石は骨ばった歯のように、
開いた鞘からつかみかかろうとする鉤爪のように、
嘆きの道の両側にそびえ立っていた。
その道ははるか遠く闇の山の上、
荒涼とした坑道と殺伐とした門のある
あの住まいへと続いていた。
二人は不快な翳りの中を這って進み、
身を縮こまらせてこっそりと横になった。
長いこと道のかたわらで身を潜め、
ドリアス、笑い、音楽、澄んだ空気、
はためく木々の葉の間で美しく歌う鳥たちの
夢を見て震えていた。
二人は目覚め、振動を感じた。

はるか地下深くで何かを打ち鳴らす響きがして
足元が揺れていた。
モルゴスの炉の轟音であった。
二人は、鉄の靴を履いた石のような足が
その道を踏みしめる音を聞き戦慄した。
オークが略奪と戦《いくさ》のために行軍し、
バルログの大将が先導しているのであった。
　二人は身じろぎして、靄と影の垂れ込める夕べに歩み出し、
それ以上その場にとどまらなかった。
闇の用を言いつけられ、急いで長い坂を登っている
闇の者たちのように、二人は進んだ。
道の両側には絶壁がずっと続き、
死肉を食らう鳥がとまって鳴いていた。
黒く煙る深淵が大きく口を開け、
そこから身をよじらせた蛇らしきものが産まれていた。
とうとう二人はあの巨大な暗闇の中に来た。
闇はのしかかる運命のごとく重く、
山のふもとの雷のように、
サンゴロドリムのすそ野に垂れ込めていた。

要塞化した崖に砦が連なり、
まるで大きな塔に囲まれた陰気な中庭のような、
さえぎるもののない、
空《から》の深淵のごとき最後の平野に二人は来た。
前方には、バウグリアの計り知れぬ巨大な宮殿の
頂上の見えない最終防壁があり、
その下で、彼の門の巨大な影が
恐ろしげに待ち構えていた。

＊＊＊＊＊

その広大な影の国に、かつて一度
フィンゴルフィンが立っていた。
青き天とかなたで淡く輝く水晶の星が描かれた、
盾を持っていた。
全身を貫く怒りと憎しみから
ノウムの王は、一人立ち上がり、
決死の思いで門を叩いた。
緑の剣帯に付けた銀の角笛を鋭く吹き鳴らすと、

果てしなく広がる石造りの要塞は
その澄んだかすかな響きを飲み込んだ。
フィンゴルフィンは断固として、絶望的な戦いを挑んだ。
「さあ開け放て、闇の王よ！
お前の身の毛もよだつ真鍮の扉を開けるのだ！
出てこい、大地と天が忌み嫌う者！
出てこい、醜い臆病な王よ、
自らの手と剣で戦え、
大勢の奴隷軍団を操る者、
強固な壁に守られた暴君、
神々とエルフ族の敵よ！
予はここで待つ。さあ、顔を見せるのだ！」

　そしてモルゴスが現れた。
あの大きな戦《いくさ》の数々の中で最後に一度、
深遠なる地下の王座から地上に向かい、
その足音は、地下でうなる
地震のごとくに響いた。
黒の鎧、鉄の冠を身に着け、

上から威圧する姿を現した。
彼の強い盾は大きく、黒色で紋章がなく、
雷雲のような影を落とした。
きらめく王の上に、その影が迫った。
こん棒のように、大きく高く振りかぶって、
モルゴスが冥界の槌、グロンドを投げつけた。
ガランガランと槌は地面に落ち、
雷鳴のような音を立てながら転がり、
そして下敷きになった岩を粉々にした。
煙が巻き上がり、穴が口を開け、火が噴き出した。

　フィンゴルフィンは雲の下の流れ星のように、
白い剣の一突きのように
わきに飛びずさり、リンギルを抜いた。
それは冷たく青くきらめく氷の刃、
エルフの技で鍛えられた彼の剣、
死の冷たさで肉を切り裂く業物だった。
七つの傷を敵に負わせ
七つの苦痛の絶叫が山に響き渡った。

大地は揺れ、
アングバンドの震える軍隊も揺るがした。
　オークはのちに笑いながら、
地獄の門前の決闘を語った。
しかしエルフの歌が作られたのは
この歌物語より以前には一度だけだった――
強き王が痛ましくも高い塚に寝かされ、
ソロンドール、大空を舞う大鷲が、
古《いにしえ》のエルフィネッセの嘆きの民に、
恐ろしい知らせをもたらし語った折に。
何度もフィンゴルフィンは大打撃を受け膝をついたが、
何度も彼は立ち上がり、
なおも曇天の下高く飛びかかった。
打ち込まれてもなお星の輝く誇り高き盾を高々と掲げ、
ぼろぼろの兜で立ち向かった。
闇も力も打ち負かすことはできず、
しまいに大地は張り裂け、
彼のまわりは穴だらけになった。
王は力尽きた。足がよろけた。

地面に崩れ落ちると、その首を、
大地に根ざす山のような足が押さえつけた。
そして王は踏みつけられた――がまだ降参ではない。
最後に一振り決死の剣をモルゴスに浴びせたのだ。
青白きリンギルは巨大な足の踵を切り裂き、
黒い血が噴き出した。
なみなみと水をたたえた水煙を上げる泉のようだった。
　その一撃より大敵モルゴスは永遠に足を引きずることとなった。
しかし彼は王を斃し、
切り刻んで、貪る狼に投げ捨てるところであった。
しかし見よ！　モルゴスを見張るため、
天空の計り知れぬ高き頂に、
マンウェが建てよと命じた王座から、
舞い降りて来たのはソロンドール、大鷲の王。
降下すると、敵を引き裂く黄金のくちばしで
バウグリアの顔に一撃を与えた。
そして飛翔し、その三十尋の広さの翼に、
偉大なるエルフ王の遺体を乗せて、
敵が大声で叫ぶ中を飛び去った。

「舞い降りて来たのはソロンドール、大鷲の王」二二四頁

のちに要塞の都ゴンドリンが治めた
あのはるか南の平原のあたりに、
山々が輪をなすところ、
目も眩む雪に覆われた
高く白き山がある。
その頂に積み上げられた石塚の中に
偉大な王の遺体は納められた。
オークも悪鬼も
以後その山道を敢えて登り、
フィンゴルフィンの聖なる高き墓を
目にすることはなかった。
ゴンドリンの定められた運命の日までは。

かくしてバウグリアには深い傷が刻まれ、
その黒き顔《かんばせ》は損なわれ、
足を引きずって歩くこととなった。
しかし以降は深きところから
隠れた王座にすわり闇を支配した。
雷に時を刻まれる彼の石の館で、

この世を隷属させて閉じ込めるための
遠大な計画をゆっくりと立てていた。
あまたの軍に命令し、禍《わざわい》の王となり、
奴隷にも敵にも休みを与えなかった。
警戒と守備を何倍にも増やし、
西から東へと密偵を送り、
北の地全体の便りを届けさせた。
誰が戦い、誰が敗れたか、誰が思い切って進軍し、
誰が密かに画策し、誰が宝物蔵を持っているか、
娘は美しいか、領主は誇り高いか。
ほとんどすべてのことを彼は知り、
ほとんどすべての心に悪の術策を盛り込んだ。
　ドリアスのみがメリアンの編んだヴェールの向こうにあり、
いかなる攻撃をしかけても
破壊や侵入を許さなかった。
かすかな噂だけが伝聞で彼のもとに届いた。
しかし、遠くや近くの敵陣営の
動静に関するかしましい噂や確かな知らせ、
フェアノールの七人の息子たちからの、

ナルゴスロンドからの、
いまだヒスルムの暗い山の下や木の下に
軍勢を集めているフィンゴンからの
戦《いくさ》の脅威は日ごとに届いた。
モルゴスは今一度権力の中にあって恐れを膨らませた。
ベレンの誉れは耳を悩ませ、
道の通う森では
強きフアンの吠える声が聞こえた。

そのような折に
森や谷を野宿でさすらうルーシエンの
甚だ奇妙な噂が聞こえてきた。
彼は長いことシンゴルの目的を推し量り、
不思議に思いながらその乙女の
美しいこと、か弱きことを思い描いた。
そして恐ろしきボルドグを、剣と炎とともに
ドリアスの国境へと送り込んだ。
しかし突然戦《いくさ》が始まった。
ボルドグの隊から知らせを持ち帰る者はおらず、

シンゴルはモルゴスのうぬぼれの鼻を折った。
彼の心は疑いと怒りで燃え上がった。
新しい失望の知らせを彼は受けた。
いかにスゥーが倒され、
彼の強固な島が破壊され略奪され、
いかに敵が欺瞞に欺瞞で対抗しようとしているかを彼は知った。
密偵を恐れ、しまいにオークの一人ひとりが、
彼の目には疑わしく思えた。
道の通う森にはなおも
吠え猛るフアンの誉れが広まっていた。
神々がヴァリノールで解き放った戦《いくさ》の猟犬である。

モルゴスは長く語られてきたフアンの運命を
思い浮かべ、人知れず策を練った。
どう猛で常に腹を空かせている群れを彼は従えていた。
狼の皮と肉をまとい、
恐ろしき悪鬼の魂を宿した者たちだった。
彼らの住まう洞窟や山に、
凶暴な彼らの吠え声は常にうねり響いた。

そして終わりなきうなり声はこだまを呼んだ。
これらの群れから彼は、一頭の子狼を選び、
死体や麗しきエルフや人間の肉を与えて
自らの手で育てた。
狼はやがて巨軀に育ち、
これ以上巣の中へ潜り込むことができなくなった。
そこでモルゴスの腰掛のわきにはべり、睨みをきかせ、
バルログにもオークにもいかなる獣にも触れさせなかった。
あの恐ろしい王座の下で肉を引き裂き、骨を嚙み砕いて、
ぞっとする宴を何度も開いた。
そこで深い呪いが彼にかけられた。
すなわち地獄の苦悩と力である。
燃える赤い眼と炎を吐く顎を持ち、
墓場の靄のような息を吐き、
彼は誰よりも大きく恐ろしくなった。
森や洞窟のどの獣よりも、
地上もしくは地獄に属すいつの世の獣よりも。
狼族の仲間や親族、恐ろしいドラウグルインの一族の、
いずれの者をも凌駕していた。

　エルフの歌は、この者の名を、カルハロス〈赤顎〉と歌った。
しかし血に飢え、禍《わざわい》をもたらすかの巨狼が、
アングバンドの門より出向くことはいまだになかった。
そこで寝ずの番をしていたのだ。
その大いなる門は脅かすようにそびえ立ち、
番人の赤き眼は闇にくすぶり、
歯をむき出しにし、顎を大きく広げていた。
歩いたり、這ったり、すべり込んだり、
あるいは強引に押し入ったり、誰もその脅威の前を通り、
モルゴスの広大な土牢へ入ることはできなかった。

　さて、見よ！　この警戒する目に、
遠くでこそこそと動き回る姿が認められた。
よそ者を拒む平野に忍び込み、
立ち止まっては眺め、また歩き出し、
そっと近づいてくる狼のように見えた。
痩せ細り、旅でやつれ、口は大きく開いていた。
その上を蝙蝠《こうもり》のように大きな弧を描いて、

ふらつく影がゆっくりと翼をはためかせていた。
このような者たちの歩く姿は、ここでは珍しくない。
この土地は彼らが生まれながら住処とし、出没する場所だから。
しかし奇妙な胸騒ぎが膨れ上がり
何か悪いことが起こるのではと思えてしかたなかった。

「どれほど残忍な恐怖を、どれほど恐ろしい見張りを、
モルゴスは据えて番をさせ、
彼の館の扉を入ろうとする者を妨げているだろう。
長い道のりを経てついに、
私たちは求める宝との間に開いた
まさに死の入り口へとやって来た！
もとより希望の無い旅だ。戻ることはない！」
このようにベレンは語り、
道の途中で立ち止まり、巨狼の眼で、
遠方にある恐怖を見つめた。
そして望みのないまま前進し、
大きく口を開けた黒い穴々を迂回して通り過ぎた。
それはフィンゴルフィン王が地獄の門の前でただ一人

戦って斃された場所だった。

　その同じ門の前に、彼らは二人きりで立った。
一方カルハロスは、疑わしそうに二人を睨みつけ、
歯をむいてうなりながら話しかけた。
その声は天井にこだました。
「ようこそ！　ドラウグルイン、我が縁者の長よ！
最後にここに来てから久しいな。
そう、今ここで会うとは極めて不思議だ。
嘆かわしい変化がその身に起きているではないか。
かつてはあれほど凶暴で、
恐れを知らず、炎のように敏捷で、
荒れ地や未開の地を走り回っていたというのに、
疲労で背中が曲がったに違いない。
死のように鋭いファンの歯がのどを引き裂いた今では、
辛うじて息をするのも難しいか？
いかなる類まれな運命の力で、
生きてここに戻って来た？――
お前がドラウグルインならの話だが。

近くに来い！　もっとよくわかるよう、しっかり見せろ！」
「お前は何者だ？　生意気な飢えた子犬よ、
力を貸すべき私の道をふさぐとは。
私は新しい知らせを持って急ぎモルゴス様のもとへ参じたのだ。
いつも森にいらっしゃるスゥー様の使いだ。
道を空けろ、中に入らなければならぬ。
もしくは先に行って、地下に私の到着を急ぎ告げるのだ！」

するとカルハロスはゆっくりと扉に向かって立ち上がり、
不機嫌に険しい眼を光らせ、
落ち着かないうなり声でこう言った。
「ドラウグルイン、もし貴様が言った通りの者なら、中に入れ！
しかし貴様に隠れるようにこそこそと
横で這いずり回っているこいつは誰なのだ？
数えきれない翼あるものがここを行き来するが、
俺はすべてを知っている。
しかしこいつは知らん。待て、蝙蝠《こうもり》、ここにいろ！
お前もお前の仲間も俺は好かぬ。さあ、言うのだ、

どんな秘密の伝言を、お前は王様に
持って来たのだ、翼の生えた害獣よ？
お前が残ろうが入ろうが、
俺が戯れに、壁にとまった蠅よろしくお前を押し潰そうが、
翼を食いちぎって飛べなくしようが、
大したことでないのは間違いない」

　大きな足取りで、嫌な臭いを放ち、カルハロスは近づいた。
ベレンの眼には炎が燃え上がり、
首筋の髪の毛が逆立った。
雨の降り注ぐ永遠の春に
ヴァリノールの草原で銀色に輝く
不凋花《ふちょうか》の匂い、そのかぐわしき香りを、
何物も閉じ込めておくことはできない。
ティヌーヴィエルの通るところどこでも、
そのような芳香が漂った。
もし疑う者が鼻をひくつかせ近づいてきたならば、
鼻をつく悪鬼の臭気から
突如現れる甘美な匂いは

目くらましの闇の呪文をかけていようとも、
ごまかせるものではない。ベレンはこれを知っており、
地獄の縁での戦いと死を覚悟して身構えた。
恐ろしき姿の者たちは相手を威嚇し
ともに憎しみを懐いて睨み合った。
偽のドラウグルインとカルハロス。
その時、見よ！　驚くべきことが起こった。
何かの力が、古《いにしえ》より受け継いだものか、
西の国のかなたにいる神々より与えられたものか、
突然ティヌーヴィエルの中に炎のように湧き上がった。
暗き蝙蝠《こうもり》の姿を脱ぎ捨て、
夜を突き抜けて暁まではばたく雲雀のように
彼女は立ち上がると、
透き通った心貫く銀の声を響かせた。
朝の冷たい側廊にどこからともなく響く、
心を震わせ、抗うことのできない、
あの鋭く長いトランペットの音のようだった。
色白の手で織られた彼女の衣は、煙のようで、
すべてを惑わせ、虜にし、

すべてを包み込む宵闇の力を持っていた。
彼女が前に進み出ると、高く上げたその手から衣は落ち、
あの恐ろしい両目の前をよぎって、
星々のきらめきが絡み合う
幻や霞のような夢を見せた。

「眠りなさい、ああ不幸な、苛まれし奴隷よ！
悲しみに生まれついた者よ、弱り衰え倒れなさい。
苦悩、憎しみ、痛みから、
情欲、飢え、軛《くびき》と鎖から、
暗く深い忘却の淵へと向かいなさい。
眠りの井戸の底、光射さぬ穴の中へ！
わずかひと時、縛めの網を逃れ、
恐ろしい命の宿命を忘れるのです！」

　カルハロスの眼の炎は消え、手足の力は抜けた。
まるで輪なわを掛けられ、つまずいて地面にぶつかった、
走る子牛のように、彼は倒れた。
死んだように、身動きせず、音もなく、

彼は手足を投げ出して横たわった。
稲妻の一撃が樫の巨木を切り裂いたかのようだった。

＊＊＊＊＊

　広大で音のこだまする暗闇の中へ。
闇に祭られた脅威に続く
曲がりくねる恐ろしき通路に
永遠の死が秘匿されている、
迷宮のピラミッドの中の
あまたの地下道からなる墓よりも恐ろしいところへ。
石から湧いて一面にうごめく蛆虫に、
貪り食われ、悩まされ、穴を穿たれ、粉々にされる
山の深き根元へと、
ベレンとルーシエンは二人だけで降りて行った。
　二人の後ろの薄暮に染まった門は
次第に遠のき、その光も消えていった。
雷鳴のような鍛冶場の騒音が大きくなり、
焼けつく風がうなりを上げて吹きつけ、

ぱっくりと口を開けた穴から毒気が湧き上がってきた。
雷に打たれた岩から切り出された、
大きなトロルの彫刻のごとき、巨大な者たちがそこにいた。
限りある命で似ているものなどありえないと嘲笑うかのようだった。
墓に閉じ込められ、醜く威圧するその姿は、
曲がるたびに無言で
ぎらぎらと一瞬きらめいては消える光の中に現れた。
金槌で叩く音が鳴り響き、
石を叩きつけたらしき音とともに言葉が叫ばれていた。
はるか下方からかすかに嘆き声が聞こえてきた。
鉄の鎖のぶつかる音の合間に、
罰を受ける囚人の叫び声が聞こえては消えた。

　自らを嫌悪しながら悔い改めることのない者たちの
しわがれた笑い声がやかましく盛り上がった。
粗野で乱暴な歌もやかましく聞こえ、
恐怖の剣のように魂を刺し貫いた。
真鍮の床に映るかがり火の、
真紅の輝きが開いた扉から見えた。

その輝きはそびえ立つアーチに沿って上昇し、
想像も及ばぬ闇の中へ、丸天井へ吸い込まれた。
そこでは揺らめく煙と蒸気に包まれて、
稲妻のように光が明滅していた。
モルゴスの広間へ、恐ろしい宴が開かれ、
獣の血を飲み、人の命を食らうところへ、
二人はもつれる足で向かった。
煙と炎で目が眩んだ。
そそり立つ岩柱は、
まるでのしかかる大地の床を怪物が支えるかに見え、
悪鬼の彫刻を施され、
汚れた夢想が一杯の技巧で作られていた。
空に突き出す木々のようなその柱の、
幹は絶望に根を張り、
木陰は死、木の実は破滅、
大枝は苦しんでのたうち回る蛇だった。
　柱の下には槍や剣を持ち整列した、
モルゴスの漆黒の鎧をまとった大軍がいた。
刃のきらめき、盾の浮彫は、

戦場に流れる赤き血の色だった。
ぞっとする柱の陰に、モルゴスの王座が見えた。
運のつきた者、死にゆく者たちが、
床の上で息も絶え絶えに苦しんでいた。
モルゴスの忌まわしい足置きは戦《いくさ》の戦利品。
まわりには恐ろしき従士たち、
炎のたてがみ、赤き手、鋼の牙を持つ
バルログの諸侯が座していた。
がつがつした狼たちは足元にうずくまっていた。
そして透明でほの白く、冷たい光彩を放ち、
地獄の軍勢を照らしている、
シルマリル、運命の宝玉が、
憎しみの王冠の中に囚われて輝いていた。

見よ！　ぽっかり口を開けた恐ろしい入り口から、
突然一つの影が舞い降りて飛び去った。
そしてベレンは息をのんだ。彼は一人きりで、
腹を石の床につけ這いつくばっていた。
翼を広げた蝙蝠《こうもり》の姿は、

「人を惑わす翼の踊りを舞い、 鉄の王冠を被った頭のまわりを回った」二四九頁

大きな柱が枝のように伸びたところ、
煙と立ち昇る蒸気の中を、音もなく飛んでいた。
暗い夢の境で
ぼんやりと感じる見えない影が大きくなり、
大いなる不安の塊になるように、
または予見された禍《わざわい》が、名状しがたいまま、
運命のごとくに魂を揺さぶるように、
暗闇の中で声は落ち、笑いは引き、
多くの者が見つめる静寂へとゆっくりと変わっていった。
言い表せぬ疑い、形のない恐れが、
すさんだ巣窟に入り込んで膨らみ、
怖気づいた者たちを脅かした。
彼らは、忘れられし神々のかしましいトランペットを
心のうちに聞いた。
モルゴスは雷鳴のごとくに静寂を切り裂いて口を開いた。
「影よ、降りてこい！　我が目をたばかることなど考えるな！
お前の主の目から逃れて身を縮めようと、
あるいは隠れようと無駄なこと。
我が意志に背くことは何人にも許さぬ。

許しなく我が門をくぐりし者には
希望も脱出も待っておらぬ。
降りよ！　怒りがお前の翼を吹き飛ばす前に、
愚かで、弱い蝙蝠《こうもり》の姿の者よ！
中にいるのは蝙蝠ではあるまい。さあ来るのだ！」

ゆっくりと鉄の冠の上を旋回しながら
渋々と、震えて小さくなって、
影が降りてくるのをベレンは見た。
そして忌まわしい王座の前で、
か弱き者は一人震えてうなだれていた。
力強きモルゴスがそちらに暗い視線を向けると、
ベレンは身震いし、腹を地面につけ、
冷たい汗で毛皮がびしょ濡れになった。
彼は這いつくばり、
王座の下の暗がりに、
モルゴスの足元の陰に潜り込んだ。
ティヌーヴィエルは口を開いた。
高くか細い声が深い沈黙を貫いた。

「正当な用があり私はこちらに参ったのです。
スゥー様の闇のお屋敷から、
タウア＝ナ＝フインの暗がりから、
あなた様の大いなる玉座の御前に立つために！」

「名を名乗れ、きいきい声の宿なしよ！
スゥーからの知らせなら十分聞いておる。
ついこの間も来たばかりだ。今度は何だというのだ？
なぜお前のような使者を寄越したのだ？」

「私はスリングウェシルと申します。
恐れおののくベレリアンドの
命運尽きた土地に昇る黄ばんだ月の
怯えた顔に翳りを与えた者です」

「嘘をつくな。我が目の前で、
偽りを紡ぎ出すことなど許さぬぞ。
偽りの衣装を脱ぎ、その偽の姿を捨てよ。
正体を現し、我にすべてを明け渡せ」

おののきながら時間をかけて変身が始まった。
黒い異形の蝙蝠《こうもり》の衣装は解かれ、
ゆっくりと小さくなり震えながら地面に落ちた。
ルーシエンが地獄に姿を現した。
彼女のか細い肩のまわりには、黒き髪がかかり、
その身に闇の衣がぴったり張りついていた。
そして魔法のヴェールに捕らえられた星の光が、
青白くかすかにきらめいていた。
おぼろげな夢と忘却をもたらすかすかな眠りが、
そこからそっと降りかかった。
深い土牢にエルフの花の香りが忍び込んだ。
銀の雨が夜空から静かに降り注ぐ
エルフの谷の花だった。
恐ろしい飢えを抱えて嗅ぎまわっていた闇の者たちは、
強欲な目をしてまわりに這いつくばった。
　両腕を高く掲げて、頭を垂れ、
そっとルーシエンは歌い始めた。
眠りとまどろみとさまよいの歌、

古《いにしえ》の谷で、
かつてメリアンが黄昏時に歌った、
深遠で底知れぬ静かな歌より、
深いまじないが込められていた。

燃え上がって消えたアングバンドの火は
闇の中でくすぶっていた。
広くがらんとした宮殿の中で、
地下の影どもが手足を伸ばして寝転がった。
オークや獣が湿った息を吐き出す以外、
すべての動きが止まり、すべての音がやんだ。
一つの火がまだ闇に残っていた。
モルゴスの瞼のない眼が輝いていた。
一つの音が寝息だけの静寂を破った。
陰気な声でモルゴスは語った。

「そうか、ルーシエン、ルーシエン、
エルフや人間のすべてと同じ嘘つきか!
それでも歓迎しよう、我が宮殿に!

どんな奴隷にも使い道はある。
穴に住むシンゴルの知らせとは何だ？
臆病な鼠のごとく引きこもっている奴の。
奴はどんな新しい愚行を考えているのだ？
娘がやみくもにさまよい出るのを防ぐこともできない者が。
それとも偵察のために
もっとましな計画を立てることができないのか？」

ルーシエンの心は揺れ、歌をやめた。
「道のりは遠く荒れておりました。
けれどシンゴルが私を送り込んだのではありません。
反抗する娘がどこに行ったかも知らないでしょう。
なれど、どの道も通路もついには北へと向かっておりました。
そしてこちらへ私は、是非にと思い、
震えながら参り、慎んで目を伏せております。
今ここであなた様の玉座の前に頭を垂れます。
ルーシエンは多くの技を身につけておりますので、
王様のお心を優しくお慰めしたいのです」

「それでは是非にと、とどまってもらおうルーシエン、
楽しかろうが苦しかろうが――
いや苦しみとは、謀反人、泥棒、成り上がりの奴隷、
すべての者にふさわしい運命よ。
お前も我らの運命の中で
禍《わざわい》と苦役を分かち合ったらどうだ？
それともそのほっそりとした手足と華奢な体には
体を壊す拷問を控えるべきなのか？
お前のたわけた歌と愚かな笑いが
ここで何の役に立つと思ったのだ？
上手な楽師が一声かければ来るのだぞ。
しかし我はしばしの猶予、生きる時間をお前に与えよう。
ほんのわずかな間だが、高くつくぞ。
美しく汚れなきルーシエン、
暇な時間の可愛いおもちゃよ。
手入れを怠った庭で、色を好む神々は、
お前のような多くの花々に、
蜜のように甘い口づけをしたものだ。
そして捨てた花を踏みにじり、その香りを絞り出した。

しかしここでは長くつらい労働の中で、
そのような快楽にはめったにお目にかかれない。
神々の戯れは締め出されているのだ。
ならば唇の上の蜜のような甘さを味わわない者があろうか、
その柔らかく冷たい肌触りの青ざめた花々を
足で踏み潰さないだろうか。
そして神々のように、退屈な時間の慰めとしないだろうか。
神々に呪いあれ！　激しい飢えよ、
見境なく求める渇きの消えぬ炎よ！
ひと時お前を鎮めてやろう、
ここで食する一口で、お前の一刺しを和らげよう！」

モルゴスの眼の中で炎は火焔へと煽られた。
そして真鍮の手を前に伸ばした。
ルーシエンは影となってわきに飛びずさった。
「それはお許しください、王様！」彼女は叫んだ。
「偉大な殿様がた、どうかささやかな願い事をお聞きください。
と申しますのも楽師には持ち歌があります。
上手な者もいれば下手な者もおりますが、

誰もが自分の歌を高く売り込むので、
たとえ曲が荒削りで、言葉が軽くとも、
しばし耳を傾けてもらえるのです。
ルーシエンには巧みな技があり
王様のお心を優しくお慰めできます。
さあ聞いてください！」彼女は飛び立つと、
巧みに上昇し、思考のごとく速く、
モルゴスの手をすり抜け、円を描き、
彼の目の前を羽ばたいた。
人を惑わす翼の踊りを舞い、
鉄の王冠を被った頭のまわりを回った。
突然彼女はまた歌い始めた。
この呪われた広間の高みから
露が滴るようにそっと彼女の声が聞こえてきた。
神秘的で、惑わしに満ち、
銀のささやく流れとなり、
夢の中の暗い淵に青白く落ちていくのだった。

ルーシエンは暗い空間をぐるぐる飛び回り、

眠りのまじないが織り込まれた
はためく衣をさっと払った。
壁から壁へ向きを変え、旋回し、
エルフや妖精がかつて編み出したことはなく、
それ以来舞ったことのない踊りを見せた。
燕《つばめ》よりも素早く、
消えゆく光の中、暗がりの家のまわりを飛ぶ
蝙蝠《こうもり》よりも絹のようになめらかで、
ヴァルダの天頂の広間で
リズムに合わせて翼を動かす
風の精の乙女より類まれで美しかった。
　オークも誇り高きバルログも崩れ落ちた。
瞳の光はすべて消え、頭はうなだれ、
心と臓腑の火は穏やかになった。
小鳥のように声を震わせながらルーシエンは、
惑わしの中で恍惚として
光のない世界の上を孤独に飛んでいた。
　みなの眼の光は消え、
ただモルゴスの渋面でぎらつくあの瞳だけが残っていた。

そして彼の目は驚いたように視線をさまよわせ、
まじないにかかって動きが緩慢になっていた。
瞳の中の意志が揺らぎ、炎が消えた。
額の下で目の色が失せると、
星のようにシルマリルに灯りがともった。
大地の臭気によって衰えていたが、
澄んだ上空に逃れて、
天の坑道で驚くべき光を放っているかのようだった。

　すると宝玉は突然燃え上がり、
下に、地獄の底に、堕ちてきた。
黒く大きな頭が垂れた。
その様は雲の下の山の頂にも似て、
肩は崩れ落ち、巨体は床に衝突し、
まるで大きな崖が猛烈な嵐の中で、
地滑りを起こし崩壊するかのようだった。
モルゴスは彼の広間で突っ伏した。
彼の王冠は地面に転がり落ち、
雷のような音を立てて回転した。

それから一切の音は消え、
大地の中心が眠る深さと同じ沈黙が広まった。

空の大きな王座の下には
ねじれた石のようになった蛇がいた。
狼は汚れた死体のように散らばっていた。
そしてそこでベレンも深く意識を失っていた。
何の思考も、何の夢もしくはぼんやりした影も、
彼の暗い心の中で動かなかった。
「出てきてください！　時が来ました、
アングバンドの強力な主は打ち倒されました！
起きてください！　起きてください！
恐ろしい王座の前にいるのは私たち二人だけです」
ベレンが溺れている眠りの井戸の底まで、
この声が降りてきた。
花のように柔らかく、花のように冷たい手が
彼の顔の前をよぎり、
まどろみの淵の動かぬ水面を震わせた。
一足飛びに心は目覚めた。そして前に這い出した。

狼の毛皮を投げ捨て、
勢いよく立ち上がると、
音のない闇の中を広く見回し、
墓の中に生きながら一人閉じ込められた者のように息をのんだ。
彼の横でルーシエンが身をすくめ、
震えながらすわり込んでいた。
力と魔法を使い果たして弱った彼女を、
急いでベレンは両腕で抱きとめた。

ベレンの足元には目を見張る
フェアノールの宝玉があった。
地に落ちたモルゴスの力の王冠の中で、
きらめく白い炎とともにまばゆい光を放っていた。
この巨大な鉄の冠を動かす力は彼にはなかった。
ベレンは狼狽し、
狂ったようにその指で
望みの薄かった探索行の褒美をつかみ出そうとした。
すると心にクルフィンと戦った
あの寒い朝のことが思い出された。

ベルトからむき出しの短剣を抜き出すと、膝をつき、
きりりと冷たいその堅い刃で試してみた。
その短剣には、大昔ノグロドで、
ドワーフの武具師が
金槌を打つ音に合わせてゆっくり歌った
歌がこめられていた。
鉄を柔らかき木のごとくに切り裂き、
鎖帷子を機織りの横糸のごとくに貫く。
宝玉を支える鉄の鉤爪に
ベレンは短剣を突き刺し切り離した。
彼はシルマリルの一つをつかみ取った。
純然たる輝きがゆっくりと膨らみ、
握りしめたこぶしの中から赤々と輝いて見えた。
再びベレンはかがみ込むと新たな苦労の果て、
大昔、フェアノールが細工した聖なる三つの宝玉を
さらに一つ解放しようとした。
しかし宝玉の炎には運命が織り込まれており、
憎しみの広間を去る時はまだ来ていなかった。
ノグロドの二心ある鍛冶によって作られた

ドワーフの鋼でできた狡猾な刃は
突然折れた。
鋭く澄んだ音を立て、真っ二つにはじけ、
槍かそれた矢のように
眠るモルゴスの額をかすめ飛び、
二人を恐怖で固まらせた。
なぜなら空洞に閉じ込められた風がうなるように、
モルゴスが、くぐもったうめき声を上げたのだ。
ため息が漏れ、
息をのむ音が宮殿中に広まった。
オークや獣は忌まわしい宴の夢の中で寝返りを打った。
不安な眠りの中でバルログが身動きした。
狼たちの長く冷たい咆哮が
こだまとなって地下道をめぐり、
はるか頭上からかすかに聞こえていた。

＊＊＊＊

あまたの地下道からなる墓から逃げる亡霊のように、

暗くこだまする闇を抜けて地上へ、
山の地下深くの根元から、
遠大な地下の脅威から地上へと、
死の恐怖に手足は震え
目は怯え、耳はおののき、
自らの走る足音に驚きながら、
ともに二人は逃げ出した。

ついに二人の前方遠くに、
ちらちらとかすかな陽光と
巨大なアーチの門が見えた——
そこには新たな恐怖が待っていた。
門の前で厳しい監視の目を光らせ、
瞳に鈍い炎を新たに燃やし
そびえ立つはカルハロス、逃れられぬ運命が待っていた。
顎を墓穴のようにあんぐりと開け、
歯をむき出しにし、舌は紅潮していた。
目が覚め、巨狼は見張りについた。
飛び去る者も追われる者も、

アングバンドから逃げ出そうとする者は誰も逃さないように。
いかなる策略、力をもってすればこの番人をやり過ごし
死から光へと突き進むことができるだろうか？

カルハロスは遠くに二人の急ぐ足音を聞いた。
奇妙な甘い匂いがした。
二人が出口で待ち構える脅威に気づくずっと前に、
カルハロスは二人の到来を匂いで知った。
四肢を伸ばし、眠気を追い払い、
立ち上がって注視した。
そして突然、急ぐ二人の前に飛び出すと、
その吠え声が天井に響き渡った。
考える間もなく番人の攻撃が始まった。
手なずけるいかなる呪文も間に合わなかった。
ベレンは必死にルーシエンをわきへ押しやり、
前に進み出た。
ティヌーヴィエルを守り通すための
武器もなく、防具もなかった。
左手で毛むくじゃらののどをつかみ、

右手で目を強打した――
握りしめた神聖なシルマリルの輝きは
そのこぶしから溢れていた。
炎の中の剣のきらめきのように、
カルハロスの牙が光り、
罠のようにぶつかり合って閉じた。
ベレンの手首のあたりに嚙みつき、
もろい骨と柔らかい筋肉を食いちぎり、
やわな人間の肉を貪り食ったのだ。
その不浄で残忍な口の中に
宝玉の神聖な光は飲み込まれた。

別の独立したページには、さらに書きかけの五行が書かれていた。

壁に寄りかかりベレンはふらついた。
しかしなおも左手で美しきルーシエンを守ろうとした。
乙女は彼の痛みを見て、大声で嘆き、
苦悩に体を折り曲げ、
地面にへたり込んだ。

一九三一年の終わり頃、ベレンとルーシエンの物語のこの部分で『レイシアンの歌』を放棄した時、父は大体において、現在出版されている『シルマリルの物語』内で描かれているのと同じ、この物語の構成における最終的な形に到達していた。『指輪物語』の執筆を完了したのち、父は一九三一年よりそのままにしておいた『レイシアンの歌』に書き足して改訂しようとしたが（補遺三〇〇頁）、韻文でこれより先の物語を新たに書くことがなかったのは確実なようだ。ただ「詩の最終部からの一節」と題された別の原稿用紙に書いてあった、次の一節が残るのみである。

森の小川が木々の間を流れるところ、
緑にきらめく川の上で
大木の幹が静寂の中で林立し、
びくともせずに黒々と枝を張り、
樹皮にまだらの影が落ちていた。
突然木々の間を震わせ、
冷たい静寂を破る風のささやきが聞こえた。
深い眠りについた者の寝息のようにかすかに
死のごとき冷たいこだまが山から響いた。
「闇で作られし道は遠い。
かつて誰の足跡も残されたことはなく、

山を越え海の向こうへ続いている！
安らぎの国ははるか、はるかかなたにあり、
失われし者の国はさらに遠い。
そこでは人が忘れている間も死者が待っている。
月もなく声も鼓動の音もしない、
一つの寿命が尽きる度に一度だけ、
深いため息のみが聞こえるところ。
待つ者の国は遠い。
そこで死者はすわって影のような思いをめぐらせ、
月に照らされることもない」

クウェンタ・シルマリルリオン

その後続く数年の間、父は新しい散文版の上古の歴史物語に取り組むが、その成果は『クウェンタ・シルマリルリオン』というタイトルのついた原稿に見られる。これを私はこれからQSと呼ぶことにする。この原稿と先行する『クウェンタ・ノルドリンワ』（一〇〇頁）との間に書かれた原稿は、存在したに違いないが、現在何の痕跡も残っていない。しかし「シルマリルの伝説」の歴史にベレンとルーシエンの物語が顔を出す部分については、いくつかの大半が未完の草稿がある。これは父が、伝説を長い版にするか短い版にするかで、長いこと逡巡していたことによる。長い版——この流れから言えばQSIと呼んでよいと思うが——はその長さゆえに、ナルゴスロンドのフェラグンド王が、弟のオロドレスに王冠を渡す場面で放棄された（『クウェンタ・ノルドリンワ』からの抜粋の一〇六頁）。

次に書かれたのは全体の物語のとても大まかな下書きだった。そしてそれがQSⅠと同じ原稿に残されている二番目の原稿、短い版のQSⅡの元となった。出版された『シルマリルの物語』内で語られるベレンとルーシエンの物語を私が取り出したのは、主にこの二つの版からである。

QSⅡの創作は一九三七年においてもまだ進行中であった。しかしその年、上古の歴史とは非常にかけ離れた考慮をすべき事態が生じる。九月二十一日『ホビットの冒険』がアレン・アンド・アンウィン社によって出版され、すぐに好評を博したのだ。しかしこのことは同時に、ホビットについてさらなる物語を書かねばならないという大きなプレッシャーを父にもたらした。十月に父は、アレン・アンド・アンウィン社社長スタンリー・アンウィン宛の手紙の中で、「私は少々困り果てております。ホビットについてはこれ以上書きたいことが思い浮かびません。バギンズ氏は、トゥック家とバギンズ家両方の性質を十二分に披露してしまったようです。一方私にはこのホビットが潜り込んだ世界について、言いたいことがあまりにも沢山ありすぎ、またすでに沢山書いてもいるのです」と述べている。父はまた「このホビットが潜り込んだ世界」を主題にして書いた作品の価値についての意見も求め、いくつかの原稿をまとめて一九三七年の十一月十五日にスタンリー・アンウィンのもとに送っている。その中にはQSⅡも含まれていたが、ベレンがモルゴスの王冠から切り取ったシルマリルを手に入れる場面までが書かれていた。

私が知ったのはずっと後になってからだが、アレン・アンド・アンウィン社が作成した父から委託された原稿のリストの中には、『農夫ジャイルズの冒険』『ブリスさん』『失われた道』に加えて、『長詩』『ノウム関連の素材』（お手上げ状態だったことを示唆する題名である）と言及されている二つの原稿が含まれていた。言うまでもなくこの歓迎されない草稿は、アレン・アンド・アンウィン社のデスクの上に、十分な説明もなく到着した。私はこの委託についてのおかしな話を、『ベレリアンドの歌』（一九八五年）の補遺の中で詳しく述べた。しかしここでは手短に言うと、遺憾ながら明らかに、『クウェンタ・シルマリルリオン』（『ノウム関連の素材』の中に、他にもこの名前で呼ぶことのできる原稿すべてと一緒に入っていた）は、出版の可否について判断をする閲読者のもとに届くことはなかった。読まれたのは、『レイシアンの歌』に（この状況下では非常に誤解を招く結果となるのだが）他とは切り離して添付されていた数ページのみだった。閲読者は完全に面喰い、長詩とこの散文（すなわち『クウェンタ・シルマリルリオン』）の断片（こちらは大いに称賛されていた）の関係について（無理もないことだが）根本的に間違った解答を提出した。彼はわけのわからないままレポートを書き自分の意見を伝えたが、それに対し出版社の人間はやはり無理もないことだがこう返した。「私たちはどうしたらよいのでしょう？」

その後誤解に誤解が重なって、父は『クウェンタ・シルマリルリオン』が実際には誰にも読まれていないことにまったく気づかず、スタンリー・アンウィンに次のように伝えた。少なくとも作品が「侮蔑をもって」拒絶されなかったことを嬉しく思い、今は「『シルマリルの物語』を出版できる、もしくは出版の余地がありうると、はっきりとした希望を持っています！」

ＱＳⅡが手元にない間、父は新たな原稿で続きの物語に取りかかり、「巨狼カルハロス狩り」におけるベレンの死について書いていた。原稿が戻ってきた時に、ＱＳⅡに新しい文章を書き写すつもりであったのだ。しかし一九三七年の十二月十六日に実際に原稿が戻ってくると、父は『シルマリルの物語』をわきへと追いやった。その日まだ父はスタンリー・アンウィンに手紙で訊いていた。「それにもうこれ以上ホビットに何ができるというのでしょう？　ホビットの喜劇なら書けます。しかしもっと根本的な事柄を背景にしなければ、彼らの喜劇は身のまわりの世間話になってしまうでしょう」。しかしその三日後の一九三七年十二月十九日に、父はアレン・アンド・アンウィン社にこう告げた。「私は新しいホビットについての物語の第一章を書きました――『待ちに待った誕生祝い』です」

これが、『フーリンの子どもたち』の補遺に私が書いたように、「シルマリルの伝説」を要約しながら、その伝承をつなげて進化させていくという『クウェンタ』様式が終わった時点であった。原稿は、トゥーリンがドリアスから出奔して無法者になるところで、さっと取り下げられた。そこから先の歴史は、続く数年間、一九三〇年版『クウェンタ』の圧縮され発展のない形のままで、いわば凍結された。その間に第二紀と第三紀の大まかな構成が、『指輪物語』の執筆とともに浮かび上がってきた。ただし放棄された続きの歴史は、古代の伝説の中でも中枢を占める重要なものであった。というのも（『失われた物語の書』のオリジナル版に由来する）複数の物語の終結部は、トゥーリンの父フーリンがモルゴスに解放されたのちに迎える破滅的な人生や、エルフの王国ナルゴスロンド、ドリアス、ゴンドリンの崩壊について語っていたからだ。何千年ものちに、ギムリはモリアの坑道で、その史実を歌っている。

この世は美しく、山々は高かった。
そのかみつ世のナルゴスロンドに、ゴンドリンに、
今は西の海をこえて去りし
強き王たちの滅びるまでは。

（『指輪物語』）

この部分は神話全体のクライマックスであり仕上げになるはずであった。つまりノルドールのエルフが長きにわたるモルゴスとの戦いにおいて迎える最終的な運命と、フーリンとトゥーリンがその歴史の中で果たす役割が語られ、締めくくりの『エアレンディルの物語』では、彼が燃え盛るゴンドリンの廃墟から逃げ出す姿が描かれることになっていた。

何年ものちに父は手紙（一九六四年七月十六日付）の中でこう書いている。「私は出版社に上古の時代の物語を提供しましたが、閲読者に突き返されてしまいました。彼らが望んだのは続編だったのです。しかし私は英雄の伝説や高尚な歌物語を書きたいと思っていました。その結果が『指輪物語』です」

*

『レイシアンの歌』が放棄された時、シルマリルを握ったベレンの手に「カルハロスの牙が光り、罠のようにぶつかり合って閉じた」のち、何が起きるのかについての明確な記述はなかった。それを知るには、最初に書かれた『ティヌーヴィエルの物語』まで戻らなければならない（七〇―三頁）。そこにはベレンとルーシエンの決死の脱出や、彼らを狩り出すアングバンドの捜索、フアンとの再会、彼の導きによるドリアスへの帰還が書かれていた。また『クウェンタ・ノルドリンワ』（一四三頁）では、父はこのことについて「語るべきことはほとんどない」と簡単に書いている。

ベレンとルーシエンがドリアスに戻る終盤の物語で、注目すべき主要な（そして根本的な）変更は、カルハロスによるベレンの負傷後に、アングバンドの門から二人が逃げる方法である。このいきさつについては、『レイシアンの歌』で書かれることはなかったが、*『シルマリルの物語』では次のように語られている。

かくて、シルマリル探索の旅は失敗に帰し、望みは絶たれたかに見えた。ところが、あたかもその時、谷間の絶壁の上に、三羽の強大な鳥が姿を現わした。風よりも速い翼で北へ向かって飛んできた鳥たちであった。

ベレンの放浪の窮状は、すべての鳥たちと獣たちの間に伝えられていた。そして、ファン自身がすべての生きものたちに見張りを命じ、いつでもかれに援助をもたらせるようにしたのである。モルゴスの王国の空高く飛んでいたソロンドールとその配下は、かの狼が狂った如くになり、ベレンが倒れたのを見て、たちまち舞い降りて来たが、まさにアングバンドの権力者とその部下たちが眠りの罠から解き放たれた時であった。かれらは、ルーシエンとベレンを地上から抱え上げ、雲まで高く運んでいった……

（彼らが大地の上空を進む時）、かの女の頰には涙が伝わっていた。ベレンが必ずや死ぬに違いないと思っていたからである。かれは口も利かず、目も開かず、したがってこうして飛んでいることさえもまったく知らなかった。そしてついに、大鷲たちは、ドリアスの国境にかれらを降ろした。かれらが連れてこられたのは、かつて絶望したベレンが、眠るルーシエンを置き、足音を忍ばせて立ち去ったのと同じ谷間であった。

大鷲たちは、ベレンの傍らにルーシエンを置くと、クリッサイグリム連峰の高巣に戻っていった。しかし、ファンが来て、ルーシエンとファンは共に力を合わせてベレンを看取った。ベレンがクルフィンから受けた傷をかの女が癒した時と同じであったが、今回は猛毒による致命的な傷であった。長い間、ベレンは横たわったまま、かれの霊魂は生と死の暗い境界をさまよっていた。それでいて、夢から夢へかれを追いまわす苦痛は絶えず知覚されていた。ところが、ルーシエンの望みもほとんど尽きたかと思われた時、突然かれは再び目覚め、目を上げて、空に映える樹々の葉を見た。そしてその葉の下に、ルーシエン・ティヌーヴィエルが低くゆっくりと歌うのを己が身の傍らに聞いた。時は再び春であった。

その後、ベレンはエアハミオンの名で呼ばれた。〈隻手〉の意である。かれの顔には苦悩が刻まれた。しかし、ルーシエンの愛によってついにかれは生に引き戻されたのである。かれは立ち上がり、二人は、再び森の中を共に逍遥した。

＊（訳註）本書における『シルマリルの物語』からの引用は、すべて『シルマリルの物語』（評論社）の田中明子訳による。

＊

ベレンとルーシエンの物語は、最初の『ティヌーヴィエルの物語』から二十年以上にわたって散文と韻文で進化しながら語られてきた。ベレンは最初の逡巡ののち、まず森人エルフのエグノールの息子とされた。彼の父は英語では「ノウム」と訳される、ノルドリと呼ばれるエルフの一人だったが、のちに人間の首領バラヒアに変わった。彼は、憎むべきモルゴスの暴虐に対し、隠処に住み抵抗した無宿者の一団の指導者だった。ゴルリムの裏切りとバラヒア殺害の記憶に残る物語（八六頁以降）は、一九二五年の『レイシアンの歌』の中で登場した。そして『失われた物語』では、語り部ヴェアンネがベレンのアルタノール来訪の理由を何も知らず、単なる放浪への愛としていたところが（三七頁）、ベレンが父の死後名の知れたモルゴスの敵となり、南へ逃亡せざるをえなかったからという理由に変更された。さらにその地で黄昏時に彼がシンゴルの森の木々の間からのぞき見したことから、ベレンとティヌーヴィエルの物語は始まった。

特筆すべきは、『ティヌーヴィエルの物語』において、ベレンがシルマリル探索のためアングバンドに向かう途中、猫大公テヴィルドに捕らえられるくだりである。加えてそれに伴う物語全体の変容も興味深い。ただ、もし猫の城はのちのトル＝イン＝ガウアホス、すなわち〈巨狼の島〉にあるサウロンの塔にあたるというのなら、それは私が別の箇所ですでに述べたように、物語の中で同じ「場所」を占めているという意味においてのみである。この点の他に、この二つの組織にかすかにでも類似点を探すのは無駄である。大食漢の怪物猫たちや、彼らの厨房やひなたぼっこする岩棚、ミアウジオン、ミアウレ、メオイタといったエルフと猫を混ぜたような魅力的な名前の数々は跡形もなく消えてしまった。とは言え、猫たちの犬に対する憎しみ（そしてフアンとテヴィルドがお互いに忌み嫌い合うことの物語に対する重要性）以外の点でも、城の住人が普通の猫ではないことは明らかである。注目すべきは『ティヌーヴィエルの物語』の中の、「猫の秘密とメルコが［テヴィルドに］ゆだねたまじない」に関するこの一節である。

それは彼の石造りの悪の館をつなぎ合わせていた魔法の言葉でした。また猫族すべてを本来の性質を越えた邪悪な力で満たし、テヴィルドの配下にした言葉でした。というのも長いことテヴィルドは、獣の姿をした悪霊だと言われていたのです。

このくだりについても他の場所と同様に、物語の構想が全面的に作り変えられたために、元々の物語の状況や出来事が、新しい形で再び登場するのを観察するのは興味深い。先に書かれた『ティヌーヴィエルの物語』では、テヴィルドはフアンに強いられてまじないを明かし、それをティヌーヴィエルが唱えると「テヴィルドの館が揺れました。そこから館住まいの猫たちが群れになって出てきました」。一方『クウェンタ・ノルドリンワ』では（一四〇頁）、フアンが恐ろしい巨狼の姿をした魔法使い、死人占い師スゥーをトル＝イン＝ガウアホスで倒した時、彼は「スゥーから鍵と、彼の魔法の壁や塔をつなぎ合わせているまじないを手に入れた。その結果要塞は壊れ、塔は崩れ、地下牢の扉は開いた。多くの囚人が解放された」

さてここで私たちは、完全に別個の話であったナルゴスロンドの伝説と結び付けられた時に、ベレンとルーシエンの物語に生じた重要な変更点に話を移す。ナルゴスロンドの建国者フェラグンドは、ベレンの父バラヒアに対する永遠の友情と援助の誓いゆえに、ベレンのシルマリル探索行に引き入れられる（一一六頁以降）。そしてオークに変装したナルゴスロンドのエルフたちがスゥーに捕らえられ、トル＝イン＝ガウアホスのぞっとする土牢で命の尽きる話が登場する。シルマリルの探索行はまた、フェアノールの息子でありナルゴスロンドの有力者、ケレゴルムとクルフィンを巻き込んだ。フェアノールの一族が、いかなる者であれ「彼らの意志に反してシルマリルを手にする者、奪う者、手元におく者」に対して復讐すると誓った、破滅の誓言ゆえである。ルーシエンはナルゴスロンドで軟禁され、フアンによって救出されるが、そのことによりケレゴルムとクルフィンの策謀と野望に関わり合うことになった。（一六一―三頁）

物語の結びであり、また私の信じるところ作者の頭の中で一番重要な物語の側面がまだ残っている。カルハロス狩りにおけるベレンの死に続くベレンとルーシエンの運命について、最初に言及したのは『ティヌーヴィエルの物語』である。しかしその当時、ベレンとルーシエンの二人はエルフであった。そこではこう書かれている。（七九頁）

ティヌーヴィエルは悲しみに押し潰され、この世にはもう慰めも光明もないと思い、ベレンのあとを追って、誰もが一人で通らなければならない暗い道を急いだ。すると彼女の美しさとたおやかな魅力がマンドスの冷たい心をも動かし、ベレンを連れてもう一度この世に帰ってくることを許されたのだ。以来人間にもエルフにも許されたことがないことだ。（中略）けれどマンドスは二人にこう言ったそうだ。「よいか、エルフよ。私が解放してやる先は完璧な喜びに溢れる人生ではない。そのような人生はもはや邪悪な心を持ったメルコの座す地上にありはしないのだから――そしてお前たちは人間と同様限りある命の者となり、こちらに再び来た時は、神々がヴァリノールに召喚してくださらない限り、永遠にここの住人となると知れ……」

ベレンとルーシエンが中つ国においてさらなる人生を送ったことは、この引用から明らかである（「のちの二人の功績はとても大きかったので、それについて多くの話があるのです」）。しかしここでは、二人がイ＝クイルワルソン〈死して生き返りし者〉であり、「彼らはシリオン川北周辺の土地でとても力のある妖精となったのです」ということしか語られていない。

『失われた物語』の中の別の物語『ヴァラールの到来』の中には、マンドスに来た者たちについての描写がある。（マンドスは神の館の名前で、そこに住む神もこの名で呼ばれている。この神の本当の名前はヴェーである）

そこへは、不運にも武器で殺されたり、もしくは殺された者への悲しみから亡くなったりした、すべてのエルフ族が死んだのちに赴くのであった――エルダールはそうならない限り死なず、死んだとしてもほんのしばらくの間だけである。そこでマンドスは彼らに運命を宣告する。すると彼らは過去の功績を夢で見ながら暗闇で待ち、そしてマンドスの定めた時が来ると、彼らの子孫として生まれ変わることが許され、再び世界に帰り歌って笑うのである。

この引用と、「人が忘れている間も死者が待っている」「失われし者の国」に関する、『レイシアンの歌』のどこに入るかわからない次の一節（二六〇頁）は、比較できるかもしれない。

月もなく声も鼓動の音もしない、
一つの寿命が尽きる度に一度だけ、
深いため息のみが聞こえるところ。
待つ者の国は遠い。
そこで死者はすわって影のような思いをめぐらせ、
月に照らされることもない。

エルフは武器で負った傷からか、もしくは悲しみからしか死なないというアイディアは残り続け、出版された『シルマリルの物語』にも登場する。

なぜなら、エルフたちは、殺害されるか、悲嘆にかきくれて命果てる以外は（かれらもこれら二つの外見上の死は蒙るのである）、世の消滅まで死ぬことはないのである。一万世紀を生きてそれに倦むのでない限り、齢もかれらの力を減じることはなく、死にかけると、かれらはヴァリノールのマンドスの館に集められる。いつかはそこから戻ることもできるのである。しかし、人間の息子たちは本当に死んで、この世を去る。それ故に、かれらは客人とも、よそびとども呼ばれるのである。死はかれらの宿命であり、イルーヴァタールからの賜わり物である。時が経てば、力ある神々さえ、これを羨むであろう。

（『シルマリルの物語』）

私には、先ほど引用した『ティヌーヴィエルの物語』の中のマンドスの言葉「お前たちは人間と同様限りある命の者となり、こちらに再び来た時は、永遠にここの住人となる」は、彼がエルフとしての二人の定めを根本から奪うと言っているように思える。二人は普通のエルフと同じように死んだが、死んで生まれ変わるのではなく、彼らだけ特別に、自分自身のままでマンドスのもとを去ることを許される。とはいえその代償を払うことにはなる。なぜなら二度目に死んだ時には、帰る可能性はない。「外見上の死」ではなく、人間がその性質上蒙らなければならない死となるのである。

のちに『クウェンタ・ノルドリンワ』の中では、「ルーシエンは急速に弱り衰え地上から姿を消した。(中略)彼女はマンドスの館へ行き、心揺さぶる愛の物語をとても美しく歌ったので、マンドスは心を動かされて憐れんだ。それ以来一度も起きていないことである」と書かれている。(一四五頁)

ベレンをマンドスは召喚した。かくしてルーシエンが死を迎えるベレンに口づけしながら誓ったように、二人は西の海の向こうで再会した。マンドスは二人が去ることを許したが、ルーシエンは恋人と同じように限りある命の身になり、定命の女性と同様、次にこの世を去ったのちは、彼女の美しさも歌に記憶されるだけになると言った。それでもマンドスは見返りに、これから先の長命と喜びをベレンとルーシエンに与えたという。二人は渇きも寒さも知らず、ベレリアンドの美しい国を逍遥した。その後定命の人間でベレンとその奥方に話しかけた者は一人もいなかった。

二六二頁で言及した『クウェンタ・シルマリルリオン』用に書かれたベレンとルーシエンの物語の下書きで

は、マンドスの前でベレンとルーシエンに提案された「運命の選択」というアイディアが登場する。

そしてこれがベレンとルーシエンに彼が宣告した選択肢であった。二人は、世界が至福に包まれ終わるまで、ヴァリノールに住むべきである。しかし、すべてのものが改められる時、最終的にベレンとルーシエンは、各々自身の種族に定められた場所へと行かなければならない。そして人間に対するイルーヴァタールの心のうちについては、マンウェ［ヴァラールの長］もわからない。あるいは、二人は喜びや命の保証なく中つ国に戻ってもよいかもしれない。その時ルーシエンは、ベレンとまったく同じように定命の者となり、二度目の死を迎え、最後にはこの世を永遠に去り、彼女の美しさも歌に記憶されるだけになる。二人は後者を選択し、その結果どのような悲しみが待ち構えていようと、二人の運命はつながっており、二人の歩む道はともにこの世の境の向こうに続いていた。そういうわけでエルダリエのうちただ一人、ルーシエンは大昔に死んでこの世を去った。しかし彼女によって二つの種族は結ばれた。そして彼女は多くの者たちの始祖となった。

「運命の選択」の構想は温め続けられたが、『シルマリルの物語』に見られるような異なる形に変化した。選択はルーシエンのみに課され、その中身も変わった。ルーシエンは、やはりマンドスのもとを去り、この世の終わりまでヴァリノールに住むことができる――彼女の苦労と悲しみゆえに、また彼女がメリアンの娘であるがゆえに。しかしそこにベレンは行くことができない。したがって、もしルーシエンが前者の選択をするなら、二人は今ここで別れ、永遠に会うことはできない。なぜならベレンは自分自身の運命から逃れることができないし、死を免れることもできないからだ。死はイルーヴァタールからの賜り物であり拒絶することはかなわない。

二番目の選択肢はそのままで、彼女はそちらを選択する。ルーシエンが「この世の境の向こう」でもベレンと結ばれるには、こうするより他はない。つまり彼女は自らエルフである自分の運命を変え、定命となり本当に死ななければならない。

前に述べたように、ベレンとルーシエンの物語は、マンドスの裁定で終わらない。したがって裁定とその後の成り行き、およびベレンがモルゴスの鉄の王冠から切り取ったシルマリルの歴史についての文章を、ここに紹介しなければならない。しかし私がこの本のために選択した方法では、そうするのは難しい。第二の人生でベレンの果たした役割が、第一紀の歴史の様々な局面を結び付けているため、この本の目的のためには網を広げすぎてしまうからだ。

私は一九三〇年の『クウェンタ・ノルドリンワ』について、『神話のスケッチ』から派生したずっと長い原稿であるが、「圧縮され簡潔な記述」も残っているとすでに述べた（一〇〇頁）。これが『『失われた物語の書』に由来するノルドリ、もしくはノウムの短い歴史」であることは、副題に記されていた。これら「要約版」テキストについて、私は『宝玉戦争』（一九九四年）の中でこう書いた——これらの版で父は、すでに散文や韻文で書いた長い作品を参照しながら執筆していた（もちろん引き続き話を発展させ拡大してもいた）。そして『クウェンタ・シルマリルリオン』において、父はあの特徴的な調子、音楽的で重厚で追悼に満ちた、喪失と時の隔たりの感覚がぎっしり詰まった語り口を完成した。私の信じるところそれは、父がはるかに詳細に、切実に、劇的な形で見ることができた内容を、短い概略版の歴史に書き直していたという執筆上の事実に一部帰因する。偉大な「闖入者」の完成、つまり『指輪物語』からの旅立ちとともに、父は、ずっと以前に『失われた物語の書』を書き始めた当時と同じ、もっと豊かなスケールで書き直してみたいという願いを懐いて、上古の歴史に戻ったと思われる。『クウェンタ・シルマリルリオン』の完成は、目標であり続けた。しかし原形から大きく発展した「偉大な物語」は――『クウェンタ・シルマリルリオン』の後半の章は、その原形に由来する物語であったはずだ――決して書き上げられることがなかった。

ここで私たちは、『失われた物語』のうちで最後に書かれた原稿に戻り、『ナウグラフリング』という題名を付けられた物語を取り上げる。ナウグラフリングとは、ドワーフの頸飾りナウグラミーアの元々の名前である。私たちは今、父が『指輪物語』完成後の時期に上古の歴史について書いた著作の中で、一番先頭の地点に来ている。新しく書かれた物語はもうない。『宝玉戦争』において私が述べた意見を再び取り上げるならば、「まるで私たちは大きな崖の端まで来て、のちの時代に隆起した高地から、はるか下方の古代の平原を見下ろしているようである。ナウグラミーアとドリアスの滅亡の物語を知るためには……私たちは四半世紀以上の時を越えて『クウェンタ・ノルドリンワ』やそれ以前の物語に戻らなければならない」。まず私は、『クウェンタ・ノルドリンワ』（一〇〇頁参照）に戻り、関連箇所をわずかに短くした形で採録する。

物語は、邪悪な竜グロームンドに奪われたナルゴスロンドの至宝の、それからの歴史で始まる。トゥーリン・トゥランバールによってグロームンドが斃されてのち、トゥーリンの父フーリンが、少数の森の無法者を連れてナルゴスロンドへやって来る。グロームンドの霊を恐れて、またその記憶ゆえに、それまでオーク、エルフ、人間の誰も、敢えてその都を略奪しに行かなかった。しかしそこで彼らは、一人のドワーフ、ミームに出会う。

『クウェンタ・ノルドリンワ』によるベレンとルーシエンの帰還

ミームはナルゴスロンドの宮殿と宝物が誰にも守られていないのを知った。彼はそれを我が物にし、大喜びですわり込み、黄金や宝石をいじったり、宝を掬って両手からすべり落としたりした。彼は多くのまじないをかけて、自分から宝物が離れないようにした。しかしミームの民はほとんどいなかったので、宝への欲望で一杯になった無法者たちにより、彼らは殺されてしまった。フーリンは無法者たちを止めたかったであろうが。いまわの際にミームは黄金に呪いをかけた。

［フーリンはシンゴルのもとへ行き、助けを求めた。そしてシンゴルの民が宝を千洞宮へ運んだ。そしてフーリンは出立した。］

呪いのかかった竜の黄金の魔力は、ドリアスの王の上にも影を落とし始めた。長いこと王はすわり込み黄金を眺めるう

ち、彼の心のうちにあった黄金への愛の種子が目覚めて育ち始めた。それゆえ彼は、その頃西の国にいる職人のうちで最も腕のよい者、すなわちノグロドとベレグオストのドワーフたちを呼び寄せた。なぜならナルゴスロンドはすでに滅びていた（そしてゴンドリンは隠れ王国だった）からである。その結果ドワーフたちは、金や銀や宝石で（多くは細工されていない状態だったので）数えきれないほど多くの器や美しい品々を作った。さらに王は、シルマリルを嵌めて首から下げるための、驚嘆すべき非常に美しい頸飾り*［ナウグラミーア］を作らせた。

＊（原註）ナウグラミーアに関するのちの版の物語では、この頸飾りはずっと以前にドワーフの職人によりフェラグンドのために作られたものに変わる。そしてこれはフーリンがナルゴスロンドから持ち出した唯一の宝で、彼はそれをシンゴルに与えた。したがってシンゴルがドワーフたちに命じた仕事は、ナウグラミーアを作り直して彼の所有するシルマリルを嵌めることであった。出版された『シルマリルの物語』の中の話の筋はこちらである。

しかしやって来たドワーフは、すぐに宝に対する欲望と憧れに取り憑かれ、謀反を企てた。彼らは互いに言い合った。「この宝には、エルフの王と同等にドワーフにも正当な権利があるのではないだろうか？　それにこれは、ミームから汚いやり方でもぎ取ったものではないか？」彼らはまたシルマリルも渇望した。一方シンゴルは、いっそう深くまじないに囚われ、彼の方でもドワーフに約束した仕事の報酬を払うのが惜しくなった。そこで両者の間で激しい口論になり、シンゴルの宮殿で争いが起きた。多くのエルフとドワーフが殺められ、ドリアスで彼らが埋葬された谷はクーム＝ナン＝アラサイス〈強欲の墳墓〉と名付けられた。ドワーフのうち生き残った者たちは、返礼も報酬もなく追い出された。

それゆえドワーフたちはノグロドとベレグオストで新しい兵力を集めると、ついに引き返し、呪われた宝欲しさに目が眩んだエルフの裏切りに助けられて、密かにドリアスに侵入した。

そこで彼らは、少数の武装したお供を連れて狩りをしていたシンゴルを、不意に襲った。シンゴルは斃され、要塞千洞宮も気づかぬうちに占拠され、略奪された。ドリアスの栄光は消滅したも同然となり、今ではモルゴスに対抗するエルフの砦は［ゴンドリン］一つだけになった。エルフの黄昏はすぐそこに迫っていた。

女王メリアンは、ドワーフたちも捕まえたり傷つけたりすることができなかった。そして女王は、ベレンとルーシエンを探しに旅立った。さて青の山脈にあるノグロドとベレグオストへと続くドワーフ道は、東ベレリアンドを通りゲリオン川周辺の森に通じていた。その地はかつて、フェアノールの息子たちダムロドとディーリエルの狩場であった。ゲリオン川と山脈に挟まれた土地の南にオッシリアンドの地はあり、そこで今もベレンとルーシエンは、平安と至福のうちに暮らし逍遥していた。二人が死ぬ前の、ルーシエンが勝ち取った猶予の期間であった。彼らの民は南の緑のエルフであった。ベレンはもはや戦《いくさ》に出ることはなく、彼の国は美と豊かな花で溢れ、人々はしばしばこの地をクイルワルシエン〈死して生き返りし者の国〉と呼んだ。

その地の北にはアスカール川を渡る浅瀬があり、サルン・アスラド〈石の浅瀬〉と呼ばれていた。ドワーフたちが彼らの故郷に続く山道に到達するには、この浅瀬を渡らねばならなかった。メリアンによりドワーフの接近を警告されたベレンは、そこで彼の最後の戦いに臨んだ。その戦では、略奪品を背負って川を渡る最中のドワーフを、緑のエルフが急襲した。そしてドワーフの長は殺され、軍勢のほとんども命を落とした。ベレンは、シルマリルの嵌め込まれたドワーフの頸飾りナウグラミーアを奪い返した。物語や歌で伝えられるところでは、その頸飾りと不滅の宝玉をその色白の胸に掛けたルーシエンの姿は、ヴァリノールの地の外では一番の気高い美しさと輝きに満ちており、しばし〈死して生き返りし者の国〉は神々の国のような様を呈したという。以来これほど美しく、実り豊かで、光に満ち溢れた場所は存在しない。

しかしメリアンは、宝物やシルマリルにかけられた呪いについて常に二人に警告した。実際彼らは宝物をアスカール川に沈め、新たにラスロリオン〈黄金の川床〉と名付けたが、シルマリルは手元に残しておいた。やがてラスロリオン流域のつかの間の美しさは消え去った。*なぜならルーシエンが、マンドスの言葉通り、のちの時代のエルフの力が衰えるのと同じように衰弱し、この世から姿を消したのだ。そしてベレンも息を引き取り、二人が再びどこで会えるのかを知る者はいない。

＊（原註）ルーシエンの亡くなり方について、訂正の註を付けておく。のちに父は、これとは異なる文章を書いている。「しかし歌によると、ルーシエンはエルフの中でただ一人、私たち人間のうちに数えられ、私たちが向かうこの世の先の運命へと赴いた」

その後は、ディオル、シンゴルの世継ぎにしてベレンとルーシエンの息子が、森の王となった。彼はこの世に生を受けた者の中で最も美しい子どもであった。なぜなら彼は、三つの種族、人間、エルフ、ヴァリノールの聖なる者たちの中で、最も美しく最も魅力的な者の血を引いていたからだ。しかしそのことが、フェアノールの息子たちの誓いのもたらす運命から、彼を守ることはなかった。というのもディオルはドリアスに戻り、古《いにしえ》の栄光を一部なりともしばし盛り返したからだ。ただしメリアンはもうその地に住まうことはなかった。彼女は西方の海のかなたの神々の国へと旅立ち、彼女の故郷の庭で自らの悲しみについて思いをめぐらせていた。

一方ディオルはシルマリルを胸に飾り、その宝玉の名声は広く遠く伝わった。そして消滅することのない誓いが今一度眠りから目覚めた。

ルーシエンがその比類なき宝玉を身に着けている間は、エルフの誰も彼女を襲おうとはせず、マイドロスですらそのような考えを懐かなかった。しかし今、ドリアスの再建とディオルの誇らしさを耳にして、七兄弟は放浪の地から再び集結した。そしてディオルに使者を送り、頸飾りが彼らのものであると主張した。しかしディオルは宝玉を彼らに渡そうとしなかったので、七兄弟は全軍を挙げて彼に迫った。ここに二度目にしてこの上なく悲惨なエルフによるエルフの殺害が起きた。ケレゴルムとクルフィン、黒髪のクランシアが命を落とす一方、ディオルも殺害され、ドリアスも破壊されて復興することはなかった。

しかしフェアノールの息子たちもシルマリルを手に入れることはなかった。なぜなら忠実な僕たちが彼らの攻撃の前に逃亡し、ディオルの娘エルウィングを連れ出したからだ。彼女は難を逃れ、ナウグラミーアを持ち出し、海に近いシリオンの河口にたどり着いた。

[『クウェンタ・ノルドリンワ』の少しのちに書かれた原稿、『ベレリアンド年代記』の最初の原稿では、筋が変更された。ディオルがドリアスに戻るのは、オッシリアンドでまだベレンとルーシエンが生きている間になる。それから彼に何が起きるかは、『シルマリルの物語』から引用したいと思う。]

ある秋のことであった。夜も更けた頃、メネグロスの入り口に来て、激しく門を叩き、王に目通りを願う者があった。かれは、オッシリアンドから急行してきた緑のエルフの貴族であった。門番は、かれを自室に一人いるディオルのところに連れていった。かれは、無言のまま王に宝石箱を手渡し、暇乞いをして去った。宝石箱の中には、シルマリルの嵌め込まれたドワーフの頸飾りがあった。ディオルはこれを見て、ベレン・エアハミオンとルーシエン・ティヌーヴィエルが今度こそ本当に死んで、人間の種族がこの世のかなたの運命を見出すべく、赴くところに去ったことを知った。
ディオルは、いつまでもシルマリルを眺めていた。これは、かれの父と母がモルゴスの恐怖の王座から、思いもよらず生還して持ち帰ったものである。死があまりにも早く二人に訪れたことを悲しむかれの嘆きは大きかった。」

（『シルマリルの物語』）

『ナウグラフリング』からの抜粋

ここで私は年代順に創作過程を追うことから離れて、ナウグラフリングの『失われた物語』に目を向けようと思う。その理由は、これから引用する文章が、「シルマリルの伝説」を書き始めた初期に父が採用した、視覚的でしばしば劇的な細部を細かく書き入れる饒舌な様式の、顕著な例だからである。しかしこの『失われた物語』全編の内容は、本作には不要な枝分かれに広がっている。したがって、サルン・アスラド〈石の浅瀬〉の戦いのごく短い要約を、『クウェンタ』のテキストから紹介した（二七八頁）のに加えて、ここではこの『失われた物語』から、ベレンとナウグラドゥア、すなわち青の山脈にある都ノグロドのドワーフ王との一騎打ちを含む、ずっと詳細な描写を引用する。

この一節はドワーフたちのサルン・アスラドへの

接近から始まる。彼らはナウグラドゥアに率いられ、千洞窟での略奪からの帰路にあった。

さて、全軍は［アスカール川に］到着しました。彼らの隊列は次の通り。先頭は、完全武装して略奪品を背負わない多数のドワーフたちと、彼らに囲まれ、グロームンドの宝を運ぶ大勢の者たち、さらにティンウェリントの館から引きずり出した多くの美しい品々。その背後を進むのはナウグラドゥア。ティンウェリントの馬にまたがったその姿は、奇妙でした。ドワーフの足が短く、曲がっているからです。二人のドワーフがその馬の手綱を引いていました。馬が嫌がって進まず、戦利品も荷っていたからです。その背後には武装して少量の荷しか運ばない兵士の大軍。この隊列で、ドワーフたちはその運命の日、サルン・アスラドを渡ろうとしました。

彼らが手前の川岸についたのは朝のこと、真昼になってもまだ長い行列は、流れの速い川の浅瀬をゆっくりと渡っていました。この場所で川は広がり、大岩のころがる幾筋もの細い水流となって、砂利と小石でできた長い砂州の間を通り抜けていました。さてナウグラドゥアは、荷を積んだ彼の馬からすべり降り、向こう岸へ渡らせようとしました。なぜなら武装した前衛部隊は、すでに対岸の土手を登ってしまったからです。その大きな土手は切り立ち、こんもりと木が茂っていました。黄金の運び手たちは、すでに土手に取りかかる者あり、まだ川の中にいる者あり。後方の武装した兵士たちは、しばし休息をとっていました。

突如としてエルフの角笛が一帯に響き渡りました。中の一つが群を抜いて澄んだ音を［響かせました？］。森の狩人、ベレンの角笛です。それから狙いを外さず、風にも流されないエルダールの細い矢が雨のように降ってきました。そしてなんと！　ありとあらゆる木々や大岩から、緑と茶のエルフが不意に飛び出し、一杯になった矢筒から絶え間なく矢を射かけたのです。ナウグラドゥアの軍勢は、恐慌をきたして大騒ぎになりました。浅瀬を渡っていた者たちは、彼らの黄金の荷を川の中に投げ捨て、恐怖に駆られてどちらかの岸にたどり着こうとしました。しかし多くは情け容赦のない矢に当たり、彼らの黄金とともにアロスの流れに沈み、その澄んだ水を赤黒い血で染めました。

さて、向こう岸の兵士たちは戦いに［包まれ？］、集結して敵を攻撃しようとしました。しかし相手はその前にいち早く逃げ、その間に［他のエルフは？］なお、あられのように矢を彼らに降り注ぎました。かくしてエルダールの負傷は少なく、ドワーフ族は次々と命を落としました。今や石の浅瀬の激闘は（中略）ナウグラドゥアに迫りました。というのもナウグラドゥアと彼の大将たちは、ひるまず彼らの軍勢を指揮していましたが、敵を制圧するには至らなかったのです。死は雨のように隊列に降りかかり、とうとう兵士の大半は散り散りになって敗走しました。それに対してエルフたちは、澄んだ笑い声をかしましく響かせ、さらなる矢を放つのを思いとどまりました。なぜなら逃げるドワーフの無様な様子や、風に乱された白い髭が、おかしくて仕方がなかったのです。一方ナウグラドゥアは、今やわずかな者に囲まれるのみとなり、グウェンデリング*の言葉を思い出していました。というのも、おお！　ベレンが彼に近づき、弓を投げ捨て、輝く剣を抜いたのです。ベレンはエルダールの中では偉丈夫でしたが、腰回り、肩幅は、ドワーフのナウグラドゥアに及びませんでした。

＊（原註）この物語に先行する部分で、ナウグラドゥアはメネグロスを去るにあたって、アルタノールの女王グウェンデリング（メリアン）に自分と一緒にノグロドへ行かねばならぬと宣告した。それに対し女王は答えた。「盗人にして人殺しのメルコの子よ、お前は愚かです。なぜならお前は自分の頭の上にぶら下がっているものが見えないのです」

さてベレンは言いました、「できるものなら自分の命を守ってみよ、足の曲がった人殺し、さもなければ私が奪う」。するとナウグラドゥアは、無傷で帰れることと引き換えに、驚異の頸飾りナウグラフリングを差し出しました。しかしベレンは言いました、「いや、お前を殺せば、それも手に入れることができよう」。そう言うと彼は、一人でナウグラドゥアと供の者たちに向かっていきました。彼が部隊の先鋒を倒すと、残りの者たちはエルフの笑い声の中を敗走しました。そこでベレンはティンウェリントを殺めた張本人、ナウグラドゥアと対面しました。その年老いたドワーフは、しぶとく自らの身を守り、激しい戦いとなりました。するとと見守っていたエルフの多くが、彼らの愛する総大将の身を案じて、弓の弦に指をかけました。しかしベレンは戦いながらもみなに呼びかけ、手を止めよと命じました。

昔語りはその死闘における攻撃や負傷の数々について多くは伝えていません。ただベレンが多くの傷を負った一方で、彼のこの上なく鋭い一撃の多くは、ドワーフの鎖帷子に込められた［技？］と魔法ゆえ、ナウグラドゥアにほとんど痛手を与えることができませんでした。語られるところでは、三時間にわたり二人は戦いました。ベレンの腕は重くなりましたが、鍛冶場で大きな金槌をふるうのに慣れていたナウグラドゥアの腕は、疲れを知りませんでした。おそらくミームの呪いがなければ、結果は異なっていたでしょう。なぜならベレンがどれほど弱っているかに気づいたナウグラドゥアは、さらに接近して彼に襲いかかり、あの嘆かわしい呪いから来る傲慢な気持ちでこう考えたのです。「このエルフを殺そう、そうすれば彼の民は恐怖で私の前から逃げるだろう」。そして彼の剣を握り、大きく振りかざして叫びました、「汝の呪いを受けよ、森の若僧！」するとその時、足がとがった石にぶつかり、ドワーフは前のめりにつまずきました。一方ベレンはするりとその一撃をかわし、ドワーフの髭をつかもうと手を伸ばすと、その手が金の頸飾りに当たりました。それをぐいと引くと、ナウグラドゥアは宙に浮き、頭から地面に落ちました。ナウグラドゥアの剣はこぶしから振り落とされ、それをつかんだベレンは、その剣で彼を斃しました。というのも彼曰く、「私の輝く剣を、お前の黒い血で汚すこともあるまい、そうする必要はないのだから」。そしてナウグラドゥアの死体はアロス川に投げ込まれました。

さて、頸飾りを外したベレンは、驚異の目で見つめました――彼がアングバンドから勝ち取り、その勲《いさおし》により不滅の栄光を手にした宝玉シルマリルを。そして「私の目は、お前がこの半分も美しく燃え盛るのを見たことがない、妖精の灯よ、金と宝石とドワーフの魔法により飾られし宝玉よ」と言って、頸飾りの汚れを洗い落とすように命じました。その力を何も知らなかったので、彼は頸飾りを捨てずに、一緒にヒスルムの森へ持ち帰ったのです。

この『ナウグラフリング』からの一節に相当するのは、『クウェンタ』の抜粋では、二七八頁に引用されている数行だけである。

その「サルン・アスラドの」戦《いくさ》では、略奪品を背負って川を渡る最中のドワーフを、緑のエルフが急襲した。そしてドワーフの長は殺され、軍勢のほとんども命を落とした。ベレンは、シルマリルの嵌め込まれた、ドワーフの頸飾りナウグラミーアを奪い返した……

このことは私が二七四頁で述べた観察と意見を例証している。父は「はるかに詳細に、切実に、劇的な形で見ることができた内容を、短い概略版の歴史に書き直していた」

私は、このドワーフの頸飾りの「失われた物語」への短い脱線を、さらなる引用で終わりにしたいと思う。『クウェンタ』（二七九―八〇頁）で語られていたベレンとルーシエンの死および二人の息子ディオル殺害の、元々の物語である。私はこの抜粋を、ルーシエンが初めてナウグラフリングを身に着けた時の、ベレンとグウェンデリング（メリアン）の言葉から始める。ベレンはこれまでルーシエンがこれほど美しく見えたことはないと断言する。しかしグウェンデリングは言う、「しかしシルマリルはメルコの王冠に嵌め込まれていたのです。そしてそれはもちろん悪意に満ちた鍛冶たちの作ったものです」

するとティヌーヴィエルは、価値あるものや高価な宝石ではなく、森のエルフの喜びこそが望みだと言い、グウェンデリングを喜ばせるために、頸飾りを首から外しました。しかしベレンは不服に思い、頸飾りを投げ捨てるのを許さず、［宝物蔵で?］保管しました。

その後グウェンデリングはしばらく森の彼らのもとにとどまり、［ティンウェリントを失った圧倒的な悲しみを］癒してもらいました。そして最後はローリエンの地に焦がれて戻り、二度と地上に住む者の物語には現れませんでした。ベレンとルーシエンの上には、マンドスが彼の館から二人を去らせた時に語った、死すべき者の運命が速やかに下りました――より早く訪れたのは、もしかするとミームの呪いの［力の?］せいだったかもしれません。この時は、二人が一緒に道を行くことはありませんでした。二人の子ども、美しきディオルがまだ小さかった頃、のちの世のエルフが世界中でそうなったように、ティヌーヴィエルはゆっくりと衰え、森に姿を消しました。誰もそこで踊る彼女を再び見ることはありませんでした。ベレンは彼女のあとを追ってヒスルムとアルタノールの地をくまなく探しました。エルフの誰もこれほどの孤独を味わったことはなく、彼もまたこの世から消えました。そして息子のディオルが、緑と茶のエルフの王として、ナウグラフリングの主《あるじ》として残されました。

おそらくエルフのみなが言うことは本当なのでしょう。二人は今、ヴァリノールのオロメの森で狩りをしています。ティヌーヴィエルは、神々の娘たちネッサやヴァーナの緑の園で永遠に踊っています。しかしグイルワルソンが彼らのもとから去った時の、エルフの悲しみたるや大きなものでした。導き手を失い、魔力も減り、彼らの数は減りました。多くはゴンドリンへ去りました。その権力と栄光が増しているという噂が、すべてのエルフの間で密かにささやかれていたからです。

それでもディオルは大人になると、多くの民を治めました。そしてベレンと同じように森を愛しました。多くの歌は、彼を富めるアウシルと呼びました。ドワーフの頸飾りに嵌め込まれたあの驚異の宝玉を所有していたからです。ベレンとティヌーヴィエルの数々の物語は彼の心の中で薄れ、彼は首にその頸飾りを掛け、その美しさを大変いとおしく愛でるようになりました。その宝玉の誉れは火のように北方全体に広がり、エルフたちは口から口へと伝えました。「シルマリルはヒシローメの森で燃えている」

『ナウグラフリング』は、フェアノールの息子たちの手によるディオル襲撃と彼の死を大変事細かに語っている。そしてこの語りをつないでいく形式の『失われた物語』の最後は、エルウィングの逃亡で終わる。

彼女は森をさまよいました。緑と茶のエルフのうちわずかな者が彼女のもとに集まりました。彼らは永遠にヒスルムの草地を離れ、南へ、シリオンの深き水流の方へ、心楽しき国々へと向かいました。

さて、こうして妖精たちのすべての運命は一本の紐へと縒り合わされました。そしてその紐とは、エアレンデルの偉大な物語です。今我々は、その物語の本当の始まりに来ました。

＊

「西方に今輝いているのは、よもやシルマリルではないだろうな」二九七頁

『クウェンタ・ノルドリンワ』では、この後に、ゴンドリンの歴史とその陥落、ゴンドリンの王トゥアゴンの娘、イドリル・ケレブリンダルと結婚したトゥオルの歴史の物語が続く。両者の息子がエアレンデルであり、彼は両親とともにゴンドリンの破壊から逃れ、大河シリオンの河口へとやって来た。『クウェンタ』は、ディオルの娘エルウィングが、ドリアスからシリオンの河口へ逃れてきたところから、さらに続く。（二七九―八〇頁）

シリオンの岸辺で、エルフの民、ドリアスとゴンドリンの落穂たちは力を増し、海を好いて美しい船を造るようになった。彼らは海岸近くで、ウルモの庇護のもとで暮らしていた……

その頃トゥオルは老いが忍び寄るのを感じ、彼を虜にしていた海への憧れを抑えきれなくなった。そこで彼は巨船エアラーメ〈鷲の翼〉を造り、イドリルとともに日没と西方に向かって出帆し、二度と物語に現れることはなかった。輝けるエアレンデルはシリオンの民の王となり、ディオルの娘、美しきエルウィングを妻にした。しかし彼の心は安まらなかった。二つの考えが彼の心の中で混ざって一つになった。大海原への憧れである。そうして彼は、戻らぬトゥオルとイドリル・ケレブリンダルのあとを追って海に出ることと、ことによると最果ての岸辺を見つけ、死ぬ前に神々や西方のエルフたちの心を動かして、この世や人間の悲しみを憐れんでもらうよう嘆願することを企てた。

ウィンゲロット〈水沫《みなわ》の花〉という名の、歌に歌われた中で最も美しい船を彼は建造した。その肋材は銀白の月のような白色、櫂は金色、帆柱は星々のような宝石で飾られ、銀の索が張ってあった。『エアレンデルの歌』では、わだつみや未踏の土地での、またあまたの海や島々での彼の冒険がいくつも歌われている……しかしエルウィングは国で悲しみに暮れていた。

エアレンデルはトゥオルを見つけられず、またその旅ではヴァリノールの岸辺に到達できなかった。ついに彼は風で東に押し戻され、夜分にシリオンの港へ到着した。そこは荒れ果てており、見張りも歓迎の者もいなかった……

なおもエルウィングがナウグラミーアと輝けるシルマリルを所有し住んでいたシリオンの河口の家は、フェアノールの息子たちの知るところとなった。彼らは流浪の狩猟の旅から集結した。

しかしシリオンの民は、ベレンが勝ち取り、ルーシエンが身に着け、美しきディオルが命を落とす原因となった宝玉を渡そうとはしなかった。そこで最後にして最も残忍なエルフによるエルフの殺害が起こった。呪われた誓いによってもたらされた三度目の悲劇である。フェアノールの息子たちはゴンドリンの亡命者とドリアスの残党を不意に襲った。彼ら兄弟の民の中には、傍観して手を出さない者や、主人に逆らってエルウィングを助けようと敵側に回り、抵抗して殺される者もいた。しかし結局は兄弟側の勝利に終わった。ダムロドとディーリエルは討ち死にし、マイドロスとマグノールだけが七兄弟のうち生き残った。一方ゴンドリンの最後の民は、殺されるか、退去を強いられてマイドロスの民に加えられた。しかしフェアノールの息子たちがシルマリルを手にすることはなかった。エルウィングがナウグラミーアを海に投げ入れ、終わりの時までそこから戻ることはないからだ。そして彼女自身も波間に身を投じ、白い海鳥の姿となり、嘆きつつこの世のあらゆる岸辺にエアレンデルを探し求めて飛び去った。

マイドロスは彼女の息子エルロンドに憐れみを覚えた。そして彼を連れ帰り、家に住まわせ養った。彼の心が恐ろしい誓言の重荷に倦み疲れていたからだ。

これらの出来事を知り、エアレンデルは悲しみに打ちひしがれ、今一度エルウィングとヴァリノールを求めて出帆した。『エアレンデルの歌』によると、彼はついに魔法の島々に到達し、苦労してその惑わしの力を逃れ、再びこの世の果てにある離れ島や影の海や妖精の入り江を見出した。生きた人間としてはただ一人、この不死の岸辺に上陸し、目を見張るコールの丘を登った。さらに人気《ひとけ》のないトゥーンの通りを歩き、そこで彼の服や靴についた砂ぼこりは、砂粒のようなダイアモンドや宝石であった。しかし彼はヴァリノールに足を踏み入れることはなかった。

彼は北方の大海原に塔を建てた。そこには世界中のありとあらゆる海鳥が、時々休息をとりに訪れた。彼は美しきエルウィングを想っていっそう悲しみ、彼女の帰還を待ち望んだ。ウィンゲロットは翼に乗って高く上げられ、今ではエルウィングを探して空中を航海しているという。空に浮かぶ星に照らされた花のようなその船は、驚きと神秘に満ちていた。しかし天空では、太陽が船を焦がし、月が追い回すので、エアレンデルは長いこと大地の上空をさまよい、流浪の星としてかすかに光っていた。

ここで、『クウェンタ・ノルドリンワ』に最初に書かれたエアレンデルとエルウィングの物語は終わる。しかし後になって、この最後のくだりの書き直しにより、ベレンとルーシエンのシルマリルが永遠に海に沈められたというアイディアは、根本的に変更された。修正後は次のようになる。

しかしマイドロスはシルマリルを手に入れられなかった。なぜならすべてが失われ、息子たちエルロスとエルロンドも捕らえられたことを知ったエルウィングが、マイドロスの軍をかわして、ナウグラミーアを胸に着け、海に身を投じたからだ。みなは彼女が亡くなったものと思った。しかしウルモが彼女を引き上げた。彼女が愛しきエアレンデルを探して海上を飛ぶ時、その胸には星のようにきらめくシルマリルが輝いていた。晩刻に、舵を操っていたエアレンデルは、彼女が自分に向かってくるのを見た。それは、並外れて速く流れる月夜の白い雲、奇妙な軌道を描く海上の星、嵐の中で帆の上に光る青白い炎のようだった。

歌によると、彼女は気を失って、空からウィンゲロットの甲板に落ちた。気がせいてあまりに急いだため、もう少しで命を落とすところであった。エアレンデルは彼女を胸に抱きしめた。朝になり、彼は驚愕の目で、自身の姿に戻った妻を見た。彼のかたわらにいて髪が彼の顔にかかっていた。彼女は眠っていた。

ここから先『クウェンタ・ノルドリンワ』で語られる物語は大きく書き直され、本質においては『シルマリルの物語』内の話の筋と同じものになった。そして私は本書におけるこの物語を、『シルマリルの物語』からの引用で終えたいと思う。

暁の明星　宵の明星

シリオンの港が滅び、息子たちが捕らわれの身になったことを、エアレンディルとエルウィングは非常に悲しんだ。二人は息子たちが殺されはしないかと惧れた。ところが、マグロールはエルロスとエルロンドを不憫に思い、二人をかわいがって養育した。そして両者の間には、ほとんど考えられないことではあるが、愛情が育っていったのである。しかし、マグロールの心は恐るべき誓言の重荷に倦み疲れていた。

エアレンディルは、中つ国の地に今は何一つ望みが残されていないのを見て、絶望のあまり再び船首の向きを変え、故国には戻らず、今度はエルウィングを傍らに、もう一度ヴァリノールを探しに戻ることにした。かれは今では終始ヴィンギロトの舳先に立ち、その額にはシルマリルが結びつけられていた。シルマリルの光はかれらが西方に進むにつれ、ますます強まっていった……

そこでエアレンディルは、生ある人間としては初めて、不

死の国の岸辺を踏んだ。かれはここで、エルウィングのほかにかれと一緒に来た者たち、即ちかれに付き従ってすべての海を航海してきた、名をファラサール、エレルロント、アイランディアという三人の水夫たちに言った。「そなたたちがヴァラールのお怒りを蒙らぬよう、わたしのほかは上陸してはならぬ、二つの種族のために、その危険はわたしがわが身に引き受けよう」

エルウィングは答えた。「それでは、わたくしたちの道は永遠に別れてしまいます。あなたの危険はすべて、わたくしもまたわが身に引き受けましょう」。そしてかの女は、白い水泡の中に跳び降り、かれの方に向かって走った。エアレンディルは悲しんだ。誰であれ、アマンの囲みを敢えて突破した者に下されるであろう西方の諸王の怒りを惧れたのである。ここで、かれらは航海の仲間に別れを告げ、かれらから永遠に引き離された。

そこでエアレンディルは、エルウィングに言った。「ここでわたしを待つように。言上すべきことを携えてゆくのは一人だけがよいかもしれぬ。それを持ってゆくのは、わたしの運命なのだ」。そして、かれはただ一人奥の方へ進み、カラキルヤに入っていった。そこは森閑として、誰もいないように思われた。というのは、遠い昔、モルゴスとウンゴリアントが来た時と同じように、エアレンディルも祭りの時に来合わせたのである。ほとんどすべてのエルフ族はヴァリマールに行ってしまっているか、タニクウェティル山頂のマンウェの宮殿に集うており、ほんの少数の者だけが居残って、ティリオンの城壁上で見張りをしていたのである。

見張りたちの中に、かれがまだ遠くにいる時から、かれの姿と、かれが身に帯びる大いなる光を目にした者たちがいた。かれらはこのことを報告に、急ぎヴァリマールに駆けつけた。一方、エアレンディルはトゥーナの緑の丘を登ったが、何も見当たらなかった。かれはティリオンの街路に足を踏み入れたが、森閑として人気《ひとけ》がなかった。かれの心は重く沈んだ。この至福の国にも何か禍々《まがまが》しいことが起こったのではないか、と惧れたのである。かれは、ティリオンの無人の道路を歩いた。かれの衣服や靴についたと見えた砂埃は、みな砂粒のようなダイアモンドであった。長い白い石段を登ってゆくうちに、かれはきらきらと輝くようになった。かれは、エルフと人間のさまざまな言葉を使って声高に呼んだが、誰一人答える者はいなかった。それ故、かれはついに踵を返し、再び海の方へ戻ろうとした。しかし、海岸の方へちょうど歩き出した時、丘の上に立って、大きな声でかれに呼びかけ、叫ぶ者があった。

「よくぞ参られた、エアレンディル、船乗りの中にて最も世に聞こえし者よ、はからずも来れる待ち設けられし者よ、望みなきに来れる待望せられし者よ！　よくぞ参られたな、エアレンディル、日と月の出ずる前の光の所持者よ！　地上の子らの輝き、暗夜の星、日没の宝石、朝まだき時の光よ！」

マンウェの伝令使エオンウェの声であった。かれは、ヴァリマールから来て、エアレンディルにアルダの諸神の御前に出るよう命じた。エアレンディルはヴァリノールに入り、ヴァリマールの宮殿に入って二度と人間の国の土は踏まなかった。そこでヴァラたちは協議し、わたつみからウルモを呼び出した。エアレンディルはかれらの面前に立ち、二つの種族になり代わって伝えるべきことを言上した。ノルドールのために許しと、かれらの重なる憂き目に憐れみを乞うた。そして、人間とエルフのために慈悲と、かれらを窮状から救い出す助力を願った。かれの祈りは聞き入れられた。

エルフの間で語られているところによると、エアレンディルが妻のエルウィングを探しに出ていったあと、マンドスが口を開き、かれの運命についてこう言ったという。「限りある命の人間に、生きたままこの不死の地を踏ませ、なおかつ生かしておけるものであろうか」。しかし、ウルモが答えて言った。「そのためにこそ、かれはこの世に生まれたのだ。わたしに言ってほしい。エアレンディルはハドルの血を引くトゥオルの息子であるのか、それともエルフのフィンウェの家系たるトゥアゴンの娘イドリルの息子であるのか」。マンドスは答えて言った。「自ら流謫の身となったノルドールも同じこと。ここに戻ることはならないのだ」

意見が出尽くすと、マンウェが判決を下して言った。「この件で宣告を下すのは、わが権限である。二つの種族への愛のためにエアレンディルが冒した危難を、かれの身に降りかからせてはならない。また、かれへの愛のために、自ら同じ危難に身を投じた、かれの妻エルウィングにも降りかからせてはならない。とはいえ、かれら両人を、再び外なる陸地のエルフや人間の間に帰らせるわけにはゆかぬ。かれら両人に関するわが判決は、次の如くである。エアレンディルにエルウィング、及びかれらの息子たちに、いずれの種族に属したいか、またいずれの種族の許にあって裁かれたいか、自由に選択することを許そう」

［一方、エルウィングは、エアレンディルが立ち去って長い時間が経つと、次第に心細く不安になった。しかしあてもなく海辺をさまようちにエアレンディルに出会った。］そして間もなく、両人はヴァリマールに呼び出され、ここで長上王の判決が下された。

この時、エアレンディルはエルウィングに言った。「そなたが選ぶがよい。わたしはこの世に倦み疲れたから」。エルウィングは、ルーシエンの血を引く者として、イルーヴァタールの長子の中に数えられることを選んだ。エアレンディルは、心情的には人間族、かれの父の同族の側に在りたかったのであるが、エルウィングのために同じ選択をした。そこで、ヴァラールの命により、エオンウェがアマンの岸に赴いた。そこにはエアレンディルの従者が便りを待って、留まっていた。エオンウェは一隻の船を選び、三人の水夫たちはそれに乗り込んだ。ヴァラールは大風を吹かせてかれらを東方へ送り帰した。しかし、ヴィンギロトはヴァラールが取り上げ、これを聖め、ヴァリノールを通って、この世の最果ての縁まで運び去った。そこで船は、夜の門を通り抜け、天つ海に浮かべられた。

船は、美しく驚嘆すべきものに作り直された。船中には、汚れのない明るい炎が溢れるほどに充ちみちてゆらいでいた。航海者エアレンディルが舳先に坐り、全身をエルフの宝石屑で輝かせ、額にはシルマリルを結びつけていた。この船で、かれは遠く旅をした。星影もない虚空にまで入り込んだ。しかし、かれの船が最も多く見られるのは明け方や夕暮れ時で、日の出、日の入りにきらきら輝きながら、この世界の境界のかなたからヴァリノールに戻ってくるのである。

このような旅には、エルウィングは同行しなかった。寒気と前人未踏の虚空に耐え得るかどうか分からなかったからである。むしろかの女は、大地を愛し、海山に吹く快い風を愛した。それ故、北の方、隔ての海の縁に、かの女のために白い塔が建てられた。そこには時々、地上のあらゆる鳥たちが集まった。伝えられるところによると、自分自身鳥の姿をとったことのあるエルウィングは、鳥たちの言葉を習い覚え、鳥たちはかの女に飛翔の術を教え、かの女の翼は白と銀灰色であったという。そして時には、帰路についたエアレンディルが再びアルダに近づいてくる時、かの女はよくかれを迎えに飛び立ったという。ちょうど遠い昔、かの女が海から助け出された時、かれを探して飛んだように。そのような時、離れ島に住むエルフたちの中で遠目の利く者は、港に戻るヴィンギロトを喜び迎えて空高く舞い上がる白い鳥のようなかの女の姿が、夕陽に染まってばら色に輝くのを見た。

ところで、ヴィンギロトが初めて天つ海に船出した時、それは明るくきらきらと輝きながら昇ってきたのであるが、誰一人これを予期した者はなかった。中つ国のエルフや人間たちは、遠くからこの星を見て驚嘆し、これをよき印と受け取り、ギル＝エステル、即ち〈いと高き望みの星〉と呼んだ。夕暮れにこの新しい星が見られると、マイズロスは弟のマグロールに言った。「西方に今輝いているのは、よもやシルマリルではないだろうな」

（『シルマリルの物語』）

そしてベレンとルーシエンの最後の旅立ちについては？　『クウェンタ・シルマリルリオン』の中ではこう

書かれている。「ベレンとルーシエンがこの世を去るのを見た者はおらず、二人がどこに眠るかを記したものもない」

補遺

『レイシアンの歌』加筆部分

『指輪物語』を完成したのち、父を惹きつけた最初の創作群に含まれていた、いやおそらくは最初に手掛けた原稿こそが、『レイシアンの歌』の加筆修正であった。(言うまでもないが) 一九三一年に到達した場所（アングバンドの門でベレンがカルハロスに襲撃される場面）から物語を続けるのではなく、詩の最初からの書き直しである。執筆されたテキストの変遷はとても複雑で、ここでは次のことだけを述べれば、それ以上の必要はないと思われる。父は当初『レイシアンの歌』全体の根本的な書き直しに着手しようとしていたふしがある。しかしその衝動はすぐに消えたか他に移り、短い断片的な書き直しに限られることになった。私はここに、四半世紀ぶりに新たに書かれた詩の中から長めの加筆の例として、不幸をもたらしたるゴルリムの裏切りに関するくだりを紹介する。この裏切りはベレンの父バラヒアと仲間たちの殺害につながり、ベレンだけが免れる。この部分は書き直しの中ではずば抜けて長く、都合の良いことに、すでに紹介した『レイシアンの歌』の元原稿（八六―九九頁）との比較が可能である。新版ではサウロン（スゥー）がガウアホス島から馬に乗って現れ、モルゴスと入れ替わっている。また韻文の性質において、こちらは新しい詩である。

私は新たな原稿の採録を『祝福の地タルン・アイルインのこと』と題された短い一節から始める。この部分に相当する描写は元原稿にはない。次の二十六行がその部分である。

彼らはそこで勇敢な武勲を上げたので、
彼らを追う狩人も
彼らの来る噂を聞けばすぐに逃げ出した。
王の命を贖うに匹敵する懸賞金が
彼ら一人ひとりに定められたが、
いかなる兵士もモルゴスへ、
彼らの隠処の情報すら持ち込めなかった。
なぜならむき出しの茶色い台地が、
険しいドルソニオンの黒々とした松の木々の向こうにせり上がり、
雪がつもり吹きさらしの山風が吹くその高みに、
その湖はあったからだ。
その湖水は、昼は青く光り、
夜は暗いガラスの鏡面となり、
この世界の上を通って西方へ沈む
エルベレスの星々を映していた。
かつて神聖な地とされたその場所は、今も祝福されていた。
モルゴスの影も、邪悪な者も、
いまだここへ来たことがなかった。
細い銀白色の樺の木が、ざわめく輪となって、湖の岸辺に枝を垂らしていた。
その周囲には寂しい荒野が広がり、
ヒースやハリエニシダの茂みに直立する岩のように、
太古の地層からむき出しの骨が突き出ていた。
この家もないアイルインの近くで、
追われる首領と忠実な家臣は、
灰色の岩の下を自らの住処とした。

不幸をもたらしたるゴルリムのこと

昔語りによると、アングリムの息子、
不幸をもたらしたるゴルリムは、
最も勇猛でありながら救いがたい者の一人である。
彼は色白の乙女エイリネルを
人生の運気が好転していた時、妻にした。
悪運に見舞われる前、二人は心から慈しみあった。
彼は戦《いくさ》へ馬に乗って出陣した。
帰還すると畑や屋敷は焼かれ、

屋根の落ちた家は打ち捨てられ、
葉の落ちた森の中でがらんとしていた。
そしてエイリネル、色白のエイリネルが、
どこに連れ去られたのかを知る者なく、
落命したか遠くで奴隷になったかも不明であった。
その日の影は黒々と、常に彼の心のうちにあり、
荒野をあてどなく歩き回る時も、
しばしば眠れぬ夜も、
疑いがじりじりと彼を苦しめた。
邪悪な敵が来る前に、
森の中に逃げ込めたのではないだろうか、
死なずに、生きながらえて、
再び戻り、彼を捜して、
殺されたと思っているのではないだろうか。
ゆえに時々彼は隠処をあとにして、
密かに、単独で、危険を冒し、
夜分、昔の家に戻ってきた。
家は壊れ、冷え冷えとして、火も明かりもなかった。
得るものと言えば新たなる悲しみのみ、

そこで甲斐なく番をして待っていた。

　甲斐がない、いやそれ以上に悪いことが起きた。
なぜなら多くの密偵をモルゴスは送り、
最も深い闇をも見通すに慣れたあまたの目が潜んでいたのだ。
彼らはゴルリムの帰宅のあとをつけ報告をしていた。
ある日のこと、
再びゴルリムはこっそり家の方へ、
人気《ひとけ》のない雑草の生い茂る道を進んだ。
雨で物悲しい秋の夕暮れに
冷たい風の吹きすさぶ音が聞こえていた。
見よ！　光が夜の窓辺で揺らめくのを
驚いて彼は見つめた。
淡い希望とも突然の恐れともつかぬ気持ちで、
彼は近づき中を見た。エイリネル！
見かけは変わっても、妻のことはよくわかる。
髪の房はもつれ、服は裂け、
悲しみと飢えで彼女はやつれていた。
優しい眼は涙で曇り、小さな声で嘆いていた、

「ゴルリム、ゴルリム！
あなたが私を見捨てたはずはない。
ああ！　殺されたにちがいない！
そして私は不毛の石像のように一人、
凍《こご》えて愛もなく生きながらえなければならない！」

彼は一声叫んだ――
すると光は吹き消され、
夜風に狼が咆哮した。
そして突如地獄の手が彼の肩をつかんだ。
モルゴスの召使いは彼をしっかり捕まえ、
厳しく縛り上げ、
軍の大将サウロンのもとへ連れて行った。
巨狼と亡霊の王にして、
モルゴスの王座の前でひざまずいた者のうち、
最も邪悪で残忍なる者のもとへ。
権勢を誇り、彼はガウアホスの島に住んでいた。
しかし今はモルゴスに命じられ、
謀反者のバラヒアを見つけに兵を連れ

あちらこちらに出向いていた。
彼は近くの暗い野営地にいた、
そこへ屠《ほふ》り屋は獲物を引きずって行った。
ゴルリムは苦悶した。
首、手、足を縛られ、
つらい拷問にかけられ、
苦しみを終わらせるのと引き換えに、
強情を張らずに裏切れと強いられた。
しかし彼はバラヒアについて何も明かそうとはせず、
口を割らぬと誓った
信義の封印を解こうとはしなかった。
ついに休息が与えられると、
何者かが彼の縛られた柱にそっと近づいた。
暗闇にまぎれた者は身をかがめて
彼の妻エイリネルのことを話した。
「自分の命を捨てたいのか？
ほんの二言三言で、彼女もお前も解放されるというのに。
無事に出立して、戦《いくさ》から遠い場所で、
一緒に王の味方として暮らせるというのに。

これ以上何の望みがある？」
ゴルリムは、長時間の痛みでやつれ果て、
再び妻に会いたいと切望し、
（妻もサウロンの網に囚われていると彼は思っていた）、
その思いが膨らむにまかせるうちに、彼の忠誠心が揺らいだ。
するとたちまち、半ば希望し半ば嫌悪する彼を、
みなはサウロンの座す石の腰掛へ連れて行った。
彼はその黒く恐ろしい顔の前に一人立った。
サウロンは言った。
「さあ、卑しき限りある命の者よ！　何を話すのだ？
何をもって私と取引しようとするのだ？
さあはっきり言え！　代価は何だ？」
ゴルリムは低く頭を垂れ、
大きな悲しみにゆっくりと言葉を重ね、
とうとう無慈悲で不実な王に懇願した。
自由の身となりここを出られないだろうか、
再び色白のエイリネルに会い、一緒に暮らせないだろうか、
そして王に反逆する戦から手を引くわけにはいかないだろうか。
彼はそれ以上望まなかった。

するとサウロンは微笑んで告げた。

「奴隷よ、これほど大きな裏切りと恥辱に対し、
お前の望む代価の小さいことよ！
確かに認める！　では聞こう。
さあ、さっさと本当のことを言うのだ！」
ゴルリムはためらい、一歩退いた。
しかしサウロンの威圧する目で引き止められ、
嘘をつくことができなかった。
始めてしまった以上、
最初の一歩の誤りから終点の不実まで行かねばならぬ。
彼は知る限りのことを話し、
主君と仲間を裏切り、
話を終えて、うつ伏せに倒れた。

サウロンは大声で笑った。

「卑しいごますり虫め、
立って聞け！
私がお前のために用意した甘い酒杯を飲め！

愚か者よ、お前が見たのは亡霊だ。
恋患いのお前の頭を罠にかけるため、
私サウロンが見せたのだ。
あそこには他に何もいなかった。
サウロンの幽鬼と結婚するのは冷たかろう！
お前のエイリネルはとっくの昔に死んでいる！
死んで、お前と変わらぬ卑しき蛆虫の餌食だ。
しかしお前の望みはかなえてやろう。
エイリネルのところへすぐに行かせてやる、
彼女の床に横になり、もうこれ以上関わることもあるまい
戦《いくさ》にも——あるいは人間にも。報いを受けよ！」

彼らはゴルリムを引き立て、
無残にも彼の命を奪い
最後に湿った墓に死体を投げ捨てた。
燃え盛る森の中で血に飢えた者たちに殺された
エイリネルがずっと以前から眠る場所だった。
かくしてゴルリムは非業の死を遂げた。
虫の息で自らを呪った。

バラヒアはついにモルゴスの罠に捕らえられた。
なぜなら長らくその物寂しい場所
タルン・アイルインを守っていた昔からの恵みも
裏切りによって無になり、
秘密の小道も隠処も、
すべてが丸裸にされたからだ。

バラヒアの息子ベレンと彼の逃亡のこと

闇が北から雲を送った。
冷たい秋風がヒースの荒れ野に吹きすさんだ。
アイルインの嘆きの湖面は
鈍色の悲しみをたたえていた。
「息子、ベレンよ」バラヒアは言った。
「お前も我らが聞いた噂を知っているだろう。
我らと戦うため、ガウアホスから送られた兵力のことを。
我らの食糧はほぼ食べ尽くされた。
我らの掟によって、お前がくじに当たった。

今も我らに食べ物をくれる
隠れて暮らす数少ない味方のもとへ一人で出向き、
できるだけ多くの援助と新しい情報を集めてくれ。
幸運がともにあるように！
急いで戻ってくるのだぞ。
というのもわずかな仲間の中から、渋々お前を行かせるのだ。
それに森でゴルリムも、迷ったか命を落としたかして久しい。
さらばだ！」
ベレンは出発したが、
彼の聞いた父の最後の言葉が
鐘の音のように心の中で鳴り響いていた。

荒れ野と沼地を抜けて、木や茨の茂みを頼りにして、
彼は遠くのあちらこちらに立ち寄った。
サウロンの陣の焚火を目にし
敵を狩り出すオークやうろつき回る狼の叫び声を聞いた。
帰る途中、道のりが遠かったので、
森の中で夜を迎えた。
疲労で眠らざるをえなくなり、

やむなく穴熊のねぐらに潜り込んだ。
しかし彼は聞いた（それとも夢でそう思ったのか）、
近くを前進する軍隊が、
鎖帷子の鳴る音や、盾のぶつかる音とともに、
岩がちな山あいの野原へと登っていった。
彼は闇にすべり落ちていった。
そして水中で溺れる男があえぎながら
もがいて上昇しようとするかのごとく、
自分が枯れ木の下の陰鬱な湖のほとりで
泥の中を起き上がろうとしているように感じた。
木々の青黒い大枝は冷たい風の中で震え、
黒い葉がみなざわついていた。
葉と見えた一枚一枚は、声を枯らした黒い鳥たちで、
くちばしからは血を滴らせていた。
彼は身震いし、苦労してその場から這い出し、
絡みつく雑草をくぐり抜けた。
その時、遠くに、かすかな灰色の影が
さびれた湖をすべるように渡ってくるのが見えた。
ゆっくりとそれは近づき、そっと話しかけた。

「私はかつてゴルリムと呼ばれし者です。しかし今や、
意志を挫かれ、忠誠を砕かれ、たばかられた裏切り者の幽鬼です。
行くのです！　ここにいてはいけない！
目を覚ましてください、バラヒアの息子よ、
そして急ぐのです！
なぜならモルゴスの指が父上ののど首にかかっています。
待ち合わせ場所、通る道、隠処のすべてが知られました」
　そして彼は自分の落ちた
悪魔の罠を打ち明け、弱っていった。
闇へと消えていった。
最後に許しを乞うて涙を流し、
ベレンは目覚め、飛び上がった。
突然の一撃により怒りの炎で胸が一杯になったかのようだった。
弓と剣をつかむと、
鹿のように敏捷に
夜明け前の岩地や荒れ野を駆けて行った。
まだ日の残る頃、ようやく彼はアイルインに着いた。
赤い夕陽が炎となって西に沈むところだった。
しかしアイルインを赤く染めたのは血であった。

石や踏みつけられた泥が赤くなっていた。
樺の木々には黒々と、
大鴉や死肉を漁る烏《からす》たちが列をなしていた。
そのくちばしは濡れ、
枝をつかむ足元にこぼれ落ちた肉は黒かった。
一羽がしわがれ声で鳴いた。「やあ、やあ、奴は来るのが遅すぎた！」
「やあ、やあ！」みなが応答した。「遅すぎた！」
　ベレンは石塚の下に
急ぎ父の骨を埋葬した。
父バラヒアに対し、
ルーン文字も言葉も刻まなかった。
ただ何度も、一番上の石を叩き、
何度も、大きな声で父の名を呼んだ。
「あなたの死の、」彼は誓った、
「仇を討ちます。たとえその定めが
私をアングバンドの門へ導こうとも」
それから墓に背を向けたが、涙は出なかった。
あまりに心が暗澹として、傷が深すぎたのである。
石のように冷たい心情で、愛する人もなく、友もなく、彼は、夜陰へと一人踏み出した。

狩人の知識を用いて、
敵の通った跡を探すまでもなかった。
冷酷な敵は安心しきって慢心し、
彼らの主に挨拶するため真鍮のホルンを高らかに吹き鳴らし、
大地を踏みにじる足でどかどかと、
用心せずに北へと帰って行った。
彼らの背後を大胆に、しかし用心深く、
臭いを嗅ぎつけた猟犬のように素早く、ベレンは追った。
そしてとうとう高地に発するリヴィル川が、
流れ落ちてセレヒの葦茂る沼地に流れ込むところ、
そのほの暗い沼のほとりで
彼は殺戮者たちに、彼の敵《かたき》に出会った。
近くの丘の中腹にある隠れ場所から
敵の一人ひとりを値踏みした。
己のみの弓と剣で倒すには多すぎる敵を
恐れるわけではなかったが。
それからヒースの中の蛇のように、

這いつくばって近くへ忍び寄った。
多くが行軍の疲れで眠っていたが、
大将たちは草地に足を投げ出してすわり、
酒を飲み、戦利品の数々を手から手へ回しては、
死体から略奪した小さな品をねたみ合っていた。
一人が指輪を高く掲げ高笑いした。「おい、みんな」彼は叫んだ。
「俺の物を見てくれ。俺の話は本当だからな、
国にこれほどのものはめったにないだろうが！
実はあのごろつきの盗人、
他でもないバラヒアを仕留め、
その手からこいつをもぎ取ったのは俺なのだ。
もし昔語りが本当なら、あのごろつきが剣で仕え、
その礼にエルフの王からもらった品だとか。
何の役にも立たなかったがな――死んだのだから。
エルフの指輪というのは危なっかしいそうだ。
それでも、黄金として、これは取っておき、
けちな褒美の足しにするのさ。
サウロン様はこれを持ち帰るよう俺に命じた。
しかし、思うに、殿の宝物蔵は、

もっと大事な宝に事欠かない。
強くなればなるほど、殿は欲深になる！
だからいいか、みんなで、
バラヒアの指には何もなかったと誓うのだ！」
すると話すそばから一本の矢が飛んできた。
矢尻がのどに刺さって息が詰まり、
彼は前のめりに倒れてこと切れた。
その狡猾な顔を激しく地面に打ちつけた。
　狼を狩る恐ろしい猟犬のように、
ベレンが中に飛び込んできた。
二人を剣で薙ぎ払い、指輪を拾い、
つかみかかってきた一人を殺した。
さっと飛びずさり闇に消えると、
伏兵から上がった怒りと恐怖の叫びが
谷間に響き渡る前に、彼は逃亡した。
彼のあとを追って、狼のように敵は飛び出した。
吠え、呪い、歯ぎしりし、
荒野のヒースを蹴散らし、切り倒し、
揺れる影や震える葉に向かって

一束、また一束と、やみくもに矢を放った。
　宿命の刻にベレンは生まれた。
彼は泣き叫ぶような角笛の音や矢を笑い、
生ける人間の誰よりも足が速く、
山では疲れを知らず、沼地では足取り軽く、
森ではエルフのように、去って行った。
暗い洞窟で金槌の音のやまぬ
ノグロドで作られた、ドワーフの技による、
灰色の鎖帷子にその身は守られていた。

　恐れを知らぬとベレンは評判になった。
地上で最も勇敢な者の名を挙げる時、
人々は彼の名を口にした。
のちの名声は金の髪のハドルにも、
バラヒアやブレゴラスにも
勝るであろうと予言した。
しかし今や彼の心は悲しみを
激しい絶望へと変え、
もはや命や喜びや称賛を望んで戦うのではなく、

死して苦しみの終わる前に、
復讐の鋼の一突きを
モルゴスに深く味わわせんと
日々を過ごしているのであった。
彼の唯一の恐れは奴隷の鎖につながれること。
危険を求め、死を追いかけるあまり、
逆に乞い願う破滅を逃れ、
息をのむ大胆な偉業を一人で成し遂げた。
その噂は多くの打ちひしがれた人々に
新しい希望をもたらした。
彼らはささやいた、「ベレン」。
そして密かに剣を研ぎ始め、
しばしば夕べに、覆いをかけた炉端で、
ベレンの弓や彼の剣ダグモールについて
静かに歌を歌ったものだった。
いかに彼が音を立てずに陣地へ向かい大将を殺したか、
または罠にかかり隠れ場所に閉じ込められ、
いかに信じがたい方法で抜け出したか、
夜分、霧にまぎれて、もしくは月明かりを頼りに、または白昼の陽光のもと、いかに戻ってきたか。
彼らは歌った、狩り出された狩人、殺された殺戮者、
屠《ほふ》り屋ゴルゴルが斬殺されたこと、
ラドロスの待ち伏せ、ドルーンの火事、
一度の争いで三十人倒したこと、
狼が野良犬のように鳴いて逃げたこと、
そしてサウロン自身が手に傷を負ったこと。
たった一人の人間により、モルゴスの輩にとって、
国中が恐怖と死で一杯になった。
ベレンの同志は、櫨と樫、
決して彼を見捨てることはない。
さらに、音もなく動き回り、
丘や荒野や荒廃した岩地に独居する、
毛や皮、翼のある用心深いものたちは
彼の行く道を見守る忠実な友だった。

しかし無宿者の終わりはめったに良いことはない。
さらにモルゴスは、この世が歌に歌って残した中で
最も強い王であった。

かの手の影は
国の端から端まで闇を広げ、
跳ね返されるたびに再び押し寄せた。
敵が一人殺されると、代わりに二人が送り込まれた。
新しい希望は脅かされ、謀反人はすべて殺された。
松明は消され、歌は沈黙した。
木は切り倒され、暖炉は燃やされ、
オークの黒い軍団がせわしく荒野を行軍した。

　彼らはベレンを鋼の包囲で取り囲む寸前だった。
彼のすぐ後ろを、密偵たちが追っていた。
彼らの垣根に入れられた羊のように、
援助をすべて刈り取られ、
窮して死の淵に立ったベレンは慄然とした。
彼は悟った、とうとう死なねばならぬのか、
それとも彼の愛する地、
バラヒアの国から逃亡せねばならぬのか。
沼のほとりの名もなき石を積み上げた墓の下で、
かつては頑健であったあの骨も砕けるに違いない。
息子からも親族からも捨て置かれ、

アイルインの葦に悼まれて。

冬のある夜、彼は安住できぬ北の地をあとにした。
彼を見張る敵の包囲を
こっそりくぐり抜けて出立した。
雪上の影のように、渦巻く風のように、
彼は消えた。ドルソニオンの廃墟を、
タルン・アイルインとその青白き水を
二度と再び目にすることはなかった。
もう物陰から彼の弓の弦が鳴ることはない。
もう彼の削った矢が飛ぶことはない。
もう追われた彼が大空のもと
ヒースの上で休むことはない。
昔人間がその銀の炎に〈燃えるパイプ〉と名付けた
北の星々は、彼の背後の夜空に上り、
見捨てられた地を照らしていた。
こうしてベレンはこの地を去った。

彼は南に向きを定めた。

彼の長い一人旅は、遠く南へと続いていた。
行く手には常に
恐ろしいゴルゴラスの頂が見えていた。
最も豪胆な人間ですら
この険しく冷たい山脈に足を踏み入れたことはなく、
突然現れる崖の端に立ったこともなかった。
そこから南側の崖がまっすぐ下に落ち込み、
岩でできた尖塔や柱の中を、
太陽と月が作られる以前に敷かれた
影へと続くのを見た者は、
気分が悪くなり、必ずや目をそらしてひるむ。
欺きが張りめぐらされ、
緩急のある流れで浸食された谷では、
闇の魔法が深淵や峡谷に潜んでいた。
しかし限りある命の者の視界を越えたはるかかなたも、
空に突き出した目も眩む塔から
鷲の眼ならば見えるだろう。
星空の下の海の輝きのような
遠く灰色にきらめくあの光を。

ベレリアンド、ベレリアンド、
エルフの国の国境を。

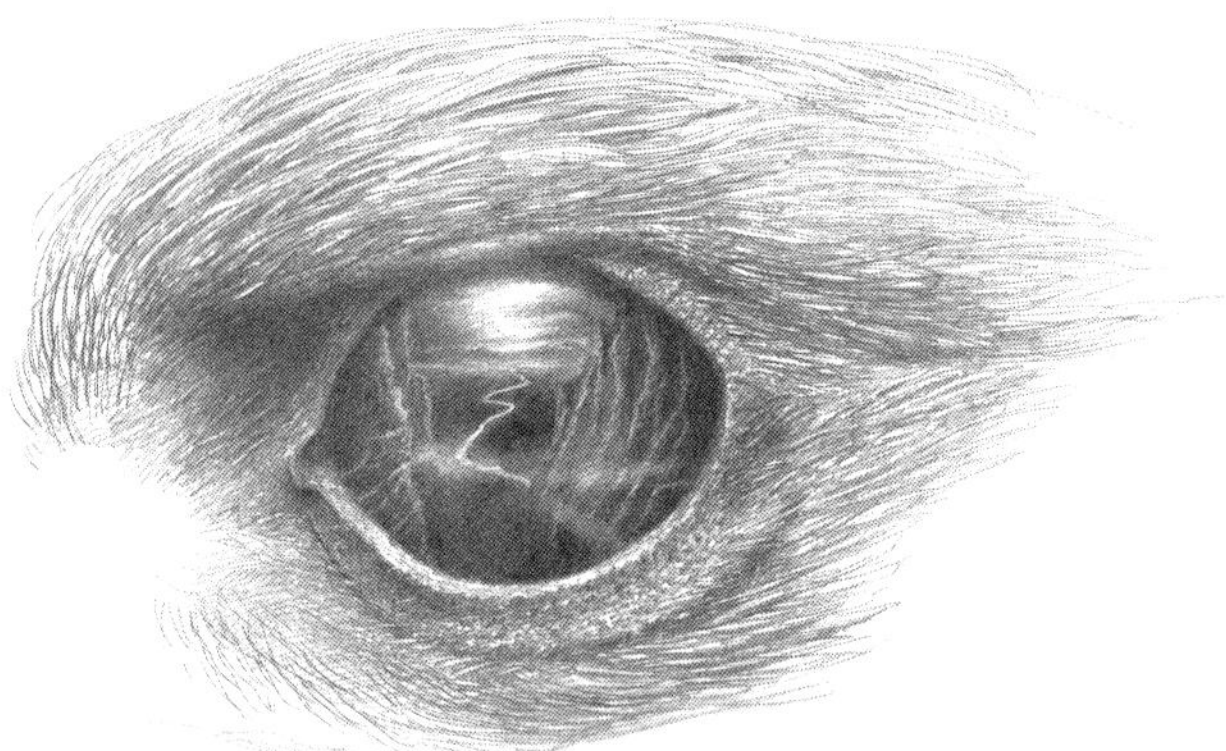

引用部における固有名詞リスト

私はこの固有名詞リスト（父の著作からの引用に現れるものに限った）を二つの目的を念頭に作った。二つの目的はどちらも決して本書に不可欠なものではない。第一に、大量の名前の中で（さらに様々な別の呼び方の中で）、物語の中で重要であるかもしれないものの典拠を思い出せない読者を助けるという意図がある。第二に、ある種の名前には、特に滅多に登場しない、もしくは一度しかテキストに出て来ない名前には、少しだけ詳しい説明を付けた。例えば、明らかに物語の中で何の重要性もないが、それでもなぜエルダールが「ウングウェリアンテのせいで」（三七頁）蜘蛛に触りたがらないかを知りたい人もいるだろう。

ア

アイヌア　Ainur（単数形はアイヌ Ainu）「聖なる者たち」の意。ヴァラールとマイアールのこと。［マイアールとは、父が初期に創造した存在に後からつけた名前である。「偉大なるものたちとともに、多くの下位の精霊たちが来た。それぞれ独立した存在であり、力は劣る（例えばメリアン）」］

アイルイン　Aeluin　ドルソニオンの北東にある湖。バラヒアと仲間の隠処があった。

アウシル　Ausir　ディオルの別名。

アウレ　Aulë　鍛冶のアウレとして知られる偉大なるヴァラ。「あらゆる技術の達人」にして、「アルダを形成するあらゆる物質の支配者」

青の山脈　Blue Mountains　ベレリアンドの東の境を形成する大きな山脈。

アグロン　Aglon　タウア＝ナ＝フインとヒムリングの山稜に挟まれた狭隘なる山道。フェアノールの息子たちによって守られている。

アスカール　Ascar　オッシリアンドの川。ドリアスの宝物が沈められた時に、新たにラスロリオン〈黄金の川床〉と呼ばれるようになる。

アマン　Aman　ヴァラールの住む、大海のかなたの西方にある国。至福の国。

アリアドール　Aryador　「影の国」の意。人間がヒシローメを呼ぶ時の名（ドル＝ローミン）。ヒシローメ参照。

アルダ　Arda　地球。

アルタノール　Artanor　「彼方《あなた》の国」の意。のちにドリアスと名付けられた地域。ティンウェリント（シンゴル）の王国。

アンガイヌ　Angainu　ヴァラのアウレにより作られた強力な鎖。これによりモルゴスが縛られた（のちの原稿における名はアンガイノール）。

アンガマンディ　Angamandi　（複数形）「鉄の地獄」の意。アングバンド参照。

アングバンド　Angband　中つ国北西部にあるモルゴスの巨大な城塞牢。

アングリム　Angrim　不幸をもたらしたるゴルリムの父。

アングロド　Angrod　フィンロド（のちのフィナルフィン）の息子。

アンファウグリス　Anfauglith　「息の根を止める灰土の地」の意。ドル＝ナ＝ファウグリス〈渇きの平原〉参照。

■イ

イヴァーレ Ivárë　エルフの高名な楽師。「海辺の奏者」。

イヴリン Ivrin　影の山脈のふもとにある湖。ナログ川の源。

イ＝クイルワルソン i-Cuilwarthon　「死して生き返りし者」の意。マンドスから帰還後のベレンとルーシエンのこと。クイルワルシエンは彼らの住んだ土地（のちの呼び方はグイルワルソン）。

イドリル Idril　ケレブリンダル〈銀の足〉と呼ばれる。ゴンドリンの王トゥアゴンの娘。トゥオルと結婚し、エアレンデルの母となる。

イルコリン イルコリンディ Ilkorins, Ilkorindi　アマンのエルフの都コールに属さぬエルフ（コール参照）。

イングウィル Ingwil　ナルゴスロンドでナログ川に合流する川（のちの原稿ではリングウィルの名に変更）。

インドラヴァング Indravangs　（インドラファングともいう）「長髭」の意。ベレグオストのドワーフたち。

■ウ

ヴァーナ Vána　オロメの妻。ヴァリエア参照。

ヴァラール Valar　（単数形はヴァラ Vala）「力あるものたち」の意。初期の原稿では、神々として言及されている。時の始まりに世界に現れた偉大な存在。［『アイヌアの音楽の失われた物語』の中でエリオルは言う。「このヴァラールとはどのような方々なのかを知りたいのです。神々なのでしょうか？」それに対する答えは、「その通りです。彼らに対し人間は多くの奇妙な歪曲した物語を語っていますが、それは真実とはほど遠いのです。また人間は多くの奇妙な名前で彼らを呼びますが、あなたはここでその名を聞くことはないでしょう」］

ヴァリエア Valier　（単数形はヴァリエ Valië）「ヴァラールの后たち」の意。本書の中では、ヴァルダ、ヴァーナ、ネッサのみ名前が与えられている。

ヴァリノール Valinor アマンにおけるヴァラールの国。

ヴァルダ Varda ヴァリエアの中で最も偉大な存在。マンウェの妻。星々の作り手。［ゆえにエルベレス〈星々の女王〉と呼ばれている］

ヴァルマール、ヴァリマール Valmar, Valimar ヴァリノールにおけるヴァラールの都。

ウイネン Uinen マイア（アイヌア参照）。「海の妃」。ルーシエンの「長くするまじない」の中で「その髪は大空の下、海全体に広がる」と歌われる。

ウィンゲロット Wingelot 「水沫《みなわ》の花」の意。エアレンデルの船。

ヴェアンネ Vëanné 『ティヌーヴィエルの物語』の語り手。

ウムイヤン Umuiyan 老猫。テヴィルドの門番。

ウムボス＝ムイリン Umboth-Muilin 「薄暮の湖沼」の意。この地でドリアスの南側を流れるアロス川がシリオン川に流れ込む。

ウルモ Ulmo 「水の王」。偉大なる海のヴァラ。

ウングウェリアンテ Ungweliantë 怪物蜘蛛。エルマン（ギリム参照）に生息し、モルゴスとともにヴァリノールの二つの木を枯死させる（のちの原稿ではウンゴリアントの名に変更）。

■エ

エアハミオン Erchamion 「隻手」の意。ベレンに付けられた名前。エルマブウェド、エルマヴォイテと書かれている原稿もある。

エアラーメ Eärámë 「大鷲の翼」の意。トゥオルの船。
エアレンデル Eärendel （のちの原稿における名はエアレンディル）トゥオルとゴンドリン王トゥアゴンの娘イドリルの息子。エルウィングと結婚。
エイリネル Eilinel ゴルリムの妻。
エオンウェ Eönwë マンウェの伝令使。
エグノール Egnor フィンロドの息子（のちの原稿における名はフィナルフィン）。
エグノール・ボ＝リミオン Egnor bo-Rimion 「エルフの狩人」の意。ベレンの父。のちにバラヒアに変更された。
エスガルドゥイン Esgalduin ドリアスの川。メネグロス（シンゴルの宮殿）を通り、シリオン川に流れ込む。
エダイン Edain 「第二の民」の意。人間を指すが、主にベレリアンドに最初に来てエルフの友となった三つの家系を呼ぶのに用いられる。
エルウィング Elwing ディオルの娘。エアレンデルと結婚。エルロンドとエルロスの母。
エルダール Eldar 目覚めの地から大いなる旅に出かけたエルフ。初期の原稿では、時々エルフ全体の意味で用いられている。
エルダリエ Eldalië （エルフの民）、エルダールのこと。
エルフィネッセ Elfinesse エルフの領土全体をまとめて呼ぶ時の名前。
エルベレス Elbereth 「星々の女王」の意。ヴァルダ参照。
エルロス Elros エルウィングとエアレンデルの息子。ヌーメノールの最初の王。

■オ

オイケロイ　Oikeroi　テヴィルドに仕える猛々しい戦士猫。フアンに殺される。

大いなる地　Great Lands　大海の東の土地。中つ国のこと（『失われた物語の書』では「中つ国」という呼び方は使われていない）。

オッシリアンド　Ossiriand　「七つの川の国」の意。七つの川とは、大河ゲリオンと青の山脈に発するその支流。

オロドレス　Orodreth　フェラグンドの弟。フェラグンドの死後、ナルゴスロンドの王となる。

オロメ　Oromë　「狩人」と呼ばれたヴァラ。大いなる旅で、馬にまたがり、エルダールの大隊を導いた。

■カ

ガウアホス　Gaurhoth　スゥー（サウロン）の巨狼たち。巨狼の島についてはトル＝イン＝ガウアホス参照。

影の海　Shadowy Seas　西方の大海の一地域。

影の山脈　Mountains of Shadow, Shadowy Mountains　鉄《くろがね》山脈参照。

神々　Gods　ヴァラール参照。

神々の鎌　Sickle of the Gods　おおぐま座。［モルゴスを威圧するため、また彼の破滅の前兆として、ヴァルダが北の空に嵌め込んだ］

カラキルヤ　Calacirya　エルフの都のあるヴァリノールの山道。

狩人の丘陵　Hills of the Hunters　（狩人台地ともいう）ナログ川西の高地。

カルカラス　Karkaras　アングバンドの門を守る強大な巨狼（のちの原稿ではカルハロスの名に変更）。その尾はルーシエンの「長くするまじない」の中で歌われている。「短刀牙」と訳される。

渇きの平原　Thirsty Plain　ドル＝ナ＝ファウグリス参照。

■キ

軋む氷の海峡　Grinding Ice　ヘルカラクセのこと。極北にある中つ国と西方の地との間の海峡。

ギムリ　Gimli　高齢で目の見えないノルドールのエルフ。長くテヴィルドの館で囚人奴隷となっていた。並外れた聴覚を持つ。『ティヌーヴィエルの物語』においても、他の物語においても、何らかの役割を担うことはなく、再び登場することはない。

ギリム　Gilim　ルーシエンの髪を「長くするまじない」の中で歌われた巨人（五〇頁）。『レイシアンの歌』の該当箇所で「エルマンの巨人」と呼ばれていること以外、何もわからない。［エルマンはアマンの岸辺にある地域で「この世で影が一番深く濃い」］

ギングリス　Ginglith　ナルゴスロンドより上流でナログ川に注ぎ込む川。

■ク

クイヴィエーネン　Cuiviénen　「目覚めの湖」の意。エルフたちが目覚めた中つ国の湖。

グイルワルソン　Guilwarthon　イ＝クイルワルソン参照。

グウェンデリング　Gwendeling　初期原稿におけるメリアンの名前。

クーム＝ナン＝アラサイス　Cûm-nan-Arasaith　「強欲の墳墓」の意。メネグロスで殺された者たちのために築かれた。

クランシア　Cranthir　フェアノールの息子。「黒髪のクランシア」と呼ばれる。

クルフィン Curufin フェアノールの息子。「策略家のクルフィン」と呼ばれる。

グロームンド、グロルンド Glómund, Glorund 初期の頃のグラウルングの名前。「竜の祖」と呼ばれるモルゴスの強力な竜。

鉄《くろがね》山脈 Iron Mountains 険しき山地とも呼ばれる。のちのエレド・ウェスリン〈影の山脈〉に相当する大山脈。ヒシローメ（ヒスルム）の南と東の境を形成する。ヒシローメ参照。

グロンド Grond モルゴスの武器。「冥界の槌」として知られる巨大な鉄棍。

■ケ

ゲリオン Gelion 東ベレリアンドを流れる大河。オッシリアンド地方にある青の山脈から流れ出る数々の川が注ぎ込む。

ケレゴルム Celegorm フェアノールの息子。「金髪のケレゴルム」と呼ばれる。

険しき山地 Bitter Hills 鉄山脈参照。

■コ

コール Kôr アマンのエルフの都、およびその都の築かれた丘の名。のちにその都はトゥーンとなり、丘のみがコールになる。［最終的には都はティリオン、丘はトゥーナになる］

ゴルゴラス Gorgorath （またはゴルゴロス）「恐怖の山脈」の意。ドルソニオンの高地の南側に切り立つ絶壁。

ゴルゴル Gorgol 「屠り屋」と呼ばれる。ベレンに殺されたオーク。

ゴルリム Gorlim ベレンの父バラヒアの仲間の一人。モルゴス（のちにサウロンに変更）にバラヒアらの隠処を明かす。「不幸をもたらしたるゴルリム」と呼ばれる。

ゴンドリン Gondolin　フィンゴルフィンの次男トゥアゴンによって築かれた秘密の都。

■サ

裂け谷のエルロンド Elrond of Rivendell　エルウィングとエアレンデルの息子。

サルン・アスラド Sarn Athrad　「石の浅瀬」の意。オッシリアンドのアスカール川が、青の山脈にあるドワーフの都への道と交差する場所。

サンゴロドリム Thangorodrim　アングバンドの上の山並み。

■シ

死の夜闇 Deadly Nightshade　タウア゠ナ゠フインの訳。夜闇の山脈参照。

至福の国 Blessed Realm　アマン参照。

シリオン Sirion　ベレリアンドの大河。影の山脈に発し、南へ流れ、ベレリアンドを東西に分割する。

シルピオン Silpion　ヴァリノールの「白い木」。その花からは銀色の光の雫がこぼれ落ちる。テルペリオンとも呼ばれる。

シルマリル Silmarils　ヴァリノールの「二つの木」の光を宿す三つの偉大な宝玉。フェアノールによって製作された。三二一—三三頁参照。

シンゴル Thingol　アルタノール（ドリアス）の王。初期の原稿での名はティンウェリント。［彼の名はエルウェで、大いなる旅におけるエルダールの第三隊テレリ族の指導者であったが、ベレリアンドではシンゴルの意味である「灰色マント」として知られている。」

■ス

スゥー Thû　死人占い師。モルゴスの一番の召使い。トル・シリオンのエルフの物見塔に住む。のちの原稿での名前はサウロン。

スリングウェシル Thuringwethil　蝙蝠《こうもり》の姿でモルゴスの前に出たルーシエンが名乗った名前。

■セ

西方の大海 Great Sea of the West　ベレガイア。中つ国とアマンの間の海。

セレヒ Serech　リヴィル川がシリオン川に流れ込む場所にある大沼沢地。リヴィル参照。

千洞宮 Thousand Caves　メネグロスのこと。アルタノールを流れるエスガルドゥイン川河畔にあるティンウェリント（シンゴル）の隠れ宮殿。

■ソ

外なる陸地 Outer Lands 中つ国のこと。

ソロンドール Thorondor　大鷲の王。

■タ

ダイロン Dairon　アルタノールの音楽家。「エルフの三人の魔法の楽師」のうちの一人。元々ルーシエンの兄であった。

タウアフイン、タウア＝ナ＝フイン Taurfuin, Taur-na-fuin （のちの原稿ではタウア＝ヌ＝フインに変更）「夜闇の森」の意。「夜闇の山脈」参照。

タヴロス Tavros ヴァラのオロメに対するノウムの呼び方。「森の王」の意（のちの原稿ではタウロスの名に変更）。

ダグモール Dagmor ベレンの剣。

タニクウェティル Taniquetil アマンの最高峰。マンウェとヴァルダの宮殿のあるところ。

ダムロドとディーリエル Damrod and Díriel フェアノールの息子たちの一番下の二人（のちの原稿における名はアムロドとアムラス）。

■**テ**

ディオル Dior ベレンとルーシエンの息子。エルロンドとエルロス兄弟の母であるエルウィングの父。

ティヌーヴィエル Tinúviel 「薄暮の娘」の意。小夜啼鳥《さよなきどり》のこと。ベレンがルーシエンを呼んだ名前。

ティリオン Tirion アマンにあるエルフの都。コール参照。

ティンウェリント Tinwelint アルタノールの王。シンゴル（彼ののちの名）参照。

ティンブレンティング Timbrenting タニクウェティルの古英語訳。

テヴィルド Tevildo 猫の大公。最強の猫であり「悪霊を宿している」（四四、六三頁参照）。モルゴスの近習。

■**ト**

トゥーリン　Túrin　フーリンとモルウェンの息子。トゥランバール〈運命の支配者〉と名を付けられる。

トゥオル　Tuor　トゥーリンのいとこ。エアレンディルの父。

トゥルカス　Tulkas　ヴァラ。『クウェンタ』の中では「すべての神々の中で、最も腕力が強く、戦《いくさ》における剛勇と技量では最も優れていた」と書かれている。

ドラウグルイン　Draugluin　スゥー（サウロン）配下の最強の巨狼。

ドリアス　Doriath　アルタノールののちの名前。シンゴル（ティンウェリント）とメリアン（グウェンデリング）によって治められている大森林地帯。

トル＝イン＝ガウアホス　Tol-in-Gaurhoth　「巨狼の島」の意。トル・シリオンがモルゴスに占拠されたのちの名前。

ドルーン　Drûn　アイルイン湖の北の地域。名前が出てくるのは本書引用箇所のみ。

トル・シリオン　Tol Sirion　シリオン川の中にある島。エルフの砦が築かれた。トル＝イン＝ガウアホス参照。

ドルソニオン　Dorthonion　「松の木の国」の意。ベレリアンドの北境にある松の生い茂る広大な地域。のちにタウア＝ナ＝フイン〈夜闇の森〉と呼ばれた。

ドル＝ナ＝ファウグリス　Dor-na-Fauglith　焼かれて砂漠になった、ドルソニオン〈夜闇の山脈〉の北にあるアルド＝ガレンの大草原（アンファウグリス〈渇きの平原〉参照）。

ドル＝ローミン　Dor-lómin　ヒシローメ参照。

■ナ

ナウグラドゥア　Naugladur　ノグロドのドワーフの王。

ナウグラミーア　Nauglamír　ドワーフの頸飾り。ベレンとルーシエンが持ち帰ったシルマリルが嵌め込まれている。

ナルゴスロンド　Nargothrond　フェラグンドが西ベレリアンドのナログ川沿いの洞窟に築いた大城塞都市。

ナログ　Narog　西ベレリアンドの川。ナルゴスロンド参照。しばしば「王国」つまり「ナルゴスロンドの国」を指して使われる。

ナン　Nan　ナンについて知られている唯一のことは、ルーシエンの「長くするまじない」の中で歌われている、彼の剣の名グレンドだけのようである（ギリム参照）。

ナン・ドゥムゴルシン　Nan Dumgorthin　「闇の偶像の地」の意。ファンが、アングバンドから逃亡してきたベレンとルーシエンに出会った場所。頭韻詩で書かれた『フーリンの子どもたちの歌』（七一頁参照）には、次のような詩行がある。

ナン・ドゥムゴルシンでは、　名もなき神々が
秘密の暗がりに、　覆い隠された神殿を持つ
そこはモルゴスよりも、　古《いにしえ》の神々、
守られたる西の　黄金の神々よりも古い。

■ネ

ネッサ　Nessa　オロメの妹にしてトゥルカスの妻。ヴァリエア参照。

■ノ

ノウム Gnomes　ノルドリ、ノルドールの初期の翻訳。二八―九頁参照。

ノグロド Nogrod　青の山脈にあるドワーフの二つの都のうちの一つ。

ノルドリのちにノルドール Noldoli, Nordor　フィンウェに率いられて大いなる旅に出たエルダールの第二隊。

■ハ

バウグリア Bauglir「圧制者」の意。ノルドールの間でのモルゴスの名。

白鳥港 Haven of the Swans「上古の時代についての覚書」一九―二〇頁参照。

ハドル Hador　偉大な人間の領主。「金の髪のハドル」と呼ばれる。トゥーリンの父フーリンの祖父。またエアレンデルの父トゥオルのそのまた父フオルの祖父でもある。

離れ島 Lonely Isle　トル・エレッセアのこと。アマンの岸辺近くの大海にある大きな島。不死の国の最東端にあり、多くのエルフが住んだ。

バラヒア Barahir 人間の首領。ベレンの父。

パリソール Palisor　エルフが目覚めた大いなる地の地域。

バルログ Balrogs［『失われた物語の書』では、バルログは「数百」存在していると考えられている。「力の悪鬼」と目される。鉄の鎧を身に着け、鋼鉄の爪と炎の鞭を持っている」

■ヒ

ヒシローメ Hisilómë　ヒスルムのこと。［『失われた物語の書』の時期の名前リストには、こう書かれていた。「ドル゠ローミン、もしくは〈影の国〉は、エルダールにヒシローメ（「翳る黄昏」の意）と名付けられたあの

一帯である……この名で呼ばれたのは、東方と南方にある鉄《くろがね》山脈越しに射す日差しが少ないからである」］

ヒスルム Hithlum　ヒシローメ参照。

ヒムリング Himling　東ベレリアンドの北部にある大きな山。フェアノールの息子たちの砦となっている。

ヒリロルン Hirilorn　「木々の女王」の意。メネグロス（シンゴルの宮殿）近くの大きな橅の木。その枝の間に、ルーシエンが幽閉された家があった。

■フ

フアン Huan　ヴァリノールの猛き狼狩り猟犬。ベレンとルーシエンの友となり二人を救う。

フィンウェ Finwë　大いなる旅に出たエルフの第二団、ノルドール（ノルドリ）族の指導者。

フィンゴルフィン Fingolfin　フィンウェの次男。モルゴスとの一騎打ちで斃される。

フィンゴン Fingon　フィンゴルフィンの長男。父の死後ノルドールのエルフの王となる。

フィンロド Finrod　フィンウェの三男。［のちの原稿ではフィナルフィンの名に変更になり、フィンロドは彼の息子フィンロド・フェラグンドの名になる］

フーリン Húrin　トゥーリン・トゥランバールとニエノールの父。

フェアノール Fëanor　フィンウェの長男。シルマリルの製作者。

笛吹きウォーブル Tinfang Warble　ティンファング・ウォーブル。高名な楽師。［ティンファングはクウェンヤのティンピネンのことで「笛吹き」の意］

フェラグンド Felagund　ノルドールのエルフ。ナルゴスロンドの建設者。ベレンの父バラヒアに友としての誓いを立てる。［フェラグンドとフィンロドの名前の関係については一〇一頁参照］

ブレゴラス Bregolas　バラヒアの弟。

■へ

ベオル Bëor　ベレリアンドに最初に到来した人間たちの指導者。エダイン参照のこと。

ベレグ Beleg　ドリアスのエルフ。弓の名手で、クーサリオン〈強弓〉と呼ばれる。トゥーリン・トゥランバールの友であり仲間であったが、彼に殺されるという悲劇に見舞われる。

ベレグオスト Belegost　青の山脈にあるドワーフの二つの都のうちの一つ。

ベレリアンド Beleriand　（初期の名前はブロセリアンド）東は青の山脈、北は影の山脈に区切られ（鉄《くろがね》山脈参照）、西は海岸に至る、中つ国の広大な地域であったが、大部分が第一紀の終わりに水没し破壊された。

■ホ

ボルドグ Boldog　オークの大将。

■マ

マイアール Maiar　アイヌア参照。

マイドロス Maidros　フェアノールの長男。「丈高きマイドロス」と呼ばれる（のちの原稿ではマイズロスに変更）。

マグロール Maglor　フェアノールの次男。名高い歌い手にして楽師。

マブルング Mablung　「無骨者」の意。ドリアスのエルフでシンゴルの総大将。カルカラス狩りでベレンの死に立ち会う。

魔法使いの島　Wizard's Isle　トル・シリオンのこと。

魔法の島々　Magic Isles　大海の島々。

マンウェ　Manwë　最も大きな力を有する最高位のヴァラ。妻はヴァルダ。

マンドス　Mandos　有力なヴァラ。審判者。死者の家の管理者であり、殺害された者たちの霊魂の召喚者〔『クウェンタ』より〕。ローリエン参照。

■ミ

ミアウレ　Miaulë　テヴィルドの厨房の料理番猫。

ミーム　Mîm　竜が去ったのちにナルゴスロンドに住み着いたドワーフ。宝物に呪いをかける。

緑のエルフ　Green Elves　オッシリアンドのエルフ。ライクウェンディと呼ばれる。

水沫《みなわ》の乗り手　Foamriders　ソロシンピ、のちの原稿でテレリと呼ばれたエルダールの一族。三番目にして最後に大いなる旅に出た一団。

見張られたる平原　Guarded Plain　ナルゴスロンドの北方、ナログ川とテイグリン川に挟まれた平原。

ミンデブ　Mindeb　ドリアス国内でシリオン川に流れ込む川。

■メ

メネグロス　Menegroth　千洞宮参照。

メリアン　Melian　アルタノール（ドリアス）の女王。初期の原稿ではグウェンデリング。ヴァラのローリエンの園から中つ国へ来たマイア。

メルコ　Melko　力強き悪のヴァラ（のちの原稿ではメルコールの名に変更）。モルゴス。

■モ

燃えるパイプ　Burning Briar　おおぐま座。

森のエルフ　Wood-elves　アルタノールのエルフ。

■ヨ

夜闇の山脈　Mountains of Night　広大な高地（ドルソニオン〈松の木の国〉）。のちに夜闇の森（タウアフイン→タウア＝ナ＝フイン→タウア＝ヌ＝フインの順で名前が変更）と呼ばれるようになる。

■ラ

ラスロリオン　Rathlorion　オッシリアンドの川。アスカール参照。

ラドロス　Ladros　ドルソニオン北東の地域。

■リ

リヴィル　Rivil　ドルソニオンの西に発し、トル・シリオン北方のセレヒの沼地でシリオン川に流れ込む川。

リンギル　Ringil　フィンゴルフィンの剣。

■レ

レイシアンの歌　The Lay of Leithian　八〇頁参照。

■ロ

ローリエン　Lórien　ヴァラのマンドスとローリエンは兄弟と呼ばれ、ファントゥリと名付けられた。マンドスはネファントゥア、ローリエンはオロファントゥアである。『クウェンタ』の説明では、ローリエンは「幻と夢の作り手だった。神々の国にある彼の庭は、世界で最も美しい場所で、数多くの美と力の精霊で一杯だった」。

解説

信州大学人文学部教授
伊藤　盡

一、『ベレンとルーシエン』とトールキンの神話体系との関わりについて

J・R・R・トールキンの死後、息子クリストファーは、『シルマリルの物語』（一九七七年）（田中明子訳、評論社）や『中つ国の歴史』（一九八三―九六年、未邦訳）などの遺稿編纂によって中つ国の神話体系を伝えた。本書『ベレンとルーシエン』の魅力の一つは、『中つ国の歴史』十一巻のエッセンスを味わい、神話創造の過程を理解することにある。

始まりは、第一次世界大戦に塹壕熱に罹って本国に移送された二十代前半に、トールキンが『失われた物語の書』と銘打ったノートに書いた物語だった。一時は交際を禁じられた想い人エディス・ブラッドとの結婚、北イングランドのリーズ大学での教員生活、一九二五年のオクスフォード大学教授職への就任（ハンフリー・カーペンター著『或る伝記』菅原啓州訳、評論社、三一二頁）の期間が『ベレンとルーシエン』の萌芽だった。クリストファー自身も、エディスがトールキンに舞を披露したヘムロックの花咲く北の草地を、この物語の原点だと呼ぶ。

そこから詩物語『レイシアンの歌』が生まれ、物語の背景として一九二六から三〇年頃に書かれた散文の「スケッチ」は『シルマリルの物語』の原形となった。一九三七年末までにノウムの歴史を語る散文作品『クウェンタ・ノルドリンワ』、別名「クウェンタ」（歴史）を書き、「ヴァリノールの年代記」や「ベレリアンドの年代記」も作られた。『ホビットの冒険』や『指輪物語』の執筆途中も、一九三〇年代から「ヴァリノールの年代

記」の改訂版「アマンの年代記」と併行して、『クウェンタ・シルマリルリオン』すなわち『シルマリルの歴史』が書かれる（出版された『シルマリルの物語』の原典草稿）。しかし一九五〇年代に新しく改訂された「灰色エルフの年代記」（『中つ国の歴史』第十一巻『宝玉戦争』所収）は突然中断される。以後は草稿の修正や、断片的な叙述ばかりで、まとまった改訂版は存在しない。

このように本書の最も大きな価値は、中つ国という想像世界の歴史と、トールキンの創作の歴史の二つを辿れることだ。小人ミームの呪いがかけられた宝物がドリアスの滅亡に繋がったことや、シルマリルの宝玉の一つがエルウィングによって海に没したエンディングは、これまでの「正史」とは異なるエピソードだ。だが、これにどんな意味があるだろう？『指輪物語』の読者は、『指輪物語』の幸福な結末とは異なる暗く哀しい結末が、ホビット庄の伝承に存在したことが仄めかされている陰鬱な詩「海の鐘」（『農夫ジャイルズの冒険―トールキン小品集』早乙女忠他訳、評論社、二一六―七、三〇一―八頁、所収）の写本に、「フロドの夢」と手書きされていたことを御存知だろう（トム・シッピー著『世紀の作家』沼田香穂里訳、評論社、四二一頁）。忘れてはならないことは、トールキンが世界最高峰の学府オクスフォード大学の中世英語文献学者だったことだ。文献写本は物語を継承するばかりではなく、異譚を伝えることもある。トールキンはそのことを誰よりもよく知っていた。自分の「信じる」神話物語が文献として継承されるうちに、外典や偽典が混入することを、学者としての批判精神とユーモア精神によって、あるいは楽しんでいたのかも知れない。

二、トールキンの伝承への関わり方

トールキンは、『妖精物語について―ファンタジーの世界』（猪熊葉子訳、評論社）の中で、伝承の継承過程を解きほぐすことはエルフの技を用いない限り不可能だと述べた。例えば『ベレンとルーシエン』の物語の中で、毎晩一人ずつ狼に食べられていく囚人の味わう恐怖が、トールキンが愛した北欧伝説『ヴォルスンガ・サガ』で英雄シグムンドルの兄弟が毎晩一人ずつ牝狼に食べられていく場面と共通すると指摘するのは衒学的だろうか。だが、トールキンが焦がれたのは、既に失われてしまった神話や伝説の断片を発見することだった。学生時代に古英語の宗教詩『キリスト』の中に「エアレンデル（earendel）」という単語を発見したことは天啓だった。キリストに先駆けた洗礼者ヨハネの出現を詩的に表現した語彙に、北欧神話に登場する謎の人物名「アウルヴァンディル（aurvandil）」との語源的な繋がりを見出し、「明けの明星」に関する失われた神話の存在を確信した。文献学を究めれば、今は失われてしまったイングランド人の神話を再建できると思ったことだろう。

自分にとって学究的な夢の実現に繋がっていた伝承の断片的な挿話や要素を、トールキンは「散らばった光」と呼んだ（「神話の創造」『妖精物語について』猪熊陽子訳、評論社、二一八頁）。敬虔なキリスト教徒だったトールキンは、真実を伝えるべく神によって与えられた言葉は、時代を経るうちに光を散らしたが、まだ真実の光は存在し続けると考えた。自身の創作伝承自体をも、神の恩寵によって与えられた伝承、真実を伝える光の小さなかけらと捉えていたのかも知れない。

三、トールキンが終生エルフの物語にこだわった理由

一九五四年の手紙によればトールキンは「エルフ」という言葉を用いていたことを後悔したと、本書の冒頭で書かれているが、その筆致は誤解を招くかも知れない。本来、「エルフ（elf）」という語彙は、英語の先祖、共通ゲルマン語の持つ古い語彙だった。イングランド人の古い伝承に「エルフ」という語彙を用いるのは、恐らくトールキンにとっては自然だった筈だ。しかし、近代人は伝承や古い物語を、非合理的で時代遅れと蔑み、「エルフ」も価値のない子供じみた言葉と見なした。つまりは、自分の「歴史（クウェンタ）」も子供じみたものと

見なされて後悔したのだろう。しかし、「エルフ」という語彙に責任はない。事実、トールキン自身も後には「妖精（fairy）」という語の認識を変え、『妖精物語について』の中では辞書の定義すら批判した。「妖精」とは「極めて自然である存在」という意味において「超自然」なのである、と。

定命の人間とは異なるエルフも、自ら悲嘆に暮れたり大きな傷を負わない限り、自然が続く限り生きる、「死」を超越する「超自然」の存在だ。「死」が何故存在するのか。幼少期に父母を、世界大戦によって親友たちを亡くしたトールキンは、神が与え給うた「死」が、楽園喪失の原罪を犯したアダムとイブから受け継いだ呪いではないかと煩悶したことだろう。そして、もし死を味合わない人間のような生物がいるならば、どのような運命を辿るのだろうと想像した。エルフたちの歴史、伝承を創造する過程で、トールキンが行き着いた結論がある。『妖精物語について』の中で、エルフたちにとっての慰めは「不死からの逃避」を描く物語だろうと提言したのだ。そして、『ベレンとルーシエン』では、不死であるルーシエンがベレンとの愛を通じて、定命の生を戴く存在へと変貌するのである。死が愛する二人を分かつのではなく、ひとつにした。トールキンの望みの体現である。

本書のもうひとつの醍醐味は、これまで未邦訳だった『レイシアンの歌』を流麗な邦訳で読めることだ。英語の詩は、韻律が意味と一体となって、物語にリズムと意味の重層性を与える。邦訳では韻律が犠牲になることが多いが、本書は律動する訳となっている。原文は古語も多く、シェイクスピア作品に通じるような複雑な韻文だが、これを読み易い日本語に翻訳する力量は、新たなトールキン訳者の誕生と言うべきだろう。

訳者謝辞

訳出にあたっては本書引用部以外でも、固有名詞の訳・類似場面の翻訳に関して『シルマリルの物語』（評論社）を参考にさせていただきました。美しく哀感のこもった田中明子先生の文章には及ぶべくもありませんが、水先案内人として常に先導していただけたことで、本書の訳を完成することができました。また信州大学の伊藤盡先生には、アウトローの語源や石塚の埋葬についてなど専門家ならではのご指摘を多々いただきました。お忙しい中、固有名詞の表記から文の意味に至るまで訳者の細々した疑問に丁寧にお答えいただき感謝にたえません。文章のチェックについては瀬戸川順子さんに助けていただきました。そして遅い原稿を忍耐強く待ち、支えてくださった評論社の竹下純子さんにはいつものことながら大変お世話になりました。この場を借りて心からの感謝を申し上げます。

沼田香穂里

本文中の括弧の使用につきまして

1、『　』は、草稿を含めた長編・短編・詩の作品タイトルに

2、［　］は、引用等における編者が言葉を補った部分に使用しましたことをお断りさせていただきます。

J.R.R. トールキン J.R.R.Tolkien
1892年1月3日、南アフリカのブルームフォンテイン生まれ。第一次世界大戦に従軍後、学究生活を開始し、やがて世界的な言語学者の一人と目されるようになる。しかし、それ以上に「中つ国」の創造者として、また『ホビットの冒険』『指輪物語』『シルマリルの物語』など、並外れた作品群の作者として知られる。彼の作品は60カ国以上の言語に翻訳され、世界中の人々に愛読されている。特に『指輪物語』の売り上げは三部作合計で4億5000万部にも登る。1972年、バッキンガム宮殿で女王からCBE爵位を、オックスフォード大学から名誉文学博士号を授与された。1973年永眠。享年81歳。

クリストファー・トールキン Christopher Tolkien
1924年11月21日生まれ。J.R.R. トールキンの三男。父より遺言執行者に指名された。1973年の父の死より生涯にわたって、父の残した大量のノートの整理とその出版に尽力した。1977年の『シルマリルの物語』を初めとして、『終わらざりし物語』『中つ国の歴史』『フーリンの子どもたち』『ベレンとルーシエン』『ゴンドリンの陥落』を編集出版した。2020年永眠。享年95歳。

沼田 香穂里（ぬまた・かおり）
1964年生まれ。1987年慶應義塾大学英米文学科卒業。1990年お茶の水女子大学修士課程英文学専攻修了。1996年同大学博士課程比較文化学専攻単位取得。現在慶應義塾大学・和光大学非常勤講師。訳書『J.R.R. トールキン 世紀の作家』（評論社）。

ベレンとルーシエン

二〇二〇年一〇月一〇日 初版発行
二〇二一年 九 月三〇日 二刷発行

●——著 者 J・R・R・トールキン
●——編 者 クリストファー・トールキン
●——訳 者 沼田香穂里
●——発行者 竹下晴信
●——発行所 株式会社評論社
〒162-0815 東京都新宿区筑土八幡町二-二一
電話 営業〇三-三二六〇-九四〇九
編集〇三-三二六〇-九四〇三
振替 〇〇一八〇-一-七二九四
●——印刷所 中央精版印刷株式会社
●——製本所 中央精版印刷株式会社

ISBN978-4-566-02387-1 NDC930 352p. 210㎜×148㎜
http://www.hyoronsha.co.jp

ファンタジーの巨人・トールキンの世界

指輪物語

A5・ハードカバー版（全7巻）
文庫版（全10巻）
カラー大型愛蔵版（全3巻）

J・R・R・トールキン 著
瀬田貞二・田中明子 訳

かつて冥府の魔王がつくりだしたひとつの指輪。すべてを「悪」につなぎとめるその指輪の所有者となったホビット族のフロドは、これを魔手から守り、破壊する旅に出た。付き従うのはホビット、エルフ、ドワーフ、魔法使い、人間たち8人――。全世界に一億人を超える読者を持つ、不滅のファンタジー。

シルマリルの物語

J・R・R・トールキン 著
田中明子 訳

魔王に盗まれた大宝玉シルマリルを奪い返そうと、エルフは至福の国を飛び出した――。『指輪物語』に先立つ壮大な神話世界。

指輪物語 フロドの旅
――「旅の仲間」のたどった道

B・ストレイチー 著
伊藤盡 訳

9人の旅の仲間がたどった道を51枚にもおよぶ地図上に再現。あの「中つ国」が完全なすがたでたち現れる。

J・R・R・トールキン
――世紀の作家

トム・シッピー 著
沼田香穂里 訳

トールキン評伝の決定版と世界的評価を受けた本書。文献学に裏打ちされた作品考察は、トールキン世界追体験の旅へと読者を誘う。